포토벨로 마켓에서 세상을 배우다

포토벨로
마켓에서
세상을
배우다

초판 1쇄 인쇄일 2014년 07월 24일
초판 1쇄 발행일 2014년 07월 28일

지은이 오 강
펴낸이 양옥매
디자인 신지현

펴낸곳 도서출판 책과나무
출판등록 제2012-000376
주소 서울특별시 마포구 월드컵북로 44길 37 천지빌딩 3층
대표전화 02.372.1537 **팩스** 02.372.1538
이메일 booknamu2007@naver.com
홈페이지 www.booknamu.com
ISBN 979-11-85609-56-0 (03810)

이 도서의 국립중앙도서관 출판시도서목록(CIP)은 서지정보유통지원 시스템
홈페이지(http://seoji.nl.go.kr)와 국가자료공동목록시스템
(http://www.nl.go.kr/kolisnet)에서 이용하실 수 있습니다.
(CIP제어번호 : CIP2014020835)

포토벨로 마켓에서 세상을 배우다

개기기 전법과 진드기 전법 1

오강 지음

머리말

이 세상에는 다양한 사람들이 여러가지 다양한 모습으로 살아가고 있습니다.

부모로부터 많은 재산을 물려받은 사람은 풍요롭고 편안한 삶을 영위합니다. 좋은 자동차와 주택을 쉽게 구입 할 수 있고, 또한 체면과 격식을 갖추어 품위와 품격을 유지하는 삶을 살아갈 수 있습니다.

그렇지만 이 험한 세상을 빈손으로 시작하는 사람도 있습니다. 가진 것 없고, 의지할 곳 없고, 손에 쥔 것이 없지만, 꿈(인생목표, 계획)을 세워 시도하고, 기도하고, 하늘이 감동할 때까지 열심히 일을 하는 사람들이 있습니다.

오늘도 많은 사람들은 여유롭고 풍족한 삶을 살기 위하여 열심히 구슬땀을 흘려 일하며 노력하고 있습니다.

우리가 성장하며 부모님으로부터 그리고 학교를 다니면서 선생님으로부터 많이 듣는 말이 있습니다.

'인생을 도전하라!'

'시도하라!'

'도전하지 않으면 성공할 수 없다!'

그런데 무엇이 도전이며 시도인지, 어떻게 해야만 인생을 도전할 수 있는지, 그리고 도전하면 그 결과는 어떻게 되는지 과정과 결론에 대해 말해 주는 사람들은 많지가 않았습니다. 도전, 시도, 성공, 풍족한 삶의 영위. 참으로 좋은 말이고, 행복한 단어입니다. 하지만 우리는 그 방법을 제대로 알지 못한 채 살아가고 있습니다. 안타까운 현실입니다.

세상을 살다보면 "무식이 용감하다!" 라는 말을 듣게 됩니다. 그리고 그것을 실제로 느끼게 됩니다.
저는 영국에 오면서 '경제적인 문제는 현지(런던)가서 해결하자!, 일단은 가자!'며 달랑 가방 하나만 들고 무작정 영국행 비행기에 올랐습니다.
공항에 도착하니, 아무도 아는 사람이 없어 마중 나온 사람조차 없었습니다.
저에게는 돈도 없고, 가진 것도 없고, 의지할 곳도 없고, 돈을 보내 줄 사람도 없었습니다. 오직 가진 것이라고는 젊음과 의욕뿐이었습니다.
그렇지만 영국에서 아무도 갖고 있지 않고, 아무도 모르고, 아무도 사용한 적이 없고, 그 누구도 시도한 적이 없고, 아무도 믿지 않는 '개기기전법과 진드기 전법'으로 모든 일에 적극적으로 시도하면서 살아왔습니다.
무시무시하고 위대한 삶의 방법인 '개기기 전법과 진드기 전법'의 위력을 믿으며 무엇이든 시도를 하면서 지금까지 살아왔고, 앞으로도 그렇게 살아갈 것입니다.

누구든지 만나러 가고, 무조건 찾아가고, 어디든지 쫓아가고, 무조건 따지고, 힘들다며 앓는소리하고, 생각은 나중에 하더라고 일단은 사정하고, 일도 무조건 시작하는 등 무식하고 용감하게 시도를 했습니다. 그런데 참으로 이상합니다. 시도를 하는 순간, 세상이 변화합니다. 내가 이상해진 것이 아니라 이 세상의 모든 것이 이상하게 나를 위하여 변하는 것 같습니다.

즉, 용감한 시도는 내 눈앞에 펼쳐진 세계에 기적 같은 일을 만들어 냅니다. 그런데 더 이상한 것은 세상의 많은 사람들은 시도조차 않는다는 것입니다.

나는 영국 런던에서 레스토랑을 운영하며, 시간이 될 때마다 런던 시장을 다니면서 홋팩Hot Pack, Heater Pack을 팔고 있으며, 런던 포토벨로 마켓London Portobello Market에서는 금요일과 토요일에 판매하고 있습니다.

런던에 오는 많은 한국 사람들이 방문하는 곳이 런던 노팅힐 게이트역Nottinghill Gate Station근처에 있는 포토벨로 마켓입니다.

물론 포토벨로 마켓은 한국인뿐만 아니라 전 세계 사람들의 관광지이며 영국인들의 관광명소이기도 하여, 수많은 사람들이 방문을 하는 곳인데, 특히 토요일에는 많은 사람들로 인하여 인산인해를 이루는 곳입니다.

나는 캔싱톤&첼시Kensington&Chelsea 구청 소속인 포토벨로 마켓 사무실 Portobello Market Office에서 홋팩만 판다는 허가를 받아 여기 포토벨로 마켓에서 햇수로 6년째 장사를 하고 있습니다.

한국에서도 장사와 사업은 만만치가 않은데, 영국에서도 사업은 치열한 경쟁 속에서 수많은 아이디어를 이끌어 내기 위해 사고의 한계점에 다다를 만큼 많은 생각을 끊임없이 창출해 내야 하는 힘든 직업입니다. 이 책은 제가 영국에서 생활하며 경험한 내용 그리고 레스토랑과 런던 포토벨로 마켓에서 홋팩을 팔며 경험한 것을 위주로 기록하였습니다.

포토벨로 마켓에서 장사를 하며 골동품, 옷, 넥타이, 모자, 시계, 안경, 빵, 야채, 과일 등을 판매하는 장사꾼들은 가만이 있어도 손님들이 물건을 골라 사가기에 조용히 물건을 팔 수 있지만, 내가 파는 홋팩 제품은 가만이 있으면 물건이 잘 팔리지 않습니다. 즉 무엇인가 시도를 해야 합니다. 그래서 손님을 유도할 수 있는 간판도 다닥다닥 붙여 놓고, 손님이 오면 설명을 하여 팔아야 하고, 그래도 사가지 않으면 온갖 시늉을 다하며 팔아야 합니다.

어린 아이들이 울면 우리 부모도 그랬고, 나도 그랬듯이 "네가 울면 호랑이가 잡으러 온다!" 하면 아이들은 언제 울었냐는 듯이 울음을 뚝 그치곤 합니다.
우리 주위에 존재하지도 않는 호랑이를 불러 아이의 울음을 멈추게 하는 방법은 부모들의 기술이지 거짓말이 아니라고 표현하고 싶습니다.
나는 홋팩 판매를 하는 장사꾼입니다.
홋팩은 그냥 가만히 있으면 잘 팔리지 않는 제품입니다만, 어떻게 해서든 물건을 팔아야 합니다.
잘 팔리지 않는 제품을 팔아야 하기 때문에 뭔가를 항상 말해야 합니다. 설명을 해야 하고, 손님을 끊임없이 설득하여 사도록 해야만 합니다. 이것도 기술과 재능 그리고 능력이 필요합니다. 물건을 팔 때 저는 갖가지 단어를 이용하여 말과 언어의 기술로 약간의 과대포장을 하는 경우도 있습니다. 하지만 이것은 엄마들이 호랑이를 불러서 아이의 울음을 멈추게 하는 기술이 거짓말이 아니듯, 내가 훗팩을 팔면서 설명하는 것도 말과 언어의 기술일 뿐 거짓말은 아니라고 주장하고 싶습니다.

혹자는 이 책을 읽으며 내가 시도하고 도전하면서 살아온 삶의 방식과 훗팩 판매 기술(방법)이 과대포장이기 때문에 치사하다고 비난을 하고 나무랄수도 있지만, 빈손으로 시작한 영국의 생활과 삶의 영위를 위해 장사를 하다 보면 어쩔 수 없는 장사꾼의 마음을 너그럽게 이해하여 주시면서 이 책을 읽어 주기를 간곡히 부탁드립니다.

식당(레스토랑)을 운영하면서 훗팩을 팔러 다니다 보면 정말로 잠잘 시간도 없는 경우가 많습니다. 글을 쓰다가 피곤하여 좀 쉬다 보면 내가 어디까지 적었는지, 뭘 적어야 되는지, 어떻게 적어야 되는지를 잊어버려 수많은 시간을 혼동 속에 보내면서도, 조금씩 조금씩 시간을 아껴가며 쪼개고 나누어서 〈포토벨로 마켓에서 세상을 배우다-개기기 전법과 진드기 전법 1〉을 썼습니다. 이 책을 완성하기까지 약 3~4년이라는 많은 시간이 걸렸습니다.

이 책이 꿈과 희망을 찾아 도전하는 사람, 열심히 생활하는 사람 그리고 누군가의 작은 정성을 필요로 하는 분들에게 도움이 되었으면 좋겠습니다.

감사합니다.

2014년 7월
영국 런던에서 오강 드림

차례

* 'Hot Pack'을 'Heater Pack'이라고도 합니다. Hot Pack 발음을 한국에서는 미국식 영어 발음 인 '핫팩'으로 발음하고 있지만, 영국에서는 영국식 영어 발음인 홋팩'을 사용하므로 이 책에 서 '홋팩'으로 표시하였습니다.

* 이 책에서는 환율의 혼동을 피하기 위하여 '£1.00'를 '2,000원'으로 환산하여 기록하였습니다.

* 곧이어 〈런던 마켓에서 세상을 배우다 −개기기 전법과 진드기 전법 2〉를 출간할 예정입니다.

1장

포토벨로 마켓에 서서

포토벨로 마켓에 서서 지나가는 사람들을 바라보면
세계 각국에서 몰려든 수많은 사람들이 지나가는 모습이 보인다.
각기 다른 인종, 다양한 모습의 수많은 사람들,
오고 가고, 떠나고 다시 오는 사람들.
하루종일 사람 구경만 해도 하루하루가 재미있다.

대부분의 사람들은 편안한 일을 좋아한다.
짧은 시간에 쉽게 일을 하여 돈을 많이 벌고,
깨끗하고 조용한 곳에서 품위 유지를 하고, 생색내기 좋은 일,
안락한 회전의자에 커피 한 잔을 마실 여유를 가질 수 있는 일을 원한다.

그렇지만 나는 반대의 일을 하고 있다.
길거리의 넓은 하늘 아래 달랑 천막 하나에 의지하며,
봄이면 어디선가 날아오는 꽃가루로 인하여 눈물을 흘리고,
상쾌한 바람을 친구 삼아, 비바람과 싸우고, 강한 햇볕을 어깨에 걸치고,
런던 포토벨로 마켓을 찾아온 관광객들과 웃으며, 가격을 흥정하며,
물건을 파는 장사를 하고 있다.

포토벨로 마켓이 나를 끌어당기면 끌려가고,
포토벨로 마켓이 나를 부르면 달려가서
그의 품에 안긴 채 끈질기게 매달린다.
물건을 하나라도 더 팔려고 악착같이 생존경쟁을 한다.

나는 오늘도 내가 좋아하는 포토벨로 마켓에 서서
지나가는 사람들에게 말을 건넨다.

내가 좋아하는 런던 포토벨로 마켓

사람들이 사랑하는 곳이 있다.

사람들이 좋아하는 곳이 있다.

사람들이 가고 싶어 하는 곳이 있다.

인간이라면 누구나 한 번쯤은 방문하고 싶은 곳이 있다.

전세계 많은 사람들이 영국을 방문하면 찾아가는 곳이 있다.

영국 런던 노팅힐Nottinghill에 있는 '포토벨로 마켓Portobello Market'이다.

매주 토요일이면 포토벨로 마켓은 많은 사람들로 북적인다. 셀 수도 없을 만큼 굉장한 인파가 언덕을 내려갔다가 다시 올라가는 그곳에는 장사하는 사람들의 열기와 오래된 건물로 가득하다.

골동품을 파는 상인, 채소와 과일을 파는 상인, 음식을 파는 상인, 새 옷을 파는 상인과 어디서 가져왔는지 중고 의류를 파는 상인, 나처럼 핫팩Hot Packs을 파는 상인, 신발을 파는 상인, 장난감을 파는 상인이 한데 어울려 포토벨로 마켓을 채운다.

"원 파운드One Pound, 원 파운드One Pound"를 외치는 장사하는 사람, 웃음소리, 시끄러운 상인들의 목소리, 지나가는 사람들의 허기를 채우는 음식, 따뜻한 한 잔의 차Tea를 쉽게 만나 볼 수 있는 곳, 체계적으로 잘 정돈된 모습으로 운영되는 마켓의 질서까지. 이것이 인간의 삶의 모습인가?

나는 이러한 마켓의 아름다움에 빠진다. 마켓을 방문하는 관광객들도 마켓의 아름다움과 즐거움에 도취된다.

런던 포토벨로 마켓.

나는 아름다운 이곳에서 장사를 한다.

나는 이 마켓을 아주 좋아한다.

좋아하는 마켓에서 장사를 하다 보니, 어느덧 햇수로 6년이라는 시간이 지나고, 지금도 시간이 되면 매주 금요일과 토요일에 이곳에서 장사를 한다.

런던의 포토벨로 지역은 1740년에 농장으로 시작하여 1870년부터 마켓이 형성되어 Fresh-Food Market으로 성장하다가 1940년 후반에서 1950년대에 이르는 사이, 골동품 수집가들이 모여 들면서 현재와 같은 모습의 본격적인 마켓이 형성되었다.

포토벨로 도로Road는 빅토리아 여왕시대인 1850년 이전에 만들어졌으며, 1864년에 런던지하철 Hammersmith and City Line이 개통되고 Ladbroke Grove Station이 개통되면서 이 지역이 급속히 성장하였다.

1950년대 포토벨로 마켓에
서 장사하는 모습. 그 당시
의 건물은 지금과 동일하며,
천막을 치고 장사하는 모습
역시 비슷하다.

포토벨로 마켓의 길이는 약 940m (0.58miles)에 달한다. 도로에서 장
사하는 사람들은 관할구청인 켄싱톤&첼시 구청Kensington&Chelsea Council
에서 관리하는 사무실에서 허가를 받아 장사를 시작하게 되는데, 장
사하는 곳의 자리를 자녀들에게 물려줄 수 있으므로 30년, 40년 또는
50년씩 대를 이어서 장사를 하는 사람들이 많다.

매주 토요일이면 많은 관광객들로 북적거리는 이곳은 1999년 영화〈노
팅힐Notting Hill〉을 촬영한 이후로 전 세계에서 관광객들이 영화에 나온
모습을 보기 위해 더 많이 몰려오는 곳이기도 하다.

지금은 세계에서 가장 유명한 마켓 중의 하나로, 특히 날씨가 좋은 여
름날의 토요일에는 수십만 명 또는 그 이상의 관광객들이 방문하여 발

디딜 틈이 없다. 어느 정도인가 하면, 포토벨로 마켓에서 가까운 노팅힐역Notting Hill Station에서 굉장히 많은 사람들이 한꺼번에 나오기 때문에 사람에 떠밀려서 오다 보면 자연스럽게 포토벨로 마켓으로 오게 되어 있다.

마켓에는 두 종류의 장사를 하는 사람들이 있다.
'퍼머넌트Permenant'와 '캐주얼Casual'로 나누어진다.
먼저, 퍼머넌트Permenant는 고정자리를 가진 사람으로, 자기 고정자리가 있기 때문에 보통 오전 8시30분까지 도착하여 물건을 정리하면 된다. 고정자리에서 장사를 하는 사람이 그날 장사를 못하는 경우에는 반드시 당일 오전 일찍 마켓 사무실로 통보를 해야 하며, 고정자리의 경우 장사를 못하더라도 부수비용(자리세)은 구청Council에서 관리하는 포토벨로 마켓 사무실Portobello Market Office에 지불해야 한다.
그리고 캐주얼Casual은 퍼머넌트Permenant 장사가 나오지 않는 자리를 찾아서 추첨을 통하여 자리배정을 받는다.
금요일에는 오전 8시에 추첨이 시작되고, 토요일에는 두 번의 추첨이 진행되는데 오전 6시45분과 오전 7시30분에 있기 때문에 장사를 하는 사람들은 이 시간까지 포토벨로 마켓 사무실에 도착하여야 된다.

마켓비용으로는
월요일 ~ 일요일 (일요일은 특별한 자리) - £58.00
월요일 ~ 토요일 - £45.50
월요일 ~ 목요일 - 1일 £12.00

금요일 £22.00

토요일, 퍼머넌트Permenant £39.50

토요일, 캐주얼Casual – 자리번호Site Number 166번 이상은 £45, 166번 이하는 £47.00

* Market Road는 매주 토요일 오전 10시부터 오후 4시까지 자동차가 통행할 수 없다.

자리번호Site or Pitch Number 148번은 지하철 Hammersmith & City Line 선로아래 그리고 A40 고가도로 아래이다. 노팅힐 게이트 역에서 여기까지는 한 길로 되어 있어서 관광객들이 다른 곳으로 빠져나갈 수 없기에 쭉 걸어오는데, 여기서부터 세 갈레 길로 나누어지기 때문에 그 위쪽으로는 조금 한산한 편이다.

구청council으로 받은 나의 허가서. 장사하는 모든 사람들은 포토벨로 마켓 사무실로부터 받은 허가증을 자기 부수의 천막에 걸어 놓아야 한다. 나는 약 15년 전 한국에서 잠깐 유행했다가 사라진 핫팩Hot Pack,Heater Pack만 판다는 허가를 받아서, 이것만 팔아야 한다. 마켓 사무실에서 하루에도 서너 번씩 무얼 팔고 있는지 조사를 하기 때문에 다른 것은 팔 수가 없다.

장사를 할 자리배정을 받은 후, 철제 천막Stall을 주문하여 장사를 시작할 준비를 한다. 천막을 1일 빌리는데 9파운드를 지불한다.

아주 옛날 시장처럼 길거리에 천막을 치고 장사를 하는 곳,
그래서 더더욱 사랑과 정겨움이 넘치는 곳, 포토벨로 마켓.
처음에 언덕길을 내려오면서 골동품을 파는 가게 및 상인들이 도로 양
쪽에서 장사를 하고, 다음은 언덕길을 올라오면서 야채, 과일, 음식
및 새로운 제품을 판매한다.
걸어만 다녀도 사람 냄새가 물씬 풍기는 넘쳐나는 곳이다.

내가 판매하는 부수 천막 전경. 철제 천막이 오면 지붕을 만들고, 이렇게 다닥다닥 간판을 붙여 놓고 장사를 준비한다. 나를 비롯하여 모든 장사하는 사람이 이렇게 전통적인 방법으로 천막을 치고 장사를 하기에 더 유명해진 마켓이다.

자리 60번을 배정 받았으면 장사
하는 사람은 이 하얀 줄로 표시된
네모 칸 안에서만 물건을 팔아야
하고, 이 선 밖으로 천막이 벗어
나서는 안 된다. 도로 바닥에 위
와같이 자리번호Site Number가 적
혀 있다. 관광객들은 잘 모른다.
네모 칸 사이로는 사람들이 지나
다니게 되어 있다.

서울 지하철 동묘역 근처에 가면, 런던의 포토벨로 마켓과 비슷하게
길거리 마켓 펼쳐져 있다. 그런데 질서가 없어서 체계적이고 조직적인
멋이 별로 갖추어지지 않은 시장이라는 느낌을 받았다.

그러나 이곳 포토벨로 마켓은 다르다. 구청에서 철저하게 관리를 하기
때문에 수많은 사람들이 방문을 해도 질서정연하고 깨끗하게 유지된
다. 이전에 한국의 모 지방자치단체 공무원들이 런던의 마켓연구(조
사)를 위해 방문하였을 때, 내가 자세하게 설명을 해 주었다.

장사하는 사람들은 관광객들이 오기 전에 이렇게 이른 새벽부터 나와 준비를 한다. 사진은 여름이라서 밝아 보이지만 겨울에는 깜깜하다.

나는 2013년 1월5일 아침 6시30분에 포토벨로 마켓 사무실에 도착하였다. 이 날은 다행히 그다지 춥지는 않았는데, 아주 깜깜했다. 주위를 둘러보니 불을 켜 놓고 벌써 준비를 완료한 사람, 준비를 하고 있는 사람들이 눈에 많이 띈다.

매년 1월은 자리번호 148번 위에서 장사하는 퍼머넌트Permenant들에게 장사가 잘되는 자리번호 148번 아래쪽에서 1개월 동안 장사를 할 수 있는 기회를 제공한다. 오전 6시45분부터 추첨이 있기에 나는 일찍부터 도착하였다. 새해 처음 장사를 시작하는 날이라서 신발을 파는 동료, 옷을 파는 동료 등과 "Happpy New Year!" 인사를 하였다.

1.내가 좋아하는 포토벨로 마켓의 이정표. 길은 하나이기에 관광객들은 이 길만 따라가면 된다.
2.구청 소속의 청소부들이 끊임없이 청소를 해주니, 사람들이 많이 왕래하여도 항상 청결한 상태를 유지할 수 있다. 큰 청소 트럭도 지나가고, 작은 청소차 그리고 손으로 직접 청소를 하는 사람들도 있다.

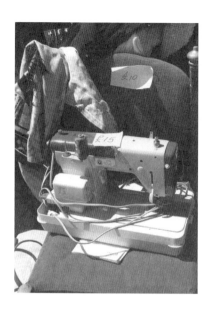

한국이라면 오래되어 버릴 수 있는 물건들을 여기 사람들은 마켓에 이렇게 가지고 와서 판매를 한다.

나는 켄싱톤 첼시 구청 소속인 포토벨로 마켓 사무실에서 홋팩만 판다는 허가를 받아 여기 포토벨로 마켓에서 장사를 시작했다.

당시는 허가를 받을 경우, 판매할 물건을 마켓 사무실에 들고 가서 담당매니저에게 보여 주고 허가를 받았으나, 지금은 이메일로 제품사진을 첨부하여 신청을 한다. 이메일로 신청을 할 경우에는 거절도 이메일로 간단하게 할 수 있으므로 허가를 받는다는 것이 쉽지만은 않은 것으로 보인다.

내가 마켓으로 신청허가를 받으러 갔더니, 사무실 여자가 매니저 허가를 받아야 한다면서 매니저가 있는 곳을 알려 주어 매니저를 만났다.

매니저가 그다지 관심을 두지 않고 나에게 집중을 하지 않더니 내가 "열심히 일을 할테니 자리 하나를 주십시오!" 라고 말하자 고개를 돌려 나를 쳐다본다. 이게 인간 세계다. 한국 사람이든 영국 사람이든 열심히 일을 하겠다는데 싫어할 사람은 없다.

이런 말을 하는데 돈이 들어가는 것도 아닌데도, 한국 사람이든 영국 사람이든 이런 말을 잘 하지 않는다. 거꾸로 생각하면, 대부분 이런 말을 잘 하지 않기 때문에 이런 말을 하는 사람은 이득을 본다는 것이다. 이 세상에서는 무식한 사람이 용감한 사람이다. 일단은 하고 보는 것이다. 되든 말든 일단은 "열심히 일을 할 테니 자리 하나를 주십시오!"라고 말하는 것이다.

내가 포토벨로 마켓에서 처음 장사를 시작할 때, 추첨Lottery을 한다고 하는데 도대체 무슨 뜻인지 전혀 이해하지 못했다.

나는 궁금했다. 처음이라 물어볼 사람도 없고, 마켓 사무실 담당자가 "Lottery(추첨), Lottery(추첨)"라며 뭐라고 말을 더 잇는데, 영어를 이해할 수 없었다. 도대체 무엇을 어떻게 추첨한다는 말인가? 이 마켓에서 장사를 하는데 무엇을 추첨한단 말인가?

나는 어떻게 할까 한참을 고민하다가, 무릎을 탁 쳤다. 무식한 사람이 용감하다.

장사를 시작하는 첫날이 다가왔다.

가장 먼저 사무실 입구에서 기다렸다가 사무실이 오픈하자마자 가장 먼저 들어가서 자리를 배정해주는 여직원 바로 옆에 그냥 서 있었다. 무조건 여직원 얼굴을 보면서 가만히 서 있었다. 아무 말도 없이 조용히 무작정 서 있었다. 내가 서 있다는 것을 20분 후에 알아차린 여직원이 놀라는 표정과 조금은 떨리는 목소리로 말했다.

"Mr. OH, Mr. OH는 7시 30분에 오세요. 지금이 아니고 7시 30분에 와야 합니다. 당신은 두 번째 추첨을 하는 7시30분에 오세요."

인생에서 영어를 몰라도 된다.

영어가 중요한 것이 아니다.

한국 사람들 중에는 "영어, 영어"하며 영어 공부가 인생의 전부라고 생각하는 사람들이 많지만, 영어보다 중요한 것은 시도요, 도전이다. 인생에 있어서 무식한 사람이 용감한 경우가 많다. 이렇게 하면 영국 사람들은 정말로 자세하게 알려 주고, 안내해준다. 영국 사람들은 정말 친절하다.

포토벨로 마켓에서 가장 잘된다는 음식 장사. 몇 개 되지 않는 음식 장사이지만 관광객들이 가장 관심을 가지는 분야다.

2014년 3월 15일 모처럼 만에 만난 장사를 하는 동료가 말한다.
"여기 포토벨로 마켓도 이제는 전과 달라서 장사가 잘 안 돼. 관광객들이 물건을 많이 안 사! 불경기라서 그런지 장사가 예전 같지가 않아요! 그런데 먹는 장사는 주구장창 잘돼. 먹는 장사만 잘되는 것 같아요."

그 말에 나는 가만히 웃었다.
말을 한 친구도 웃음이 나는지 우리는 함께 웃었다. 장사는 이래서 재미있다. 웃을 수 있는 기회가 많아서 낭만을 느끼는 것이다.

먹는장사,
주구장창 잘되는 먹는 장사,
포토벨로 마켓에서는 왜 먹는 장사가 가장 잘될까?
관광객들은 호텔에서 아마 아침식사를 간단하게 했을 것이다. 어찌 보면 먹지 않은 사람도 있을 것이다.
노팅힐 게이트 역에서부터 수많은 인파에 묻히고 떠밀려서 포토벨로 마켓까지 오려면 한참을 걸어야 한다. 이렇게 걸어 마켓 중간쯤에 도착하면 먹는 음식을 파는 곳들이 여러 군데 보인다. 배가 고프니, 무엇이라도 먹어야 된다는 마음이 생긴다. 물건은 안 사더라도 먹어야 힘이 생긴다. 이래서 음식을 파는 곳에서는 항상 줄이 길게 늘어 선다. 음식을 만드는 것과 파는 것도 다른 마켓과는 다르기 때문에 신기하고, 더욱 먹음직스럽다. 허기를 채울 구미가 당긴다. 심지어 장사를 하는 나도 많이 사 먹었다. 음식을 사면 아무 곳에나 서서 혹은 앉아서 먹는다. 걸어다니면서 먹기도 한다. 자신의 마음 내키는대로 먹으면 그만이다.

이것이 포토벨로 마켓의 멋이요, 아름다움이다.

자유다.

자유로움이 넘쳐나는 멋이다.

장사를 하고 있는데, 아는 분이 대학 교수와 함께 마켓을 구경하러 왔다가 우연히 만났다.

"이렇게 우연히 포토벨로 마켓에서 만났으니 제가 점심 대접을 하겠습니다."

나는 마켓 길거리에서 스페인 음식을 파는 곳으로 가서 음식 세 개를 주문했다. 가벼운 플라스틱 용기에 듬뿍 담아 주며 플라스틱 포크를 준다. 우리 세 명은 그냥 길거리에 아무렇게나 서서 플라스틱 포크로 먹었다.

"교수님, 좀 품위있는 곳으로가서 품격있는 음식으로 대접해야 되는데…… 길거리 음식, 괜찮습니까?"

"괜찮습니다. 이 얼마나 좋습니까? 길거리에서 서서 편하게 먹는 음식. 이번 영국 방문에서 여기 포토벨로 마켓에 참으로 잘 왔습니다. 여기는 자유가 있군요. 잘 짜인 공간에서의 자유, 다른 곳에서 느낄 수 없는 자유! 게다가 음식도 참 맛있는데요!"

포토벨로 마켓 옆 도로에 앉아
서 음식을 먹고 있는 관광객들.
이런 자유로움이 런던의 멋이
자, 포토벨로의 낭만이다.

내가 판매하는 홋팩 Small Size
의 모습. 개당 5파운드에 팔고
있다.

언제나 아름다운 마켓 장소들

1870년부터 시작된 거리시장인 포토벨로 마켓에는 구경할 것이 매우 많다.

지하철 노팅힐 게이트 역 근처에서부터 시작되는 포토벨로 로드는 길거리에서 장사하는 사람들뿐만 아니라 상점 안에서 장사하는 사람들도 아름다움을 간직하고 있는 곳이다.

오래된 도로에 매료되어 내 자신이 과거의 골동품으로 변하고, 오래된 건물에 심취되어 내가 이곳을 오래도록 지킨 터줏대감 건물로 변하고, 수많은 관광객들로 둘러싸여 내가 마치 영화 〈노팅힐 Notting Hill〉의 주인공이라도 된 듯 포토벨로 마켓을 뛰어다닐 것처럼 좋아한다.

내가 좋아하는 포토벨로 마켓 중에서 11군데를 간단하게 추천해 보고 싶다.

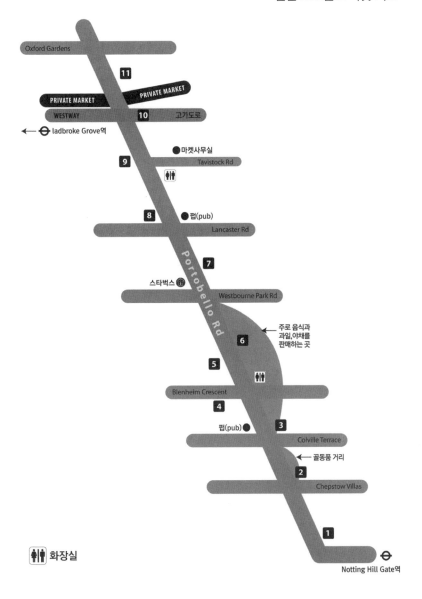

Oxford Gardens

11

PRIVATE MARKET   PRIVATE MARKET

WESTWAY   10   고기도로

← ⊖ ladbroke Grove역

● 마켓사무실
9   Tavistock Rd
🚻

8   ● 펍(pub)
Lancaster Rd

7

스타벅스 ☕   Westbourne Park Rd

주로 음식과
← 과일,야채를
6   판매하는 곳

5
🚻

Blenheim Crescent
4

펍(pub) ●   3
Colville Terrace

← 골동품 거리
2
Chepstow Villas

1

⊖

Notting Hill Gate역

🚻 화장실

31

❶ 영국 소설가 조지 오웰George Orwell이 거주했던 집
건물 벽에 "George Orwell (1903~1950) Novelist & Political. Essayist. Lived Here"라고 적혀 있다.
노팅힐 게이트 역을 나와서 포토벨로 로드로 들어서자마자 나오는 곳으로, Notting Hill Garage에서 두 번째 집이자, Portobello Mews 입구 우측 두 번째 집이다. 조지 오웰은 우리들에게도 잘 알려져 있는 작품인 〈카탈로니아 찬가〉, 〈동물농장〉, 〈1984〉 등 다양한 소설을 썼다.

❷ Henry Gregory Antiques shop
여기서부터 본격적인 마켓이 시작된다.
오래된 가방, 그림, 사진기, 골프채, 럭비공, 테니스공, 테니스클럽을 판매하며 관광객들을 기다리고 있다.
*위치: Henry Gregory 82 Portobello Road, London, W11 2QD
*참고 사이트: www.henrygregoryantiques.com

❸ 자리번호Pitch number, Site number 52번
여기서부터 일반 장사하는 사람들이 장사를 시작한다. 이곳을 시작으로 음식, 야채, 과일이 판매된다. Elgin Crescent와 Colville Terrace가 나누어지는 곳이며, 158a Portobello Road 바로 앞이다.

자리번호 52번에서 대각선 방향으로 보이는 마켓의 모습이다.

❹ Travel Book Shop

영화 〈노팅힐Notting Hill〉에 나오는 서점 이름인 Travel Book Shop. 원래 Travel Book Shop은 1979년에 오픈하였으나 경영상 문을 닫고, 지금은 'Notting Hill Book Shop'으로 간판이 변경 되었다. 수많은 관광객들이 방문하고 사진을 찍는 곳이다.

*위치 : 13-15 Blenheim Crescent, Notting Hill, London W11 2EE
*영업시간 : 월~토 - 10am - 6pm, 일요일 - 12pm - 5pm

❺ Poundland

영국에서 가장 장사가 잘되는 가게 중의 하나인 '£1.00 Shop'이다. 모든 제품이 1파운드, 어디서 제품을 만들어서 팔고 있는지는 몰라도, 품질에 비하여 가격이 무척이나 저렴한 곳이다. 비가 내릴 때에는 여기서 우산을 구입하는 것이 좋다.

❻ 영화 〈노팅힐Notting Hill〉에 나오는 진짜 Travel Book Shop

영화 속에서 주인공 윌리엄 태커William Thacker역을 맡은 휴 그랜트Hugh Grant와 안나 스콧Anna Scott역을 맡은 줄리아 로버츠Julia Roberts가 만나는 책방은 사실 이 자리다. 영화 속 책방의 장소(Travel Book Shop)와 현재의 책방(Notting Hill Book Shop)의 장소는 다르다. Dunworth Mews 코너에 있는 가게로, 전에는 구두가게Shoes Shop였으나 지금은 문을 닫았다. 관광객들은 잘 모르기에 여기에서 사진을 찍는 사람들은 아무도 없다.

*위치 : 204 Portobello Road

책방이 문을 닫아 안이 텅 비고,책이 하나도 없는 The Travel Bookshop의 모습. 영화 속 모습을 보기 위해서 몰려온 관광객들이 책은 사지 않고 사진만 열심히 찍고 가니, 불황을 견디지 못하고 문을 닫은 서점의 모습이 안타깝기만 하다.

영화 속에 나오는 Travel Book Shop의 자리. 204 Portobello Road의 2014년 현재 모습이다.

❼ Tesco

지역 주민들과 많은 관광객들이 이용하는 곳이다. 여름에는 여기에서 물, 음료수 또는 간단한 음식을 구입하면 좋다.

❽ Garden Grill 태국 레스토랑

1층에는 Goldsmith Vintage이 있고, 이 레스토랑은 2층에 위치한다. 여기에서 바라보는 포토벨로 마켓의 모습은 환상적이며 아름답다. 2층을 올라가는 입구가 Goldsmith와 Backstage 가게 사이에 있다.

❾ TALKHOUSE

육교 가기 직전에 좌측에 있는 가게로, 전에는 한동안 비어 있던 곳을 새로 수리하여 완전히 색다른 가게로 전환하였다. 매일 만드는 샌드위치, 크루아상Croissant, 차, 커피, 초콜릿 등을 맛볼 수 있다.

❿ Makan Restaurant

고가도로 바로 밑에 있는 말레이시아 가족이 운영하는 곳으로, 'All Day Breakfast. Lunch & Dinner'를 할 수 있는 곳이다. 다른 곳에 비하여 가격도 저렴하고, 맛도 좋다.

⓫ 오래된 중고제품만 파는 가게 '282'

포토벨로 마켓은 다양한 종류의 제품을 파는 마켓이다. 새로운 제품도 팔지만, 아주 오래된 것만 파는 가게도 있다. 이런 오래된 제품은 주로 마켓 위쪽(철길 건너편쪽, 육교 위쪽)에서 많이 팔고 있다.

오른쪽 사진은 282 Portobello Road에 위치하고, 가게 간판도 '282'라고 적혀 있다. 이곳에서는 오래되고 좋은 제품을 파는데, 약 50년~60년 또는 70~80년 전에 귀부인들이 사용하던 다양한 종류의 악어가방, 뱀가죽의 핸드백, 밍크코트, 그리고 다양한 종류의 아주 오래된 가방 등 여러가지 제품을 판매하고 있다.

구경을 하다 보니 오래된 제품에 심취한 나머지, 정작 내가 판매하는 핫팩을 잊어버리고 한동안 정신을 잃었다. 모자, 부츠, 자켓, 남녀구두, 가방, 모피, 롱드레스, 오래된 의자, 아주 오래된 장식구, 뚜껑이 있는 TV, 바버 왁스자켓 등 오래된 물건들이 깨끗하고, 보기 좋고, 고풍스럽게 진열되어 있어서 구매하고 싶은 욕구를 불러일으킨다.

내가 자그마한 여성용 핸드백을 가리키며 얼마나 오래되었는지 물어보니, 1930년도 제품이라고 하며 악어가죽으로 만들어졌다고 한다. 당시는 지금처럼 자연환경 운동이나 동물보호 운동이 없어서 악어나 뱀가죽 등으로 가방을 많이 만들었으며, 지금은 많이 남아 있지 않은 제품이라고 한다. 손잡이를 보니 너무나 오래 사용하여 조금은 너덜너덜하고, 핸드백을 여닫는 곳이 지금의 것과는 달리 이상하게 생겼지만, 오래된 모습에 나도 구매 충동이 생긴다.

282 Portobello Road. 간판도 '282'라고 적혀 있으며, 육교를 지나 도로 Cambridge Gardens를 지나서 끝부분에 있는 가게. 건너편에는 Thai Rice 레스토랑이 있다. 이 가게 앞에서 오랫동안 장사를 하며 살펴보니 손님들은 주로 골동품을 좋아하고, 오래된 것을 선호하는 미국, 남미, 유럽사람들이 주류를 이루는 것 같다. 새로운 것, 깨끗한 것을 좋아하는 사람도 있지만 이렇게 오래된 제품을 선호하는 사람들도 있다. 한국 사람들은 주로 현대식, 새로운 것, 깨끗한 것을 선호하지만 서양사람들은 성격과 취향이 달라 오래된 것을 좋아하는 사람들이 많기 때문에 가게는 일요일에도 영업을 한다.

3

할아버지 나라를 찾아오는 사람들

오래전에 관광안내를 하며 한국에서 온 가족을 모시고 스코틀랜드 외지이며 영국에서 가장 공해가 없고, 철도가 없고, 육지와 도로로 연결되어 있는 섬인 스코틀랜드 Isle of Skye의 '포트리Portree'라는 작은 항구도시에서 1박을 한 적이 있다. 포트리는 인구 오백 명 이하의 항구도시로, 한국어로 표현한다면 '항구마을'이라고 표현하는 것이 좋을 것 같은 아주 작은 도시이다.

이 도시 부두를 중심으로 3성 호텔인 Rosedale Hotel이 있고, Pier Hotel, Fish&Chips 가게도 보인다. 바다는 앞의 섬이 방파제 역할을 해서 파도의 물결이 강하지 않고, 기름이 둥둥 떠 있는 전형적인 시골로 부둣가 냄새가 많이 나는 곳이다.

도시 중심지 Somerled square에는 Church of Scotland, Portree Parish Church가 있고, Portree Hotel이 있으며, 경찰서가 있고, Bank of Scotland, Clydesdale Bank가 있다. 중앙의 넓은 가운데에는 조그만

스코클랜드Scotland Isle of Skye에 있는 작은 항구 도시 포트리의 한산함과 아름다운 건물이 눈에 띄는 바닷가 전경.

탑이 있는데, 이 탑에 여러 사람의 명단이 적혀 있고, 'Korea – PTE. ALASTAIR M. ANNAN. A& S.H'라는 글이 적혀 있다.

근처에서는 백 파이프 연주 행진이 있었는데, 이 연주를 구경하고 있던 50대 남자에게 "도대체 이 글이 무슨 뜻이냐?"고 물었더니, 이 탑은 전몰장병위령탑이고 여기에 적힌 사람은 한국전쟁The Korean War (June 1950 - July 1953)에 참전하여 전사를 한 여기 포트리 출신 전몰장병 이름이라고 하며, 포트리에 관하여 여러 가지 이야기를 해준다.

나는 몹시 놀랐다.

스코틀랜드 골짜기 중의 골짜기인 Isle of Skye, 지금은 스코틀랜드 본토와 다리가 연결되어 있어서 자동차를 타고 건너갈 수 있지만, 그 옛

날에는 배를 타고 가야만 했던 Isle of Skye. 자동차를 타고 Isle of Skye
에 들어서도 수많은 계곡을 넘고, 험한 산을 지나 약 1시간 30분을 운
전해야 겨우 도달하는 아주 오지인 포트리. 이곳 포트리에서 한 젊은
이가 한국전쟁에 참전했다가 전사한 것이다.
나는 그 전몰장병위령탑을 바라보며 깊은 감동에 한동안 움직일 수 없
었다.

영국 런던의 한인교회에서 매년 한 번씩 한국전쟁참전용사 환영회가
열린다.
10년 전에 이 행사에 참석하여 아주 늙은 참전용사 할아버지와 대화를
나눈 적이 있는데, 이 할아버지는 한국전쟁에 해군으로 참전하여 군함
을 타고 인천 앞바다에 정박한 후,
대포만 쏘았다고 하며 한국 땅을
단 한 번도 밟아 보지 못했다며 웃
었다. 그것도 아주 씩씩하게 말
이다.

한국전쟁에 영국군은 미군 다음으
로 많은 숫자인 8만 7천 명이 참전
했고, 그중 1078명이 전사, 2674명
이 부상을 당했다고 한다. 영국군
이 많은 전투를 했는데, 그 가운데
가장 치열했던 전투는 1951년 4월
22일부터 25일까지 임진강 방어전

영국북쪽 스코틀랜드 Isle of Skye의 포트리에
있는 전몰장병위령탑.

투에서 70배나 많은 중공군과 사흘 동안 밤을 새우며 싸운 것으로, 이 전투에서 글로스터 대대는 750명의 병력 중 무려 622명이 사망했다. 한국전쟁에 참전한 영국군의 증언에 따르면, 2차 세계대전보다 한국 전쟁이 치열했고, 더 잔인한 전쟁이었으며, 전쟁보다는 살을 파고드는 겨울 추위, 엄청나게 많은 양의 눈과 거친 눈보라 그리고 험한 산에 많은 영국군들이 지쳤다고 한다(영국은 70%가 평지이며, 참고로 한국 전쟁에 미국은 30만 2천 명을 파병하였으며, 아프리카 빈국인 에티오 피아도 1개 보병대대 1200명을 파견하였다).

다음날 한국에서 온 가족을 모시고 포트리를 떠나 북극해가 보이는 Culnacnoc, Staffin 그리고 Hunglader를 지나 약 30분 정도 운전하고 있을 무렵이었다. 주위에 아무것도 없는 곳에서 배낭 하나를 달랑 메고 걸어가던 백인 남자가 태워 달라고 손을 흔들어서 자동차를 멈추었더니, 사람들이 많은 곳 아무 데나 내려 달라고 하였다. 그리하여 나의 차에 이 남자가 올랐다. 이윽고 그 남자가 들려준 이야기가 참으로 흥미롭다.

"저는 호주에서 왔습니다. 제 할아버지가 바로 이 땅인 스코틀랜드 Isle of Skye에서 호주로 왔습니다. 저는 아주 어려서부터 할아버지로부터 '네가 크면 나의 조상 땅, 우리 조상 땅인 Isle of Skye를 가 봐야 한다. Isle of Skye를 찾아가 봐야 한다!'라는 이야기를 굉장히 많이 들어서, 내가 성장하여 이렇게 나의 조상 땅인 스코틀랜드 Isle of Skye를 3일째 걷고 있습니다. 저는 이렇게 걷는 것이 무척 좋습니다. 할아버지 나라, 내 선조의 땅, 할아버지가 끊임없이 말씀하시던 이 섬을 이

Isle of Skye섬의 북해 바다 모습. 북해쪽이라서 바람이 심하고, 파도가 높다.

렇게 걷는다는 것이 믿기지 않습니다."

에피소드 1

오래전의 일이다.

영국 시민권을 취득하려면 시험을 봐야 하는데, 시험장에서 백인 여자가 있어 말을 건넸다.

"난 한국에서 왔는데, 당신은 어느 나라에서 왔나요?"

"난 남아프리카South Africa에서 왔어요. 우리 할아버지가 스코틀랜드에서 남아프리카로 왔죠. 난 영국 남자와 결혼하여 사는데, 이제야 시민권 시험을 보게 되니 이상해요. 이제 나의 할아버지 나라에서 살게 되었으니 얼마나 기쁜지 몰라요."

"아니, 할아버지가 스코틀랜드 출신이면 당신은 영국 사람인데, 그냥 시민권을 주지 않나요? "

"그냥 안 줘요. 난 남아프리카 여권 소지자라서 영국 여권을 받기가 하늘의 별따기예요! "

"아, 그러니까, 당신은 할아버지 나라인 영국에서 살고 싶어 하는군요? "

"네, 그래요. 나는 할아버지 나라인 영국에서 살고 싶어요. 할아버지 나라 땅을 걷고 싶고, 냄새도 맡고 싶었는데, 이제 그 소원을 풀게 되어 참으로 기뻐요."

에피소드 2

미국에서 태어나 성장한 후, 영국에서 대학을 다니던 한인2세 재미교포가 하는 말이,

"한국 사람들은 이상합니다. 영문학을 공부하려면 우선 세익스피어, 버지니아 울프 같은 영국문학을 공부해야 하는데, 한국 영문학 유학생들은 모두 미국으로 유학을 가더라고요. 미국 사람들은 모두 영국으로 유학을 오는데 말입니다. 한국 사람들은 이상해요. 영문학을 하려면 영어의 본고장인 영국으로 와야지, 대체 왜 미국으로 가요?"

에피소드 3

아이들이 TV 드라마를 보고 있던 중 내가,

"스코틀랜드 발음도 아닌데, 영어 발음이 이상하네?"

하고 물었더니, 딸애가 대답한다.

"아빠, 이 프로그램은 호주 프로그램이야. 저게 호주영어야."

"야, 영어가 좀 이상하다. 스코틀랜드 발음도 아니고, 리버풀, 만체스터 발음도 아니고, 요크 발음과 비슷하기도 하고……."
"아빠, 저게 호주 영어 발음이야! 저게 호주 영어야."

에피소드 4
미국에서 거주하는 한국 교민들도 영국으로 관광을 많이 오는데, 관광으로 오신 한국 분이 말하기를,
"미국에서 생활하며 어느 분이 영어를 발음하는데, 전혀 혀를 꼬부리지 않더라고요. 도대체 저게 어느 나라 영어인지 오랫동안 궁금해 했는데, 영국에 와서 보니 그게 바로 영국 영어라는 것을 알았습니다."
"네, 영국 영어는 혀를 전혀 꼬부리지 않습니다. 들리는 이야기로는 그래서 미국 상류사회에서는 자기들 할아버지 나라인 영국식 영어발음을 좋아한다고 하던데요! 나는 미국 영어가 혀를 꼬부려서 잘 못 알아듣습니다."
내가 웃으면서 말하자, 이분이 재미있다는 듯이
"미국에서는 혀를 너무나 꼬부려 미국 사람들끼리도 잘 못 알아들어요!"

에피소드 5
한국에서 꼬마가 부모와 함께 영국에 와서 우리 아이들과 함께 이야기를 하던 중, 꼬마가 영어를 하는데 얼마나 혀를 꼬부리는지, 너무 심하게 꼬부리는 것 같아 한마디 건넸다.
"넌 나이도 어린데 왜 그렇게 혀를 꼬부리니?"
"네, 서울에서 선생님이 혀를 꼬부리는 방법부터 먼저 알려 줬어요."

할아버지 나라를 찾아오는 사람들로 붐비는 포토벨로 마켓. 옛날 방식 그대로 장사하는 전통의 나라, 전통 마켓에서 즐기는 영국 후손들의 모습.

에피소드 6

뉴질랜드에서 오신 분이 말하기를,

"호주 사람들은 영국을 자기들 할아버지 나라라고 존경하고, 뉴질랜드 사람들은 호주를 아버지 나라라고 존경합니다. 그래서 뉴질랜드 사람들은 호주를 방문하는 것을 좋아하고, 호주 사람들은 영국 방문을 좋아합니다."

예를 들어, 서울 강남 사람들에게 아프리카 오지지역 또는 브라질 정글지역으로 이민을 가서 땅을 개척할 경우 10억 원의 정착금을 준다고 하면, 아마도 아무도 가지 않을 것이다. 그렇지만 시민권과 10억 원의 정착금을 주면서 미국으로 가라고 하면, 아마 서로 가려고 할 것이다. 〈Horrible Histories, THE WILLAINOUS VICTORIANS BY TERRY DEARY〉라는 책을 보면, 1600년대부터 영국에서 아주 악한 범죄자와 질이 나쁜 사람들을 모두 미국으로 보냈다고 한다. 신 개척지 미국의 넓은 땅에 누군가를 보내서 앞으로 영국 땅으로 만들어야 했기에 범죄자들을 미국땅으로 보내기 시작했는데, 1776년도부터 미국에서 영국 범죄자들을 더 이상 받지 않겠다고 거절을 했다고 한다.

이 시기에 Cook 선장이 호주Australia를 발견한다. 이로써 아주 넓고, 거의 아무도 살고 있지 않은 호주땅에 영국의 범죄자(죄수)들을 미국 대신 호주로 보내기 시작한다. 당시 죄수들이 영국에서 약 4~5개월에 걸쳐서 호주까지 가는 것은 아주 가혹한 형벌이었으며, 100명의 죄수 중 한두 명은 호주에 도달하기 전에 죽었다고 한다.

이 이동은 1850년대까지 지속되었으며, 지역에 따라서 죄질도 다르게 호주로 강제 이동되었다고 한다.

예를 들어, 요크지방Yorkshire에서는 범죄를 세 번 저지르면 호주로 강제 추방되었고, 워익지방Warkshire과 아일랜드 더블린(당시 더블린은 영국땅이었음)에서는 범죄를 두 번 저지르면 호주로 강제 추방, 리즈Leeds와 만체스터Manchester 지역에서는 무조건 범죄를 저지르기만 하면 바로 호주로 강제 추방되었다고 한다.

호주로 사람을 보낼 때에는 인정사정, 피도 눈물도 없이 가혹하게 보냈는데, 여기에는 나이에 상관없이 보냈다고 한다. 첼텐함Cheltenham에서는 11살의 소년이 빵집에서 빵 두 조각을 훔쳐서 호주로 추방되었고, 바스Bath에서는 도로에 침을 뱉았다는 이유로 13세 소년을 호주로 추방, 더블린Dublin에서는 숟가락 세 개를 훔친 11살 소년이 호주로 추방되었다. 런던London에서는 돈을 훔친 8살 소년이 , 스코틀랜드 아버딘Aberdeen에서는 학교를 자주 빠진 10세 소년이 호주로 추방당했다. 추방자 8명 중에 1명은 여자였다고 전해지는데, 가장 비참한 것은 말도 제대로 못하는 6살배기 꼬마가 호주로 추방된 경우이다.

배를 타고 호주로 가면서 배 안에서 어린 범죄자들은 매일 한 시간씩 영어 수업과 수학 수업을 들었고, 매주 주말에 시험을 보기도 했다. 호주에 도착한 죄수들이 다시 잘못을 할 경우는 가혹한 형벌로서 다스렸고, 16세의 소년이 형무소의 교도관을 구타하여 교도관의 다리에 심한 상처를 입혔다는 이유로 사형을 당하기도 했다.

그런데 지금은 이런 수많은 영국의 후예들, 영국의 후손들이 선조의 나라, 할아버지 나라를 방문하는 것이다.

런던 포토벨로 마켓에서 장사를 하다 보면, 미국, 캐나다, 호주, 뉴질랜드, 남아프리카에 거주하는 백인들이 굉장히 많이 오는 것을 느낀다. 영국은 시골 구석구석까지 많은 관광객들이 찾아오는데, 그중에는 위에서 언급한 미국, 캐다나, 호주, 뉴질랜드에서 온 관광객들이 참으로 많다. 이 사람들이 영국을 방문할 때면 런던에 있는 포토벨로 마켓을 방문하는 것이다. 그들은 포토벨로 마켓을 방문한 기념으로 사갈 것을 고민하다가, 내가 팔고 있는 훗팩을 사 가기도 한다.

내가 팔고 있는 훗팩 제품. 안의 알루미늄 디스크를 똑딱 누르면 따뜻함이 번져서 뜨끈뜨끈하게 된다. 식으면 딱딱해지는데, 이것을 삶으면 다시 사용할 수 있다.

나는 물건을 팔며 항상 웃는다. 그리고는 활짝 웃는 얼굴로 물어본다.
"어느 나라에서 오셨습니까?"
할아버지 나라를 찾아서 오고, 영국의 오랜 전통이 물씬 풍기는 포토벨로 마켓, 옛날이나 지금이나 천막을 치고 장사를 하는 포토벨로 마켓을 찾아서 온다.

종종 방문하는 사람도 있지만, 대부분의 사람들은 한 번 방문하면 또다시 방문하기가 쉽지 않다. 태어나서 평생 처음, 그리고 어쩌면 마지막 방문이 될지도 모르기 때문에 포토벨로 마켓에 오면 기념으로 물건을 하나쯤은 사는 것이다. 자기 나라에서는 좀처럼 구하기 힘들고, 무겁지 않으면서도 아주 비싸지도 않은 제품을 구입해야 되는데, 그 제품이 바로 내가 팔고 있는 홋팩이다.

우주 끌림의 법칙은 과연 존재하는가?

영국에서 학교를 다니고, 일을 하고, 장사를 하다 보면 많은 스페인 사람들을 만날 수 있다.

스페인 사람들은 재미있고, 말을 잘하고, 술도 잘 마시고, 파티를 좋아하며, 춤을 잘 춘다. 특히나 스페인 남자들은 축구를 좋아하고, 친절하고, 열심히 일을 한다.

이래서 나도 스페인 사람들을 좋아하는지 모른다. 나는 스페인 사람들을 좋아한다. 영국에 살면서 유독 인연이 많고, 친하게 지내며, 내 주위에 항상 있던 사람들이 바로 스페인 사람들이다. 스페인 친구와 함께 바르셀로나에 거주하는 친구의 집에 가서 며칠을 머물다 온 적도 있다.

우리 레스토랑에는 스페인 사람들이 손님으로 많이 오고, 포토벨로 마켓에서 핫팩을 팔다 보면 스페인 사람들이 첫 번째로 많이 사간다. 포토벨로 마켓은 스페인 관광객들이 많이 찾아오는 곳이기도 하다.

오래전의 일이다. 내가 금요일에 포토벨로 마켓에서 장사를 하고 있을 때였다. 동네 아이들이 공을 가지고 놀다가, 그 공이 굴러서 내 옆으로 왔다. 마침 그때 이곳을 지나가던 두 명의 스페인 남자가 굴러온 공을 가지고 묘기를 부리기 시작했다. 둘이서 공을 주고받더니 어깨에 올리고, 등에 올리고, 다시 다리로 내려서 상대방에게 전해 주니 상대방은 무릎을 이용하여 다시 가슴으로 올리더니, 배쪽으로 내려서 어깨에 올리는 묘기를 선보였다.

이런 묘기에 반해서 지나가던 사람과 장사하는 사람들이 금세 모여서 구경을 하기 시작했다. 묘기를 끝마친 두 명의 스페인 남자가 동네 아이들에게 공을 돌려주자, 모두가 환성을 지르면서 박수를 쳤다.

스페인 사람들은 이렇게 멋이 있다.

마켓을 찾아오는 스페인 사람들. 스페인 사람들은 멋이 있고, 낭만이 있고, 격식이 있고, 자유가 있다. 아무 데나 앉아서 음식도 먹고, 아무 곳에서나 친구들과 담소를 즐긴다. 인간이 지닐 수 있는 모든 멋을 다 갖추고 있는 스페인 사람들을 나는 좋아한다.

이제는 20년도 지난 오랜전, 친한 스페인 친구와 함께 파티에 다니고, 펍에 술을 마시러 종종 다녔는데, 그 스페인 친구는 항상 티베트 사람을 데리고 나왔다.

런던에는 외국인들이 많아서 세계 각국의 다양한 사람들이 거주를 하고 있다. 특히 티베트 사람들은 자국의 전통의상 혹은 그것과 약간 비슷한 옷을 입고 다니는 사람들이 많다. 특히 피부색과 음식 문화가 비슷하다 보면, 아무래도 더 빨리 더 가깝게 친해지는 경우가 많다.

당시 나보다 약 20살 정도가 많은 티베트 친구가 있었다. 그 친구는 영어도 잘하고, 아주 똑똑하고, 책도 많이 읽은 것 같고, 공부도 많이 한 사람 같았다. 그는 나와의 두 번째 만남에서 '우주 끌림의 법칙'에 관한 이야기를 들려 주었다. 처음에 나는 이 친구가 도대체 무슨 말을 하는지 이해를 할 수 없었다. 그래서 몇 자 적어 달라 하여 집에서 내 나름대로 공부를 하였다.

이 친구가 말을 하는 것은 '우주 끌림의 법칙Law Of Attraction(우주 끌어당김의 법칙)'으로, 처음에는 나도 황당하여 이 친구가 반절은 미쳤거나 정신이 오락가락 또는 정신병 초기증상인 것처럼 보여,

"친구여, 티베트는 아주 높은 산에 위치해 있어 우주와 가깝기 때문에 아마도 우주 끌림의 법칙이 쉽게 적용될 거야."

하고 말했다. 그랬더니 이 친구는 조용히 웃는다 (우리는 서로를 '친구 Friend'로 불렀다).

"친구, 우리 티베트는 부처님을 모시는 불교국가입니다. 나도 불교신자이지만, 나는 우주와 자연 그리고 인간이 서로 주고받고, 끌어당기는 힘에 더 많은 관심이 있습니다. 이 우주에는 서로 끌어당기는 힘,

에너지가 있습니다. 별과 별끼리 끌어당기는 에너지가 있지만, 별과 인간, 자연과 자연, 생물과 생물, 자연과 인간 그리고 인간과 인간끼리 서로 주고받고, 끌어당기는 힘이 있습니다.

인간은 신념을 가지고, 목표를 가지고 집중하면 우주 끌림의 법칙에 의하여 자신의 꿈을 이룰 수 있습니다. 마치 자석처럼 별, 자연, 생물, 인간의 에너지가 당신에게 몰려옵니다. 꿈이 있고 목표가 있으면, 그 꿈과 목표는 이루어집니다. 친구여, 꿈이 있고 목표가 있다면 절대로 포기하지 마십시오! 세상 사람들이 믿지 않지만 인간은 자기 자신의 인생을 자신 스스로 만들 수 있습니다. 친구여, 그대도 꿈과 목표가 있다면 친구의 인생을 스스로 만들어 보세요."

"친구여. 그럼 당신은 당신 인생을 스스로 만들었나요?"

"친구, 우리 티베트는 나라가 없는 민족입니다. 정치 · 경제적으로 중국이라는 나라에 종속되어 있어 내 인생을 내 스스로 만들기 아주 힘든 나라입니다. 그렇지만 친구 당신의 나라인 한국은 정치 · 경제적으로 눈부신 성장을 하고 있기에 충분히 가능합니다.

나는 우주 끌림의 법칙을 믿는 사람입니다. 사람들이 의심하고 믿지 않으려 하고, 나를 정신병자 혹은 바보취급을 하지만, 우주 끌림의 법칙은 분명 존재합니다. 친구, 당신은 의심하지 말고 믿어야 합니다. 당신은 우주 끌림의 법칙을 받아야 합니다. 당신에게는 이 법칙이 필요합니다. 그리고 우주 끌림의 법칙은 존재합니다."

이 친구는 내게 이 '우주 끌림의 법칙'에 대해 더 많은 이야기를 들려주었다. 들다 보면 어려운 이야기, 비슷한 내용의 이야기였지만 결론은 '꿈과 목표가 있으면 꿈과 목표는 이루어지니, 꿈과 목표가 있으면

본인의 인생을 본인 스스로 만들어 갈 수 있으니 절대로 포기하지 말라는 내용이었다. 나는 황당하고 얼토당토않은 의미로 적당적당 건성건성하게 들었지만, 티베트 친구는 열정적으로 자신의 이야기 세계를 펼쳤으며, 나에게 하나라도 더 알려 주려고 많은 노력을 하는 것 같았다.

가난한 나라의 티베트 남자가 황당한 이야기를 하니 아무도 믿어 주지 않았던 탓인지, 이 친구는 나에게 정말 열정적으로 말을 했고, 그의 말 속에서 진실이 느껴졌다.

티베트 친구의 말은 당시 힘든 생활을 하던 나에게 큰 의미 없이 그냥 지나치는 소리로만 들렸다. 우선 당장 이번 달 내야 할 방세를 걱정하고, 이번에 다가올 학비와 비자연장을 걱정해야 하는 나로서는 우주가 어디에 있는지, 우주가 나를 끌어당기는지 아니면 내가 우주로 끌려가는지, 우주와 내가 교신을 이룰 수 있는지 그리고 우주 끌림의 법칙이 과연 존재하는지를 생각할 시간적 · 정신적 여유가 없었다.

당시 나는 경제적인 문제로 이혼의 기로에 서서 정신이 없었고, 어떻게 하면 비자 문제를 해결할지, 그리고 시간만 있으면 생활비 충당으로 일을 해야 되는 시기였기 때문에 겉으로는 웃고 지냈지만 속으로는 여러 가지 어려운 문제로 정신이 없었다.

그 뒤로 함께 다니면서 술도 마셨던 스페인 친구도 결혼을 한다고 폴란드로 가서 소식도 모르고, 나에게 우주 끌림의 법칙에 관하여 이야기를 해주었던 티베트 친구의 소식은 전혀 모른 채 많은 달력장을 넘기며, 해가 수십 번 뜨고 지며, 그렇게 기나긴 시간이 흘렀다.

그로부터 5년이 지난 후, 나는 진심을 다해 열정적으로 나에게 우주 끌림의 법칙을 설명하였던 그 똑똑한 티베트 친구가 보고 싶어졌고, 그 친구의 행방을 알아보았다. 그러나 결국 그의 행방은 알 수 없었다. 그 친구가 열정적으로 설명한 우주 끌림의 법칙에 대한 생각이 자꾸만 나를 혼동스럽게 만들었다.

나는 과연 '우주 끌림의 법칙은 과연 존재하는가?'를 종종 생각하게 되었다. 이런 것을 믿어야 되나, 말아야 되나? 이 황당한 이야기를 어떻게 해야 되나? 당시 나이 50대의 티베트 친구는 정말 진지하게 말했었는데 말이다.

내가 알고 있고 경험한 '개기기 전법과 진드기 전법'은 무슨 관련이 있을까? 정말로 꿈이 있고, 목표가 있으면 본인의 인생을 스스로 만들어 나갈 수 있을까?'

20년이 지난 지금, 또다시 우주 끌림의 법칙이 실제로 존재하는지 궁금해지기 시작했다. 20년이 지난 지금도 나의 마음속에서 그의 모습이 떠나질 않는다. 가끔은 종종 그 티베트 친구를 한 번쯤은 만나 보고 싶다는 생각이 들었다.

당시 나는 우선 당장 눈앞의 경제적인 현실에 급급하여 관심도 적었지만, 지금에 와서 생각해 보면 나는 가장 중요한 이야기를 물어보지 못했다.

어떻게 하면 우주 끌림의 법칙을 내가 받을 수 있는지 말이다.

2013년 11월 30일 토요일

레스토랑 저녁 일을 마치니, 어느덧 11시가 되었다. 아내는 한참 동안 계산을 한 후,

"우리 이번 달 목표액에서 128파운드나 초과달성을 했어요! "

라며 기뻐서 말한다. 나는 기쁜 마음에 아내를 한참 동안 껴안아 주면서 몇 번이고 속삭였다.

"수고했어. 정말로 수고했어. 힘들었지? 정말로 정말로 수고했어!"

아내는 목표액을 달성하려고 정말 많은 노력을 기울였고, 일주일 7일 내내 정신없이 일을 하였다. 내가 집사람의 이런 정성과 노력을 알고 있었으니, 목표액을 달성했다는 기쁨에 집사람을 껴안아 준 것이다.

우리는 작은 식당을 운영하고 있지만 매일, 매달 목표액을 정해 놓고 장사를 한다. 매달 목표액을 적어서 가장 잘 보이는 벽에 붙여 놓고 아침 저녁으로, 또 들어오고 나가면서 항상 보며 목표 달성의 의지를 불태운다.

목표액을 너무 많이 잡아 황당하게 미달된 적도 있고, 목표액에서 근소한 차이로 미달된 적도 있고 목표를 달성한 적도 있지만, 목표액을 정해 놓고 장사를 하면 오랜 시간 일을 해도 하루가 덜 피곤하고, 하루하루가 지루하지 않고, 우리 마음속에 날마다 희망과 용기가 샘솟는다.

나는 항상 1일, 1개월, 1년 그리고 3년, 5년, 10년의 장기적인 계획을 세워 놓고 생활하고 있다. 내가 힘들 때, 피곤할 때, 어려운 일이 닥칠 때면 나는 항상 내가 세워 놓은 장래 계획서를 읽으면서 희망과 용기의 의지를 불태운다.

날마다 새롭게 생기고 태어나는 희망과 용기. 이런 것들이 뭉쳐지고,

합쳐지고, 조화를 이루어서 우주 끌림의 법칙으로 연결되는 걸까? 우리가 살고 있는 이 우주에는 끌림의 법칙, 끌어당김의 법칙이 정말로 존재하는 걸까? 뭔가를 간절히 원하고 갈구할 때, 계획적으로 끊임없이 추구할 때, 우주 끌림의 법칙이 우리 곁으로 다가와 꿈을 끌어주고 당겨주어 이루게 해주는 걸까?

포토벨로 마켓에서 장사를 하면서 한가한 금요일에는 혼자서 장사를 많이 한다.
혼자서 장사를 해도 재미있다. 한가할 때는 의자에 앉아서 명상에 잠기기도 하고, 높은 하늘을 바라보면서 우주의 높은 곳을 바라보기도 하고, 우주 어느 곳에 계실 돌아가신 우리 아버지의 얼굴 모습을 그려보기도 한다.
그래도 무엇보다 장사를 하는 옆의 동료와 손님들과 대화를 할 시간이 많아서 좋다.

2011년 7월의 어느 금요일
50대 후반으로 보이는 금발머리를 한 남자 손님이 다리가 아프니 의자에 앉고 싶다고 하여 허락을 하자, 내가 파는 핫팩을 보며 말을 건넸다.
"아! 이것은 미국에서 가장 먼저 만들었는데, 당신이 팔고 있네요?"
"미국에서 가장 먼저 만든 것을 당신이 어떻게 알고 있나요?"
"난 미국 과학자입니다. 이 핫팩은 미국에서 군인들을 위하여 처음으로 만든 것 입니다."
"맞는 이야기입니다. 이것은 미국에서 처음 만들었지요. 지금은 여러 나라에서 만들고 있지요."

"참으로 중국 사람들은 이런 제품을 잘도 만들어!"

"이 제품은 한국Korea에서 만든 제품인데요!"

"당신, 중국 사람 아닌가요?"

"저는 한국 사람입니다."

"아, 그렇군요. 저는 미국 사람이지만, 제가 가장 존경하는 사람은 한국 사람입니다. 한국 사람들, 정말로 존경받을 만합니다."

"……?"

"저는 과학자이기에 여러 나라 사람들을 많이 만납니다. 물론 미국 사람들을 더 많이 만나지만요. 하하하, 저는 한국 사람들을 몇 명 알고 지냅니다. 모든 나라 사람들은 그냥 무작정 삽니다. 계획도 없이 그냥 하루하루를 사는 거죠. 그런데 제가 아는 한국 사람들은 그들과는 달랐습니다. 한국 사람들은 계획을 세워서 살더라고요. 3년 또는 5년 동안에 내가 무엇을 할지 계획을 세워서 생활하더라고요! 한국 사람, 최고입니다. 저는 그래서 한국 사람들을 정말로 존경합니다!"

우리는 서로를 바라보며 웃었다.

한국 사람을 존경한다는 미국 사람은 처음 본다. 그리고 처음 만났다. 미국 사람이 한국 사람을 존경하다니? 더구나 과학자라는 사람이 말이다.

미국 과학자가 떠나고 나서 잠시 후, 나는 급히 그 미국 과학자를 찾았다.

그러나 없다. 보이지 않는다. 할아버지 나라를 찾아온 미국 관광객, 미국 과학자는 이미 멀리 간 모양이다.

이렇게 노상에서 천막을 치고 장사를 하는 사람에게도 우주 끌림의 법칙이 적용되는걸까? 나는 오늘도 하늘을 보고, 하늘 너머의 저 넓은 우주에 대해 생각한다.

미국 과학자? 그는 과학자이기에 우주 끌림의 법칙을 알고 있을 것이다. 이 우주에는 끌림의 법칙, 끌어당김의 법칙이 정말로 존재하는지, 존재한다면 어떻게 하면 우주 끌림의 법칙을 내가 받을 수 있는지, 미국 과학자는 그 해답을 알고 있을 것이다. 한국인을 존경한다던 그 과학자는 분명 알고 있을 것이다.

오고 가고 떠나고 사라지는 장사꾼들

장사를 하다 보면 많은 손님들을 만나기도 하지만, 그 전에 함께 장사를 하는 많은 동료들을 만난다. 장사를 하는 나도 장사꾼이요, 내 옆에서 장사를 하는 동료도 장사꾼이다. 비가 오고, 바람이 불고, 눈이 내리고, 천둥 번개가 쳐도 우리는 함께 장사를 하는 장사꾼들이다.

서로 웃고, 날씨가 추울 때는 따뜻한 차 한 잔을 주고받고, 정이 넘치는 카푸치노 한 잔을 함께 마시다 보면 오랫동안 사귄 벗처럼 자신의 고민도 털어 놓고 이야기한다. 이래서 함께 장사를 하는 동료들은 서로 형편이 비슷한 같은 처지이다 보니 마음이 통하고, 정이 통하고, 금세 친근해져서 여러 가지 정보를 주고받기도 한다.

어린이용품을 팔았던 Jean도 어느 때부터 보이지 않고, 중고옷을 팔았던 예쁜 얼굴의 인도 여자도 보이지 않는다. 지난 달에는 분명 함께 웃었는데, 몇 주를 못 본 사이 장사를 그만두었는지 보이지 않는다.

내가 장사하는 바로 옆에서 장사하는 동료가 없어지고, 한동안 모습을 보이지 않다가 마켓을 영영 떠날 때는 가슴이 아프고, 동료의 모습이 오랫동안 머릿속에 남아 떠나지 않기도 한다.

나무 연필을 파는 젊은 중국인이 나와 친했었다. 포토벨로 마켓에서 나보다 몇 개월 먼저 장사를 시작한 친구라서, 비슷한 처지의 우리가 서로 금세 친해졌는지도 모른다.

사람이 살다 보면 처지가 비슷한 사람끼리 모인다. 그래서 '끼리끼리 모인다'라는 옛말이 있나 보다. 서로 비슷한 일을 하다 보면 상대방의 고민이 나의 고민이 되고, 나의 고민이 상대방의 고민이 될 수 있기에, 서로를 금세 이해할 수 있게 된다.

마켓에서 장사를 하다 보면 물건이 극도로 안 팔리는 날이 있다.

믿어지지 않지만, 부수비용도 나오지 않는 날이 있기도 하다.

어느 날, 중국인이 슬픈 얼굴로 내게 말했다.

"나, 지난주에 나무 연필 5파운드짜리 하나 팔았어요. 정말로 장사가 안 되더군요!"

이 중국인은 점심을 굶었을 것이다. 어쩌면 새벽에 집에서 만들어 온 샌드위치 하나로 때웠는지도 모른다.

그리고 얼마 후부터 이 중국인이 보이지 않는다. 이 동료는 다른 마켓에서 나와 종종 만나기도 했다. 이 중국인은 정말 힘들었을 것이다. 마켓을 방문하는 관광객들이 마켓의 아름다움과 영국적인 전통의 멋에 젖어 마켓을 돌아다닐 때, 물건이 팔리지 않는 동료는 '마켓을 떠날까? 말까? 장사를 그만둘까? 지속해야 하나?' 여러가지 고민에 휩싸인다.

포토벨로 마켓에서 문을 닫은 일본 카페. 지금은 스페인 카페로 바뀌었다. 장사가 안 될 때에는 이렇게 처량한 모습으로 변해 문을 닫는다. 장사는 때때로 이렇게 힘든 상황이 찾아온다. 이 카페 주인은 문을 닫으면서 남몰래 눈물을 흘렸을지도 모른다.

이런 고민에 휩싸인 중국인이 나의 가슴에 여운을 남기고 사라졌다.

인간은 생존을 위하여 월급쟁이 회사원이든 아니면 나라의 녹봉을 먹는 공무원이든 자영업이든 뭐든 해야 한다.

영국은 한국처럼 일할 곳이 많지 않기에, 주로 술집인 펍 그리고 식당에 일자리가 편중되어 있어 그곳에서 많이 일하는 편이다.

영국 옆 나라인 아일랜드에서 온 친구가 있었다. 이 친구는 레스토랑 주방에서 일을 했는데, 아무리 일을 해도 돈이 모이지 않아 인생의 방향 전환으로 마켓에 장사를 하러 왔단다. 이 친구는 은으로 만든 목걸이나 반지, 귀고리 등을 주로 팔았다. 자동차가 없어 새벽에 가방에다가 물건을 담아서 들고 오는 친구다.

마켓 장사를 하면서 자동차가 없으면 정말로 많은 힘이 든다. 보통의 의지 없이는 자동차 없는 장사란 쉽지 않다. 나는 이 친구에게 일요일에 Battersea Market에 가서 팔아 보라고 권장했다.

어느 날 이른 아침, 부수자리를 배정 받기 전에 이야기를 나누었다.

"당신, LG가 어느 나라 회사인지 알고 있나요?"

"아, 그 회사 프랑스 회사 아닌가요?"

"하하하! 그 회사는 한국 회사입니다. 어떤 사람은 일본 회사, 또 어떤 사람은 미국 회사라고 이야기를 종종 하기도 하지만, 그 회사는 한국 회사야. 나도 한국 사람이고."

"그리고 보면 한국 사람들은 물건을 참으로 잘 만들어. 왜 우리 유럽 사람들은 물건을 잘 만들지 못할까?"

그리고 얼마 후부터 이 친구도 보이지 않는다.

잘 살아 보겠다는 의지가 아주 강한 친구였는데…… 마켓에서 돈을 벌어보겠다는 욕심이 넘치는 친구였는데…… 자신이 직접 겪은 여러 가지 경험을 나에게 말해 준 고마운 친구인데, 안타깝지만 이 친구도 보이지 않는다.

장사를 하다 보면 우연찮게도 별의별 사람을 만난다.

2009년 8월 29일 토요일의 일이다. 포토벨로 마켓에서 아침에 정리를 한 후 장사를 시작하려고 하는데, 젊은 파키스탄 친구가 헐레벌떡 찾아와서 "혹시 여분의 테이블이 하나 있나요? 오늘부터 장사를 시작했는데 아무것도 몰라서 아무것도 가지고 오지 않았습니다. 테이블이 있으면 하나만 빌려 주세요." 라고 부탁했다.

나는 때마침 한 개의 여유분 테이블이 자동차 안에 있어 그것을 빌려 주었더니, 무척 고맙다고 말하며 망고 6개가 담긴 상자를 가져온다.

이 친구는 인도 아가씨와 함께 망고를 팔고 있다. 망고를 파키스탄에서 수입하여 판매한다고 하는데, 이 망고가 정말 맛있다. 내가 지금까지 이렇게 맛있는 망고를 먹어 본 적이 없을 정도이다.

오후 2시가 되자, 가지고 온 망고가 다 팔려서 집으로 간다며 인도 아가씨와 함께 와서 인사를 한다. 이 친구도 주중에는 회사에서 정식으로 일을 하고 토요일만 파키스탄에서 수입한 망고를 판매한다고 한다. 이들은 테이블이 없어 여기저기, 이 사람 저 사람에게 문의를 해도 아무도 빌려 주지 않았는데, 나는 아무런 의심도 없이 바로 빌려 주자 나를 좋아하게 되었다. 하긴 장사하는 사람들이 여유분의 테이블을 가지고 다니는 일은 극히 드물다.

파키스탄 사람들은 정말로 한국인을 좋아한다. 아랍 사람들도 한국인을 좋아하지만, 유독 파키스탄 사람들의 한국 사랑은 유별나서 한국인들에게 몹시 높은 친근감을 보인다. 파키스탄 사람들은 한국인이 만든 것이라면 무엇이든지 좋아하는 습성이 있다.

파키스탄 남자와 인도 여자가 파키스탄에서 가져온 망고를 한 상자에 5파운드에 팔고 있다. 나도 망고를 먹어 보니 정말로 맛이 있다. 여지껏 이렇게 맛있는 망고를 먹어 본 적이 없다. 지금도 운전을 하다가 파키스탄 가게가 있으면 들러서 파키스탄 망고를 산다.

이 친구와 인도 아가씨는 우리 레스토랑에 와서 식사도 하였다. 한국을 사랑하는 마음이 기특하고 고마워서 내가 초대하여 식사 대접을 한 것이다.

그리고 망고판매시즌이 끝나자, 그들은 마켓에서 장사를 그만두었다.

2011년 7월 16일 토요일

비가 많이 내리다 다시 멈추고, 해가 뜨다가 또다시 많은 비가 내린다. 그나마 바람이 불지 않아서 다행이다. 비가 내리는데 바람까지 불면 장사하는데 최악의 날씨다.

오늘 드디어 포토벨로 마켓에서 40년간 장사를 한 영국 할아버지 Mr. John이 마지막으로 장사를 한 날이다. 나이가 너무 많아 한쪽 다리를 불편하게 움직이는 Mr. John이 마지막으로 장사를 하는 날이라서 하늘에서 축복의 비가 내리는 건지도 모른다.

나는 마지막 선물로 내가 팔고 있는 핫팩 Neck Size를 하나 선물로 주면서, 부디 건강하게 생활하시라는 말을 남겼다. Mr. John과 나는 바로 옆에서 장사를 많이 했다. 특히 금요일에 우리는 바로 곁에서 장사하는 날이 많았다. 이렇게 곁에서 함께 장사를 하면서 그는 나에게 과거 자기가 경험한 포토벨로 마켓 이야기를 들려 주었다.

그리고 그는 종종 내게 이렇게 말했다.

"장사가 안 돼. 가방이 팔리지가 않아. 사람들이 물건을 안 사. 여기 마켓도 이제는 재미가 없어! 그냥 집에 있으면 더 빨리 늙을까 봐 마켓에 나와서 장사를 하는데, 영 재미가 없어! 그래도 40년 동안 함께 장사한 친구들이 보고 싶어 장사하러 나오는 거야. 다른 친구들은 이제 자녀들에게 마켓 자리를 물려준다고 하네.

2008년 미국 리먼브라더스 금융회사가 무너지면서 전 세계적으로 불황이 닥쳐서 그런지 그 이후부터는 사람들이 물건을 안 사네. 그 전에는 정말로 장사가 잘되었거든. 장사가 잘되니 물건 파는 것이 재미있었는데, 이제는 마켓도 한물갔어. 난 이제 더 이상 안 할 거야. 다리도 아프고, 이 자리를 물려줄 사람도 없고…… 아들이 한 명 있는데, 여기에서 장사를 하지 않겠대! 그래서 그냥 마켓 사무실에 내 자리를 반납하기로 했어! 내가 장사하면서 사용한 천막과 자동차도 이미 다른 사람에게 판매하기로 예약되어 있어서 마음이 편해. 여기 포토벨로 마켓에서 40년 동안 장사를 했지만 이제 미련이 없어. 나는 떠나고 또 다른 사람이 와서 장사를 해야지!

나는 런던에 있는 모든 것을 정리하고 노팅험에 가서 살 거야. 아들 옆으로 가야지. 내가 여기를 떠나도 이 아름다운 포토벨로 마켓의 모습은 잊지 못할 거야. 나는 이 마켓이 정말 좋아. 집에 있으면 마켓이 나를 부르지. 어쩌면 마법의 힘이 나를 포토벨로 마켓으로 나를 끌어당겨서 내가 한평생을 여기서 장사했는지도 몰라."

그리고 그는 나를 쳐다보며 말을 이었다.

"친구, 자네도 여기에 한번 들어오면 쉽게 빠져나가지 못해. 왜냐하면 이곳엔 마법의 힘 같은 것이 있거든. 마켓의 사람들, 도로, 오래된 건물, 낡은 철구조의 천막, 수많은 방문객들을 보면 우리는 여기서 떠날 수가 없어. 그래도 나는 떠나야 돼! 그래야 새로운 사람이 또 장사를 시작하지."

마지막 날, Mr. John의 모습은 쓸쓸해 보였다. 아름다운 모습이었다.

지독한 고집쟁이 영국인처럼 한 장소에서 한평생을 장사하다니⋯⋯.
나는 항상 건강하시라고, 부디 건강하시라고, 몇 번이나 거듭 이야기를 했다.

나도 언젠가는 이렇게 Mr. John처럼 여기서 오랫동안 일을 하다가 떠나겠지. Mr. John처럼 나이가 너무 많아 허리를 구부리고 한쪽 다리가 불편할 때까지 일을 할지도 모르고, 장사가 안 되어서 고민을 할지도 모르고, 장사하는 친구들이 보고 싶어서 매주 여기 마켓을 나올지도 모르고, 마켓의 사람들, 도로, 오래된 건물, 낡은 철구조의 천막, 수많은 방문객들을 보면 나도 여기를 떠날 수 없을지도 모른다.
사람은 떠나도 관광객은 끊임없이 찾아오는 포토벨로 마켓.
이번 관광객이 지나가면, 다음주에는 다른 관광객이 끊임없이 찾아오는 포토벨로 마켓.
다른 사람이 떠나면 금세 잊히곤 했는데, 마지막 날 장사를 하는 그의 모습을 보니, 20년 후, 어쩌면 30년 후, 나의 모습을 보는 것 같아 그가 쉽사리 잊힐 것 같지 않았다. 아쉬운 마음으로 높게만 보이는 포토벨로 마켓의 하늘을 쳐다본다.

Mr. John이 팔던 가방의 모습. 그가 마지막으로 장사를 하는 날은 쓸쓸하게도 남은 물건이 없었다.

6

돈 버는 것이 장난이 아니구나!

영국에서 생활하다 보면 많은 사람들을 만나고 헤어진다. 떠나면 또 다른 사람이 오고, 한 번 떠나면 좀처럼 영국에 다시 못 올 것 같은데도 또다시 와서 정착하여 거주한다.

마켓에서 장사를 하다 보면 수많은 관광객들이 오고 가기를 반복하는데, 한 번 떠나면 다시 올 수 없는 곳이 영국인데도 불구하고, 몇 년 전에 핫팩을 사갔는데 제품이 좋아 또다시 구입하는 사람도 있다.

이것이 인생살이, 세상살이인가? 우리는 수많은 사람들과 접촉하면서 생활을 한다.

한국인 민혜 씨가 나와 함께 약 6개월 동안 장사를 하였다.

우리 레스토랑에서 일할 종업원을 구한다고 광고를 했더니 대학을 다니다가 영국에 영어를 배우러 온 민혜 씨가 찾아온 것을, 아내가 마켓에서 일할 사람이 부족하여 바로 나에게 보낸 것이다. 성격이 좋아 레스토랑보다는 마켓에서 일을 하는 것이 적성에 맞을 것 같아 마켓에서 함께 장사를 함께했다.

영국에 온 지 일주일 만에 마켓에서 100% 외국인을 상대로 장사를 하다 보니, 조금은 어설프게 사용하는 영어를 그때 그때마다 교정해 주었다. 영어는 함께 일을 했던 데니Danny가 많이 알려 주었다. 장사할 때는 이런 영어를 사용해야 한다며, 장사 영어를 나도 배우고 민혜 씨도 배우고…… 배움이라는 것은 참으로 다양하다.

민혜 씨는 성격이 좋아서 물건을 아주 잘 팔 뿐만 아니라, 장사를 하면서 하루 종일 수많은 외국인과 대화를 하다 보니 영어를 잘한다.

그녀는 남자 손님이 오면 "하나만 사 주세요. 저는 팔리는 것에 따라서 커미션을 받아 생활합니다. 하나만 사 주세요. 제발 하나만 사 주세요! 이걸 못 팔면 오늘 일당을 못 벌어요. 제발 하나만 사 주세요!" 하며 매달린다. 손님이 물건을 안 사고 그냥 가면, 약 10m 정도를 따라가면서 하나만 사 달라고 사정하고 조른다.

내가 아무런 조언을 해주지 않았는데도, 처음부터 '개기기 전법과 진드기 전법'을 구사한다. '개기기 전법과 진드기 전법'이란 무작정 매달리고, 무작정 사정하고, 무작정 떼를 쓰는 방법이다. 세상은 이상하다. 아니, 어쩌면 물건을 파는 우리가 이상한 건지(?)도 모른다. 길거리에서 천막을 치고 장사하는 곳에서도 위대한 개기기 전법과 진드기 전법이 통하다니…….

눈치를 봐서 손님이 어깨가 아프다 싶으면 얼른 어깨에 핫팩을 걸쳐 주고, 허리가 아프다 싶으면 재빨리 허리에 채워 주고, 무릎이 아프다고 하면 자기가 무릎을 꿇고 또는 쪼그리고 앉아 손님의 무릎에 핫팩

밸트를 매어 준다.

나는 민혜 씨가 물건을 파는 모습을 종종 바라보면서 손님 다루는 법, 말을 하는 법, 물건을 파는 법을 새롭게 배웠다. 본인은 느끼지 못할 지라도 옆에서 지켜보는 나는 민혜 씨가 가진 장사에 대한 재능과 능력을 보았다.

그렇다.

장사는 순간적인 판단과 재치가 넘쳐야 한다.

장사에 재치와 감각이 넘쳐나는 민혜 씨, 위대한 '개기기 전법과 진드기 전법'으로 자신의 재능과 능력을 발휘하는 민혜 씨, 유머감각이 넘쳐나서 손님들을 웃기고, 손님을 잡아당겼다 놓아 주면서 물건을 파는 민혜 씨, 내가 꼽는 포토벨로 마켓에서 장사를 잘하는 사람 세 명 중의 한 사람인 민혜 씨.

장사는 이렇게 해야 된다.

민혜 씨와 장사를 할 때 모습. 그 당시는 이런 천막 아래에서 네 명이 달라붙어 팔았다. 그 당시는 그리스, 스페인 그리고 이탈리아의 경기가 좋았던 시기라서 마켓에서 장사를 하는 우리도 경기가 좋았다.

재미있게, 손님도 웃고, 나도 웃고, 우리도 웃으면서 말이다.

손님을 웃기는 것도 재주이자 능력이고, 웃는 손님에게 물건을 파는 것도 능력이요, 재능이다.

민혜 씨가 일을 할 당시, 토요일은 필리핀 사람인 데니, 물건 파는데 제법 소질이 있었던 몽고 아가씨 그리고 내가 함께 일을 하였는데, 조그만 천막 아래서 네 명이 함께 물건을 팔았다. 많은 사람들이 몰리는 토요일에는 정말로 바빴다. 그 당시가 가장 바빴던 것 같다. 장사가 이렇게 재미가 있는 줄은 나도 처음으로 느꼈다. 물건은 엄청나게 많이 팔렸다. 물건을 파는 전문가들이 네 명이나 모여 판매를 하다 보니, 물건은 정신없이 팔렸다.

민혜 씨와 일을 하면서부터는 유독 비가 많이 내렸다. 비, 비바람, 물보라, 강풍이 몰아쳐도 장사는 한다.

어느 날은 폭우가 쏟아져서 홋팩 판매 천막을 놔두고 바로 앞의 정육점 천막 밑으로 가서 한 시간 동안 비를 피하기도 했다. 관광객들도 천막 밑에서 비를 피한다. 한 시간 동안 비를 피하고 나서 날씨가 개면 다시 장사를 시작한다.

어느 날은 하루 장사를 끝내면서 천막을 접고 있는데, 갑자기 굵은 소나기보다도 더 심한 비가 내렸다. 마치 하늘에서 물을 퍼붓는 것 같았다.

둘이 일하면서 짖궂은 날씨 때문에 수많은 우여곡절을 겪기도 했다. 우리 둘은 차 안에서 쏟아지는 비를 바라보며 약 1시간 동안 기다리면서 세상 이야기를 한 적도 있다.

이런 민혜 씨가 아쉽게도 영국을 떠나면서 여러 가지 이야기를 하였다.

"사장님, 제가 공부할 때는 부모님이 보내 준 돈을 아깝다고 생각하지 않고 썼는데, 물가가 비싼 영국에 와서 생활하다 보니 사는 것이 장난이 아니라는 것을 배웠습니다. 그리고 마켓에서 장사를 하다 보니 돈 버는 것이 장난이 아니라는 것을 느꼈어요. 영국 생활은 물가가 비싸서 정말로 힘들어요. 사장님과 장사를 하면서 영어도 많이 늘었지만, 정말로 인생 공부 많이 했습니다."

"민혜 씨, 사람이 살면서 다양한 직업을 가지고 먹고살고, 다양한 방법으로 생활을 이어가고 있지요. 민혜 씨가 다른 나라로 가든, 나중에 한국에서 생활하든, 어쩌면 죽을 때까지 여기 포토벨로 마켓에서 장사한 것을 잊지 못할 것입니다. 왜냐하면 특이하거든요. 이 세상에서 이렇게 장사하는 곳이 없거든요. 천막을 쳐 놓고 소리를 지르며 장사하는 곳은 요즘 세상에 흔치 않은 일이지요."

"사장님, 제가 여러 가지를 많이 느꼈지만 돈 버는 것이 장난이 아니라는 걸 뼈저리게 느꼈어요. 정말로 좋은 인생 공부가 되었습니다. 더구나 전혀 모르는 외국 사람들에게 물건을 팔고, 물건을 사 가고, 사 가도록 유혹하고, 유혹에 넘어가서 사 가고…… 상황에 따라서 순간적으로 조금은 과대포장을 해야 사 가는 포토벨로 마켓 장사는 참으로 배울 점이 많은 것 같아요."

"내가 오래전에 티베트 사람으로부터 들은 이야기가 있어요. 이 우주에는 서로 끌어당기는 힘, 에너지가 있답니다. '우주 끌림의 법칙'이라고 한데요. 별과 별끼리 끌어당기는 에너지가 있고, 별과 인간, 자연과 자연, 생물과 생물, 자연과 인간 그리고 인간과 인간끼리 서로 주고받고, 끌어당기는 힘이 있다고 합니다. 인간은 신념을 가지고, 목표를 가지고 집중하면 우주 끌림의 법칙에 의하여 인간의 꿈이 이루어질 수 있다고 합니다. 믿어지지 않을 만큼 이상한 이야기이지요.

사람이 끊임없이 뭔가를 원하면 '끌어당김의 원칙'에 의하여 우주에서 메시지를 보내 준다고 합니다. 도와주는 뭔가가 있다고 하네요. 도와주는 것도 그냥 무작정 살아서는 안 되고, 항상 진리는 내 주위에 있기 때문에 주위 사람들의 말을 잘 듣고, 도전하는 정신을 가지고 생활하며 인내해야 한다고 합니다. 물론 고스톱, 카지노 같은 도박은 당연히 해서는 안 되는 것이고요.

그래서 민혜 씨도 하고 싶은 것이 있고, 인생의 꿈이 있으면, 절대로 포기하지 말고 끝까지 시도를 하면 반드시 이루어질 겁니다. 우리가

과일을 파는 가게의 모습. 조금은 부족한 느낌의 엉성한 느낌이 드는 길거리 시장. 그렇지만 자유롭고 재미가 있다. 낭만이 있고 볼 거리가 많다. 그래서 포토벨로 마켓에는 전 세계 부자 관광객들이 몰린다.

포토벨로 마켓에서도 꿈이 있고, 장사 목표가 있기 때문에 장사를 할 때 끊임없이 목청 높여 소리를 지르잖아요. 민혜 씨가 비록 마켓 장사를 그만두더라도 여기서 일하던 마음가짐으로 살면, 반드시 좋은 인생이 되리라고 봅니다. '돈 버는 것이 장난이 아니구나!'라는 사실 한 가지만 느꼈어도 큰 성과를 얻은 겁니다."

민혜씨와 함께 장사 할 때 비내리는 날의 모습. 비, 비바람, 물보라, 강풍이 몰아쳐도 장사는 해야 된다. 이 세상에는 편한 것이 하나도 없다. 우리는 이런 모든 것을 극복하면서 살아가야 한다.

민간외교

우리가 매일매일 생활하다 보면 수많은 사람들을 만나서 이야기하고, 경험하고, 웃고, 서로의 정보를 교환해 가면서 하루하루를 지내게 된다.

장사를 하다 보면 자주 만나는 사람들이 있다. 함께 장사를 하는 동료들도 자주 만나지만, 지나가다 마주치는 손님이 자주 찾아오다 보면 어느 사이에 친구처럼 친해지는 경우도 종종 있다.

키도 크고, 얼굴도 통통하여 보기 좋고, 덩치도 좋아서 체중이 많이 나가 보이는 영국 북쪽 스코틀랜드에서 온 친구가 있었다. 이 친구와 종종 만나 이야기를 하다 보니 나이가 나보다 네 살이나 어리다는 사실을 알게 되었다. 그럼에도 불구하고 나보다 훨씬 더 늙어 보인다. 의학적인 지식이 없는 내가 보아도, 이 친구는 고기 종류의 음식을 너무 많이 섭취한 것 같다.

"당신, 고기를 좋아하지요? 그리고 특히 소고기를 좋아하지요?"

"내가 소고기를 좋아하는 줄 어떻게 알았나요? 나는 고기를 좋아하는데, 고기 중에서도 특히 소고기를 아주 좋아한답니다. 우리 고장 스코틀랜드에는 소고기가 많잖아요. 나는 식사를 하면 주로 소고기만 먹어요."

"건강을 생각해서라도 야채를 많이 드셔야 되는데요. 야채를 많이 드세요."

"나는 풀만 먹는 토끼가 아닙니다. 나는 사람이지, 토끼가 아니란 말입니다. 하하하! 그런데 당신은 나보다 네 살이나 나이가 많은데도, 어떻게 나보다 더 젊어 보이네요. 살도 찌지 않았고요!"

"내가 젊어 보이는 것은 바로 식습관 때문입니다. 나뿐만이 아니라 한국인 대부분이 젊어 보입니다. 야채를 많이 먹고, 기름을 거의 사용하지 않지요. 이래서 한국인들이 장수를 합니다. 시간이 되면 한국 식당에 가서 한국 음식을 한 번 먹어 보세요. 한국 음식은 장수식품입니다. 이런 이야기를 주위분들에게도 전해주시고요!"

포토벨로 마켓의 야채가게 모습. 시금치, 양파, 당근, 오이, 호박 등 모두가 싱싱하고 품질이 좋다. 관광객보다는 주로 동네 주민들이 많이 사 간다.

에피소드 1

망고를 파는 젊은 파키스탄 남자와 인도 여자가 급하게 테이블을 빌려 달라고 하여 빌려 준 이후, 이 젊은 친구들과 친하게 지냈다.

마켓은 같이 물건을 팔기 때문에 금세 친해지는 장점도 있다. 테이블을 2주 연속 빌려 주었더니 굉장히 고맙다며 감격하는 두 사람이 실례를 한다면서 나의 나이를 물어 50세가 넘었다고 말을 하니 깜짝 놀라며,

"왜 그렇게 젊게 보이나요?"

하고 묻는다. 이에 나는 지난 번 스코틀랜드 친구에게 했던 것과 같은 말을 했다.

"내가 젊게 보이는 것은 바로 식습관 때문입니다. 음식은 아주 중요합니다. 시간이 되면 한국 식당에 가서 한국 음식을 한 번 먹어 보세요. 한국 음식은 장수식품입니다."

그러자 파키스탄 남자가 진지한 표정으로,

"파키스탄에서는 나이 40이 되면 이제 죽을 준비를 해야 되는데, 한국 사람은 이렇게 젊어!"

하며 농담을 건넸다. 우리 모두는 소리 내어 웃었다.

에피소드 2

우리 집 근처의 병원Surgery에 가서 의사를 만나 이야기를 하는데, 인도 출신의 의사가 나의 몸을 진찰하면서 대뜸,

"거, 이상해요. 한국 사람들, 일본 사람들은 참 오래 산단 말예요. 수명이 참 길어요!"

하는 거다. 난 속으로 웃으면서,

'아, 이 의사는 알고 있구나! 한국 사람들이 오래 사는지를…….'
하고 생각했다. 그리고 말했다.
"한국 사람들이 오래 사는 비결은 음식에 있습니다. 식구들을 자주 한국 레스토랑에 데리고 가서 식사를 자주 하세요. 건강에 좋습니다."
"당신네 사람들은 키도 작고 살도 찌지 않아 호리호리하여, 바람이 불면 넘어갈 것처럼 가냘프게 보여도 참으로 오래 산단 말이야!"
"그것은 음식 덕분입니다. 시간이 되면 한국 식당에 가서 장수음식을 많이 드세요!"

에피소드 3
우리 레스토랑에서 몽고 사람들이 일을 많이 했다. 몽고 사람들은 한국 사람을 좋아하고 한국 음식을 좋아한다.
영국에서 오래 살면서 많은 영국인들을 알고 있고, 영어도 잘하는 몽고 친구가,
"한국 음식은 이 세상에서 가장 좋은 음식 중의 하나입니다. 맛있고, 건강에 좋고, 살도 안 찌는 음식이 한국 음식입니다."
나는 무슨 이야기를 할까? 순간적으로 고민을 하다가,
"이런 좋은 지식을 혼자만 알고 있지 말고, 우선 가족, 친구, 친지 그리고 주위의 영국 사람들에게 이야기해 주세요."
라고 말했다.

에피소드 4
3년 전, 우리 레스토랑에 중국 상하이에서 온 여학생이 일을 하는데,

도대체 일을 못하여,

"너는 청소도 못하고, 컵 하나도 제대로 못 닦고…… 도대체 잘하는 것이 뭐야?"

성질이 난 내가 화 비슷한 짜증을 냈더니,

"저는 영국 생활 6개월째인데 영국에 오기 전까지 그릇 한 번 씻어 본 적이 없고, 청소도 해 본 적이 없어요. 중국 집에는 청소하는 아줌마, 밥 하는 아줌마, 정원 손질을 하는 아줌마가 모두 일을 하기에 이런 일을 해 본 적이 없어요."

나는 짜증나는 것을 속으로 달래면서,

"왜 한국 사람들이 오래 사는지 알아?"

"이야기는 들었지만, 잘 몰라요."

"그럼 내 이야기를 잘 들어봐. 우리 할아버지가 94세에 돌아가셨고, 우리 외할머니는 96세에 돌아가셨어. 우리 어머니는 지금 80대 중반인데도 버스도 혼자서 타고 다니시고, 지하철을 혼자서 타고 돌아다니실 뿐만 아니라 손자들을 돌보고 계셔. 그럼, 왜 이렇게 건강하고, 장수를 하는지 알아? 이게 대부분 음식 때문이야. 음식은 인간의 수명에 아주 중요한 역할을 하는 거야.

튀긴 음식을 별로 안 먹고, 야채를 기름에 볶지 않고, 살짝 삶아서 먹고, 그렇지 않으면 깨끗이 씻어서 생것으로 많이 먹거든. 그러니 너도 중국에 계시는 부모님께 효도를 하려면 어서 빨리 부모님께 한국 식당에 가서 한국 음식을 많이 드시라고 전화 드려. 이게 부모님 오래 사시게 하는 효도하는 길이야!"

"당장 전화해야겠군요. 이런 것을 알려 주셔서 감사합니다."

이런 이야기는 내가 알고 지내는 몽고 사람들 그리고 유럽 사람들에게
도 들려 줬고, 지금도 많은 사람들에게 이야기를 해준다. 이러한 이야
기가 모이고 흘러들어, 전 세계에 있는 한국 식당에 손님이 모여드는
것이다. 결국 한국 음식을 파는 레스토랑은 장사가 잘되는 것이다.

관광가이드를 하며 이러한 이야기를 손님에게 말했더니,

"이런 것이 바로 '민간외교'라고 합니다. 아주 아주 중요하지요. 대한
민국을 빛내기 위해서는 올림픽에서 금메달을 따는 것도 물론 중요하
지만, 이렇게 생활의 밑바닥에서부터 한 사람의 개개인이 시작하는 것
이 더 중요합니다."

포토벨로 마켓에서 음식을 만드는 모습. 관광객들이 가장 좋아하는 곳으로, 사진도 많이 찍으며 많은 관광객
들로 붐비는 장소이기도 하다. 포토벨로 마켓에서 아프리카 가나 사람들이 가나 음식을 판 적이 있다. 큰 팻
말에 큰 글씨로 사인을 만들어 크게 걸어 놓고 'Gana Foods' 홍보를 하였다. 수많은 관광객들이 아프리카 음
식을 맛보고, 전 세계 부자들, 할아버지 나라를 찾아온 영국의 후손들이 런던 포토벨로 마켓에서 가나 음식을
가슴에 담아서 갔다. 아프리카 국가인 가나의 민간외교를 톡톡히 한 셈이다.

돌고 도는 세상

런던에서 거주하며 그동안 주위를 둘러보면, 비자가 만료되어 자기 나라로 돌아간 사람, 영국이 싫어 자기 나라도 돌아간 사람, 좋은 일자리 때문에 자기 나라로 돌아간 사람, 더 좋은 사업을 위하여 한국으로 간 사람, 새로운 삶을 찾아서 다른 나라로 간 사람, 물가가 비싸서 견디지 못하고 떠나간 사람 등 갖가지 이유로 많은 사람들이 영국을 떠났다.

이렇게 좋은 이유로 떠나가는 사람들이 있는 반면에 갑자기 모습을 감춰 버린 사람들도 있다.

몇 년 전의 일이다.

런던에서 한국인들이 많이 거주하는 뉴몰든New Malden의 한 가게를 들어가려고 하니, 문이 닫혀 있고 사무실 바닥에 신문지 등이 잔뜩 널려 있어 깜짝 놀란 나는 사무실 안을 한동안 멍하니 바라보았다. 아무래

도 이상하여 아는 분에게 전화를 해보니,

"형님, 그 사람 도망갔어요! 주위 많은 사람들에게 금전적인 피해를 주고 도망갔어요. 형님도 피해를 안 당했다면 다행으로 생각하세요!"

라는 뜻밖의 소식을 전했다.

나는 믿을 수가 없었다. 얼마 전까지만 해도 함께 식사를 하며 나에게 자기의 사업적인 야망을 이야기했던 분인데 갑자기 없어지다니……

나는 고민을 하기 시작했다. 도저히 믿을 수가 없었다.

왜 이분이 갑자기 사라졌을까? 왜 주위 여러 사람들에게 금전적인 피해를 주고 도망갔을까? 사업적인 야망과 의욕이 많던 분이 왜 갑자기 자취를 감추었을까?

사업적으로 어려운 점이 있었다면, 하나 하나 해결한 후, 다시 시작하면 될텐데 말이다. 이 세상은 돌고 도는 세상인데…… 돌고 돌다 보면 또다시 돌아서, 다시금 제자리로 돌아오는 세상인데 말이다.

나는 주위 분들에게 하나하나 조금씩 물어보고 알아본 후, 내 나름대로 원인을 분석해 보았다. 나도 이분처럼 되지 않으려면 왜 그랬는지 원인을 알아보고, 내 인생의 철저한 대비책을 세워야 하기 때문이다.

한국인이 많이 거주하는
뉴몰든 High Street 모습

악착같이 살아가던 일본 여자가 있었다.

아내의 친구이고, 나도 종종 만나서 인사를 했던 분이다. 정말로 악착같이 열심히 일을 하고, 생활력도 강하여 조금씩 조금씩 돈을 모아가는 재미로 살아가던 여자, 항상 웃음을 잃지 않고 말 한마디라도 따뜻하고 다정하게 건네 주던 여자.

우리도 먹고살기에 바빠서 한동안 잊고 있던 분이다. 어느 사이 몇 년이 지나고 생활을 하면서 조금의 여유를 갖다 보니 이분이 가끔 생각나서 아내에게 물어보니, 자기도 모른다며 시내에 있는 일본 백화점에 가게 되면 지인들에게 물어본다고 했다.

그리고 며칠이 흘렀을까. 어느 날 아내가 놀란 표정으로 내게 말해 준 이야기는 뜻밖의 충격적인 일이었다.

"아니! 세상에 그분이 먼저 저 세상으로 갔대요. 아무도 없이 혼자서 쓸쓸하게 저 세상으로 갔다는 거예요. 그런데 이상한 것은 사람들 이야기로는 카지노를 갔다는 것 같아요. 나중에는 주위에 30파운드, 50파운드씩 돈을 빌리러 다녔다는 것을 보면, 카지노에 손을 댄 것 같다고 모두들 말하네요. 참 열심히 살았던 분인데……."

런던에는 카지노가 여기저기 많이 있다. 쉽게 생각해서, 동네마다 카지노가 하나씩 있다고 보면 된다.

내가 사는 곳에도 도보 10분 이내의 곳에 카지노가 세 군데나 있고, 성인이라면 누구나 상관없이 쉽게 들어가서 잠깐의 시간을 즐길 수 있다.

내가 장사를 하는 포토벨로 마켓에도 카지노가 생겼다. 처음에는 없었는데, 장사를 시작한 지 3년 후에 카지노가 보여서 놀랐던 기억이 난다.

얼마 전에 우리 근처의 카지노 옆을 지나가는데, 중국인으로 보이는 20대 중반의 남자가 여유만만하고 씩씩하게 카지노 안으로 들어가는 것을 보고, 나는 여러 가지 깊은 생각에 잠겼다.

나의 영국 생활은 햇수로 24년째이다. 그동안 장사를 통해 영국을 경험하면서 주위를 보면, 사업 잘하고, 돈 많고, 풍요로운 생활을 하던 사람이 갑자기 주위에 많은 피해를 주고 한순간에 사라지고, 도망가고, 심지어는 조용히 저 세상으로 먼저 가고, 보이지 않는 분들이 종종 있다.

나는 그 이유에 대해 내 스스로 조용히 조사하고, 파악하고, 판단을 해 본다. 이런 사람들은 한국인, 일본인, 중국인 뿐만 아니라 아프리카 사람도 있는데, 그 이유 중의 하나가 바로 런던 여기저기 곳곳에 있는 카지노다.

런던 포토벨로 마켓에 새로 생긴 카지노의 모습. 런던은 동네 구석구석, 여기저기, 이쪽저쪽에 카지노가 있다. 이렇게 많은데도 영국 사람들은 카지노를 별로 가지 않는다. 나도 수많은 영국인들과 대화를 해 보았지만, 대화 중에 카지노에 대해 이야기한 사람은 단 한 명도 없었다.

영국인들은 정말로 근검절약이 몸에 배어 있다. 좋은 말로는 근검절약, 다른 말로는 구두쇠, 심한 말로는 절약정신이 지독할 정도로 철두철미한 사람들이라서 자기 옆에 카지노가 있건 없건 별로 신경을 쓰지 않는다. 즉, 카지노가 바로 옆에 있어도 이런 곳에 가지 않는다는 뜻이다.

인간이라면 누구나 힘들고, 고달프고, 배고프게 생활한 적이 있다. 인간은 누구나 죽음을 피할 수 없듯이 1975년 3월 15일 프랑스 파리의 미국병원 Neuilly-sur-Seine에서 그리스인 아리스토틀 오나시스 Aristotle Socrates Onassis는 조용히 숨을 거둔다. 당대 세계 최고 갑부 중의 한 명, 세계 최고의 선박왕, 전설적인 자수성가를 한 사람, 전 세계 사람들이 부러워하는 사람 중의 한 명인 그는 사실 터키군의 박해를 피해 배를 타고 안전한 나라인 아르헨티나로 간다. 1923년 9월, 아르헨티나의 수도인 부에노스아이레스에 도착한 그의 주머니에는 겨우 65달러밖에 없었다고 한다. 그는 식당에서 접시를 닦는 일부터 시작했다고 한다.

2013년 3월 4일 미국 경제전문지 〈포브스〉가 발표한 세계 억만장자 순위에서 8위를 차지한 아시아 최고 갑부인 홍콩의 리자청李嘉誠,Sir Ka-shing Li은 무척이나 힘들었던 어린 시절을 보냈다. 아버지의 갑작스런 죽음으로 15세에 학교를 그만두고 처음 시작한 찻집에서 하루에 16시간을 일했다고 한다. 이렇게 그의 첫 사회생활은 고달프게 시작되었다.

인간에게는 누구나 어린 시절이 있다. 자유롭게 뛰어놀고, 잘 먹고, 잘 입고, 꿈과 낭만을 좇아서 엄마, 아빠와 함께 아름다운 시간과 추억을 만들어 가는 것이 보통 사람들의 어린 시절이다.

그러나 나의 어린 시절, 꿈과 낭만이 풍부해야 될 어린 시절은 가난, 고난, 고통, 빈손, 고달픔, 폭력, 구타, 왕따, 따돌림, 외톨이 등과 같은 단어들로 얼룩졌다.

동네의 형들, 특히 이웃집 형은 자기도 어리면서 훨씬 더 어린 나를 때리기 시작했다. 형들은 나를 때리면서 "네 부모에게 말하면 더 때린다. 널 죽여 버릴 거야!"라고 협박했고, 그럴 때면 나는 또 맞을까 봐 무서워서 어린 마음에 바보처럼 그 말을 믿고서 그 누구에게도 말하지 못했다.

특히 이웃집 형은 내 나이 7살 때부터 10살 전후의 나이까지 나를 때렸다. 이웃집 형은 나를 불러 갑자기 나의 뺨을 후려갈기는 적이 많았고, 갑자기 나의 배를 때려 어린 내가 앞으로 많이도 쓰러지곤 했다.

나는 쓰러지면서도,

'내가 커서 보자, 누가 잘 사나! 내가 커서 보자, 기회는 반드시 온다. 이 세상은 돌고 돈다!'

나는 내 자신과 끊임없이 정말로 끊임없이 맹세를 하고 또 했다.

아마도 나를 형들이 때린 것은 나의 방패막이 되어 주는 형도 없고, 돈도 없고, 키도 작았기 때문인 것 같다.

그들은 다른 친구들에게는 "야. 저리 비켜!"라고 말하는데, 나에게는 "야, 이 X야, 저리 안 비켜?"라고 말한다.

'너, 내가 커서 보자, 누가 잘 사나! 내가 커서 보자, 기회는 반드시 온

다. 이 세상은 돌고 돈다!'

나는 내 자신과 끊임없이 맹세를 하고 또 다짐을 했다.

초등학교 3, 4학년 때에는 학교에서 친구들이 많이도 때렸다. 내가 지나가면 뒤통수를 때리는 친구도 있었다.

학교에 가면서도 '오늘은 누가 욕을 하고 때릴까?' 조마조마한 가슴을 안고 간 적도 많다.

아침도 제대로 못 먹고 학교를 간 날이면, 나는 힘도 없었다. 먹을 것을 제대로 못 먹으니 키도 아주 작았다.

나는 친구들이 때리거나 욕을 할 때마다 줄곧 하던 맹세를 끊임없이 속으로 되뇌곤 했다.

'너, 내가 커서 보자, 누가 잘 사나! 내가 커서 보자, 기회는 반드시 온다. 이 세상은 돌고 돈다!'

초등학교 4학년 때에는 친구 아버지 이름을 내 노트 한쪽 귀퉁이에 아주 작은 글씨로 적어 놓았는데, 그것을 발견한 친구가 대뜸 자기 아버지를 모욕했다면서 나의 뺨을 때리기 시작하는데, 나중에는 엄청나게 때렸다.

나는 맞으면서 속으로 외쳤다.

'너, 내가 커서 보자, 누가 잘 사나! 내가 커서 보자, 기회는 반드시 온다. 이 세상은 돌고 돈다!'

그런데 다음날, 그 친구가 아직 화가 안 풀렸다면서 나의 뺨을 또 때리기 시작했다. 나는 속으로 황당했다. 어제 그렇게 때리고서는 오늘 또 때리다니…… 자기 아버지 이름을 적은 것이 그렇게 화가 나는 일인가? 나는 또 맞으면서 속으로 외쳤다.

'그래 때려라, 때려! 네 맘껏, 네가 원하는 만큼 때려라. 넌 아침을 배부르게 먹고 왔지? 네 맘대로 화가 풀릴 때까지 실컷 힘껏 때려라. 그 대신 조건이 하나 있다. 너, 내가 커서 보자. 누가 잘 사나, 내가 커서 보자. 기회는 반드시 온다. 이 세상은 돌고 돈다.'

나는 속으로 나 자신과 끊임없이 맹세하며 버텼다.

초등학교 5학년 때에는 동네 형이 놀면서 나에게 비키라며 야구방망이 같은 몽둥이로 나의 엉덩이를 후려갈겼다.

나는 너무 아픈 나머지, 그 자리에서 꼬꾸라질 뻔했다. 너무나 아파 눈물이 핑 돌면서 눈알이 벌겋게 충혈됐다. 넓은 공간이라서 내가 안 비켜도 충분히 놀 수 있는데, 대체 왜 때리는 건지…….

나는 아픔을 참으면서,

'너, 내가 커서 보자, 누가 잘 사나! 내가 커서 보자, 기회는 반드시 온다. 이 세상은 돌고 돈다!'

두 주먹을 불끈 쥐며 속으로 나 자신과 끊임없이 맹세를 했다.

정말 많은 사람들이 나에게 욕을 하고, 무시하고, 때렸다.

다른 사람들이 나를 때려도, 나는 아무에게도 말을 하지 않았다. 내가 말을 하면 조그만 시골 동네에서 분쟁이 생길 수도 있고, 가족들이 가슴 아파할 것 같아, 정말로 아무에게도 말하지 않고 항상 조용히 지냈다.

학교에서 친구들이 때릴 때면 아침도 거르고 학교를 간 나는 싸울 힘도, 저항할 힘도 없었다. 나는 고개를 돌려서 눈물을 훌쩍였고, 뒤로 돌아서서 눈물을 글썽였다.

왜 그렇게 욕을 하고, 때리는지 알 수 없었다. 나는 따돌림을 당할까 봐 그 누구에게 말도 못했다.

학교 선생님은 수업료를 가져오라며 항상 혼내고, 야단치고, 집으로 쫓아 보내고, 벌을 주고, 매를 들었다. 귀잡고 운동장을 도는 날도 있었다.

그때마다 난 항상 끊임없이 내 자신과의 맹세를 했다.

'내가 커서 보자, 누가 잘 사나! 내가 커서 보자, 기회는 반드시 온다. 이 세상은 돌고 돈다!'

어느 날, 술을 한 잔 하시고 집에 오신 아버지는 어린 나의 손을 잡고서,

"네가 가난한 아빠를 만나서 밥도 제대로 못 먹고, 먹을 것을 제대로 못 먹어 키도 이렇게 작구나. 가난한 아빠를 만나서 네가 고생하는구나. 가난한 아빠를 만나서……."

아버지는 눈물을 흘리셨다.

그 옛날, 시골 초등학교에서는 매년 가을이 되면 운동회가 열렸다.

운동회가 열리면 시골 초등학교 운동장에 모든 학생들의 부모님이 오셔서 잔치가 벌어지고, 과자며 장난감을 파는 장사꾼들이 몰려와서 장사진을 이룬다.

우리 아버지와 어머니는 내가 초등학교를 졸업할 때까지 이런 운동회에 단 한 번도 참석하지 않으셨다.

내가 그렇게 운동회에 참석을 해달라고 조르면 아버지는 "겨울을 준비해야 된다. 겨울을 준비해야 돼, 겨울을……."

하고 말씀하셨다. 아버지는 일거리가 없는 추운 겨울이 두려웠던 것이다.

생활이 힘든 가운데도, 아버지는 종종 나에게 이런 말을 해 주셨다.

"돌고 돈단다. 돌고 돌아! 이 세상은 부자도 가난해지고, 가난한 사람도 부자가 된단다. 돌고 도는 것이 이 세상의 진리야. 돌고 돌아! 돌고 도는 세상이야!"

가난한 아버지는 자녀들에게 "돌고 돈단다. 돌고 돌아 돌고 도는 세상!"이라는 말을 하시면서 희망을 주었다.

희망, 돌고 도는 세상!

가난한 아버지는 나도 부자가 될 수 있다는 희망을 주셨다.

나는 항상 이 말을 가슴 깊이 새기면서 생활하였다.

이 희망은 내가 커서 영국 생활을 하는 나에게 엄청난 힘이 되었다. 비자문제로 정말로 힘들 때, 사기를 당하여 아내가 눈물을 흘릴 때, 꿈을 가지고 시작한 레스토랑이 부도가 나서 문을 닫을 때…….

나는 아버지의 "돌고 돈단다. 돌고 돌아 돌고 도는 세상!"이라는 희망을 되새기면서 마지막까지 희망의 끈을 놓지 않았다.

어느덧 세월이 유수같이 흘러 몇 십 년이 지나, 내가 아버지가 되었다.

몇 년 전에 중학교 때 선생님이 어느덧 세월이 흐르고 흘러 같은 학교 교장 선생님이 되셔서 나와 메일을 주고받은 적이 있는데, 나의 이름과 모습을 기억하신 교장 선생님은 나에게 "학교 다닐 때에는 정말로 힘이 없어 보였는데 지금은 건강한지……"라며 걱정하는 글을 보내 왔다.

런던에서 레스토랑을 운영하면서 음식 재료를 위해 생선시장과 고기 시장, 야채시장까지 가려면 새벽 4시에는 일어나야 한다. 전날 늦게까지 일을 하고 두세 시간 잠을 자고, 새벽 4시에 일어나려면 정말로 힘들다.
그렇지만 나는 그 어린 시절 끊임없이 반복했던 나 자신과의 맹세를 생각하면 가만히 누워 있을 수가 없다. 나는 바닥을 박차고 벌떡 일어난다.

에피소드 1
한국에는 방이 하나 비어 있어도 그냥 두지만, 영국은 방이 부족하고 물가가 비싸다 보니 어떻게든 세를 주고 돈을 받아 조금이라도 이익을 창출 해야 한다.
우리 집은 방이 많고, 런던 시내쪽의 역 근처에 위치하여 있어 교통이 편리하고, 치안도 아주 좋은 지역이라 조금만 광고를 내도 사람이 금세 들어오고, 한번 들어오면 잘 나가지 않는다. 지금도 한국인과 몽골 그리고 유럽 사람들이 살고 있다.
전에 우리 집에 머물렀던 한국 중년의 여자분이 나에게 마치 무슨 사연이라도 있는 것처럼,

"내 남편이 사장님처럼 일만 했어도…… 카지노도 안 가고, 도박도 안 하시고, 담배도 안 피우시고!"

하고 말한 적이 있다.

그리고 전에 우리 집에 머물면서 우리 레스토랑에서도 종종 일을 하셨던 한국의 중년의 여자분도 나에게 이런 말을 한 적이 있다.

"내 남편은 아니지만, 사장님이 일을 너무 많이 하시니, 어떤 때는 불쌍해 죽겠어요. 호호호!"

레스토랑을 운영하면서, 시간이 나면 런던의 여러 마켓을 돌아다니며 핫팩 장사를 하다 보면 런던 포토벨로 마켓처럼 주위가 깨끗한 곳도 있다. 하지만 윌레스덴 마켓Willesden Market처럼 소말리아, 이디오피아, 아프가니스탄 등의 사람들이 주로 장사하는 곳은 정말로 열악하다. 이 지역은 마치 이슬람 국가에 온 것처럼 낮에도 백인들이 별로 돌아다니지 않는 지역이다.

돈에는 지독하다는 중국인조차 전혀 오지 않는 곳인데도, 나는 이런 지역에 가서 소말리아, 이디오피아, 아프가니스탄 사람들에게 핫팩을 악착같이 판 적도 있다.

핫팩을 판다는 것은 배고픔을 겪어 보지 않은 사람은 좀처럼 할 수 없는 것이다. 나는 그 어린 시절 나 자신과 끊임없이 했던 맹세를 생각하면, 그냥 있을 수가 없다.

어떻게든 물건을 팔아야 한다. 악착같이 팔아야 한다.

에피소드 2

지난 2013년 8월 중순 일요일 이른 아침 5시40분에 자명종이 울린다.
피곤하다. 몸이 무겁다. 천근만근이다.

일주일 내내 레스토랑에서 일을 하고, 어제도 새벽같이 일어나서 포토
벨로 마켓에 가서 하루 종일 홋팩을 팔고, 저녁에는 레스토랑에서 늦
게까지 일을 했다. 어제만 하루에 17시간 동안 일을 한 셈이다.

그리고 또 일요일 새벽에 마켓에 장사를 가려고 일어나자, 아내가 걱
정 가득한 기색으로,

"하루는 쉬어야지. 쉬어도 생활에 지장이 없으니 오늘은 그냥 쉬어요."
하고 말했다.

하지만 나는 쉴 수가 없었다. 그 어린 시절 여러 사람들이 나를 때릴 때,
'너희들, 내가 커서 보자, 누가 잘 사나! 내가 커서 보자, 기회는 반드
시 온다. 이 세상은 돌고 돈다!' 며 두 주먹을 불끈 쥐고 끊임없이 나
자신과 반복적으로 약속했던 맹세를 생각하면, 차마 쉴 수가 없다.

나는 자리에서 벌떡 일어났다.

이 날은 런던 남서쪽에 있는 길포드Guildford로 홋팩 장사를 가기로 했다.

다른 곳에서 홋팩 장사를 할 때는 이
렇게 차량에 홍보 스티커를 붙여 놓고
사람들의 시선을 끌어야 한다. 장사,
이게 보기보다 쉽지 않다. 오죽하면
"장사를 안 해본 사람과는 인생을 논
하지 마라!"는 말도 있지 않은가?

일요일 이른 아침 시간이라서 차도 없고, 바람도 안 불고, 날씨도 좋다. 마켓에 도착하니, 이미 장사하는 사람들이 나와 있다. 시원한 공기와 장사하는 사람들의 모습을 보니 나에게도 불현듯 힘이 생긴다.

나는 어려서부터 키도 작고, 공부도 못하고, 수학도 못하고, 그림도 못 그리고, 음악도 못하고, 운동도 못했다. 그러나 인간은 누구나 재능은 한 가지씩 있다고 한다. 신은 나에게 '물건을 파는 능력과 재능'을 준 것 같다.

물건 파는 것, 이것에도 능력과 재능이 있어야 된다.

지나가는 백인, 흑인, 인도, 아시아, 아랍, 자메이카, 남미 사람들을 붙잡아서 꼬시고, 달래고, 설득하여 물건을 사라고 고객의 마음을 확 끌어당겨야 한다. 이게 쉬운 것 같아 보여도 아무나 하지 못하는 일이다.

이 날, 일요일 장사를 마치고, 런던 시내쪽으로 오면서 한국인이 많이 거주하는 뉴몰든에 들러서 아는 레스토랑에 들어섰다. 그랬더니 주인 사모님이 놀란 토끼눈을 하고는 말을 건넨다.

"아니, 일요일인데, 오늘도 일을 하셨어요? 하루는 쉬시지! 이제는 레스토랑도 잘된다면서 일요일 마켓 장사까지 하세요? 하루는 쉬셔야지."

에피소드 3

레스토랑에는 여러 가지 다양한 종류의 술이 있다.

레스토랑에서 하루 종일 장시간 일을 하면 피곤하니, 주방장들이 술을 많이 하고, 카지노도 좋아하여 번 돈을 카지노에 다 쏟아붓는 사람도 의외로 많은 것 같다.

영국은 레스토랑이 철저한 허가제로 운영하기에 한국인이 운영하는 레스토랑이 많지 않아 여기저기 일을 하다 보면 서로 금세 알게 된다. 우리 레스토랑 주방에서 몇 개월 동안 일을 했던 분이 일을 그만두고 떠나면서, 내게 이런 말을 남겼다.

"제가 여러 레스토랑에서 일을 해 보았는데, 사장님처럼 열심히 일을 하는 사람을 보지 못했어요. 정말로 열심히, 그것도 끊임없이 일을 하시네요. 일을 하시면서 담배도 안 피우고, 술 한 잔도 안 마시면서 참 열심히도 일을 하시네요."

에피소드 4

아는 한국 분이 나에게,

"제가 생각하기에는 영국에 거주하는 한국인 중 홋팩을 팔 수 있는 사람은 오 사장님밖에 없어요. 아무도 못 팔아요!"

내가 팔고 있는 홋팩이 실제로 보면 팔리는 제품이 아니다. 내가 죽기 아니면 까무러치기로 악착같이 파니까 팔리는 것이지, 보통 사람이 홋팩을 판다는 것은 정말로 쉽지 않은 일이다.

에피소드 5

한국의 홋팩 공장을 방문하였을 때, 홋팩 공장 사장님이 나에게 이런 말을 한 적이 있다.

"돈을 주면서 만들어 달라니까 만들어 주긴 하지만, 제가 궁금한 게 하나 있습니다."

"……?"

"왜, 이 제품이 영국 같은 선진국에서 팔리는지 도대체 이해가 되지 않습니다."

나는 그 어린 시절 끊임없이 되뇌던 나 자신과의 맹세를 생각하면서 이렇게 대답했다.

"저는 영국에서 홋팩을 팔 때, 한 개의 물건을 팔 때도 인생을 걸고 팝니다. 죽기 아니면 까무러치기로 악착같이 팝니다. 이것을 못 팔면 내가 죽는다는 심정으로 정말로 악착같이 팔기 때문에 물건이 팔리는 겁니다!"

한국과 달리 영국은 여기저기에 카지노가 있다. 이 카지노로 인하여 종종 사람들은 부도를 맞기도 한다.

물론 망하고, 부도가 나는 확률이 한국보다는 엄청 적지만, 많은 사람들이 카지노에 돈을 쏟아붓는다.

우리 집에서 도보로 5분 전후의 거리에 카지노가 세 군데나 있고, 컴퓨터 경마 등을 하는 Betting Shop은 여러 개가 있다. 그러나 나는 지금까지 영국에서 거주하면서 이런 곳에 한 번도 들어가 본 적도 없다. 그 어린 시절 두 주먹을 불끈쥐고 끊임없이했던 나 자신과의 맹세를 생각하면, 이런 곳에 갈 수가 없다. 이래서 물가가 비싸다는 런던에서 우리 가족이 오손도손 살아가는지도 모른다.

에피소드 6

우리 레스토랑에 몇 년 전부터 점심에 와서 식사를 하고, 저녁에 와서 식사를 하고, 끝날 시간 무렵에 오셔서 식사를 하시는 단골 중의 단골인 영국 할아버지가 있다. 이 할아버지가 우리 부부를 유심히 관찰했는지, 아니면 평소에 본 것을 전해 주는 건지, 5년이 지난 후 우리 부부에게 이런 말을 했다.

"당신 부부는 참으로 열심히 부지런히 사는 것 같아요. 영국에 사는 영국 사람들, 영국에 사는 외국 사람들은 그저 대충사는 사람들이 많습니다. 적당히 일을 하며 사회보장제도에 의지하면서 편안하게만 살려고 하는 사람들이 많죠. 적당히 살다 보면, 나중에 나이가 들면 집도 없고, 가진 것도 없고, 돈도 없이 정부 보조금에 의지만 하며 살려고 하는 사람들이 많은데, 당신 부부는 정말로 열심히 일을 하는 것 같아요."

많은 사람들이 생활하면서 복을 구한다.

절에 다니는 사람들은 부처님에게 100일 공양을 드리고, 삼천배를 올리고, 교회에 다니는 사람들은 철야기도, 중복기도, 새벽기도를 한다.

나는 전에도 그리고 지금도 항상, 시간만 되면, 눈만 뜨면, 오래전 어린 나의 손을 붙잡고 눈물을 흘리시던 돌아가신 아버지에게 기도를 한다.

'아버지, 이 아들이 열심히 살려고 오늘도 일하러 갑니다. 오늘도 제가 팔고 있는 홋팩 물건이 많이 팔려서 돈을 많이 벌 수 있도록 도와주세요. 열심히 일하겠습니다. 우리 아이들에게는 절대로 가난을 물려줘서는 안 됩니다. 그 어린 시절, 배가 고파서 허리를 구부리고 다닌 이 아들, 아버지가 저의 손을 붙잡고 눈물을 흘리시던 이 아들을 아버지가 도와주셔야 합니다. 이 세상에서 저를 도와줄 사람은 아무도 없

습니다. 아버지, 아버지! 아버지가 도와주셔야 합니다.'

런던 여러 곳을 돌아다니면서 마켓 장사를 하고, 레스토랑 장사를 하며 포토벨로 마켓에서 수많은 외국인을 상대로 장사를 하면서 넓은 세상, 넓은 우주, 높은 하늘, 변화무쌍한 세계 경제를 바라보면 나는 놀란다. 무섭다. 가끔은 두렵고 겁이 난다.

가난한 아버지, 어린 아들의 손을 붙잡고 눈물을 흘리시던 아버지가 자녀들에게 희망을 주시면서 하신 말씀.

"돌고 돈단다. 돌고 돌아! 이 세상은 부자도 가난해지고, 가난한 사람도 부자가 된단다. 돌고 도는 것이 이 세상의 진리야, 돌고 돌아! 돌고 도는 세상이야!"

아버지가 말씀하신 돌고 도는 세상이 재현되고 있는 것이다.

영국에서 햇수로 24년째 생활하고 장사하면서, 사기, 소송, 부도등 많은 경험을 했다. 그러면서 주위와 여러 곳을 보며 느낀 것이 있다.

'사람은 누구나 가난에 빠질 수 있다.'

'부자 사람들은 가난이 얼마나 힘들고 무서운 것인 줄 모른다.'

'부자 사람들은 부도가 얼마나 힘들고 무서운 것인 줄 모른다.'

'부자도 한 방에 빈털털이가 될지도 모른다는 두려움을 종종 느낀다.'

세계와 주위를 보면 그 유명하던 회사가 부도가 나서 한순간에 사라지기도 한다. 부자도 자살하고, 도망가는 경우도 부지기수다.

나는 이러한 현상이 발생하면, 유심히 살피고 관찰하면서 왜 그런 현상이 일어났는지 내 나름대로 판단을 한다.

나는 영국에서 오랫동안 관광가이드 일도 하였다.

오래전에 관광가이드를 할 때, 잘 알게 된 한국인 부자 부부가 있었다. 그런데 가만히 보니, 이 부부는 부자가 망하는 세 가지 조건 중 두 가지를 가지고 있는 것이다. 나는 안타까운 마음에 종종 이야기를 하였다.

"사장님, 한 방을 조심하셔야 됩니다. 주먹 한 방에 쓰러지는 헤비급 선수처럼 부자도 한 방에 쓰러집니다. 시간이 되시면 좋은 곳에 가서 술 한 잔 안 드셨다 셈치고, 사업이 잘 되더라도 꼭 전문 컨설턴트 또는 인생살이, 세상살이 전문가에게 조언을 들으십시오. 필요합니다. 저는 가난을 경험한 사람입니다. 가난을 경험하다 보면 여러 가지를 볼 수 있습니다."

내가 이렇게 하면, 이 부자는 속으로 말하는 것 같았다.

'관광가이드나 하는 주제에, 뭘 안다고……'

그리고 몇 년 후, 부도가 났다고 한다.

오래전에 돈을 잘 버는 지방의 치과의사와 식사를 한 적이 있다. 이야기를 하다 보니 이분은 세상을 몰라도 너무 모르고 있었다. 부자 집에서 성장하며 공부도 잘하여 치과의사로 있으면서 자기 아들은 유명한 사업가로 만들고 싶어 한 것이다.

나는 속으로,

'돌고 돕니다. 돌고 돌아! 이 세상은 부자도 가난해지고, 가난한 사람도 부자가 됩니다. 당신은 말년에 집안이 풍비박산風飛雹散이 될 것 입니다. 아들이 사업을 한다고 온 집안을 말아먹을 것입니다. 사업, 장사는 반드시 그 대가를 치릅니다. 부자가 망할 때는 한순간에 망한다는 단순한 진리를 당신은 모르고 있습니다. 돌고 돕니다. 돌고 돌아!'

나는 이 말을 해주려다가 꾹 참았다.

사람이 장사를 하면서 소송에 휩싸이고, 사기 당하고, 부도를 경험하다 보면 이런 것 정도는 눈에 보인다.

우리 부부는 장사가 안 되거나, 갑자기 큰돈 쓸 일이 생기면 긴장을 한다. 사기, 소송, 부도 등으로 너무 많은 것을 당하여 이제는 세상이 얼마나 무서운지를 실감하였기 때문이다.

그래서 우리 부부가 더더욱 악착같이 일을 하는지도 모른다.

요즈음은 세상이 좋아져서 인터넷 YouTube에서 오래된 복싱경기도 무료로 볼 수 있다.

영국은 프로복싱 강국이다. 영국은 권투를 좋아하여, 유독 권투선수가 되려고 하는 사람들이 많다. 전설적인 권투선수 중의 한 명이 바로 그 유명한 Lennox Lewis다. 헤비급Heavyweight 선수로서 아마추어 시절에는 88서울 올림픽에서 금메달을 획득하였고, 프로로 전향한 후에는 44전 41승(32KO승) 1무 2패의 전적으로 수많은 선수들을 물리쳤다. 2002년 6월 8일 무적의 사나이 Mike Tyson을 8회 KO로 물리치고, 2003년 6월 21일 세계 최강이자 우크라이나의 전설적인 권투선수 Vitali Klitschko를 6회 TKO로 이긴 대단한 선수다. 헤비급WBC · IBF · IBO 통합챔피언이자 키가 190㎝나 되는 Lennox Lewis는 2001년 4월 21일, 작은 키에 체중도 훨씬 적게 나가는 Hasim Rahman과의 방어전에서 5회에 Hasim Rahman의 오른손 한 방에 쓰러진다.

헤비급 선수들을 보면 덩치가 커서 쉽게 넘어지지 않을 것 같지만, 한 방에 쓰러진다. 믿기지 않지만, 가벼운 체급보다도 한 방에 쓰러지는 경우가 많다.

즉, 부자들, 덩치가 큰 부자들도 한 방에 빈털털이가 된다는 것이다. 그런데 부자들은 가장 단순한 이 진리를 모른다는 것이다.

부자들을 보면 한 가지 특징이 있다.

'자기들은 천년만년 부자로 생활한다', '자기들의 돈은 절대로 없어지지 않는다'라는 인식을 가지고 있다는 점이다. 즉, '절대로 망하지 않는다'라는 생각을 하고 있다.

최근 한국의 유명한 큰 기업이 부도가 나서 피해를 본 사람들처럼, 돈 많은 사람도 이렇게 한 방을 맞으면 하루아침에 신용불량자가 될 수도 있다. 세상은 이렇게 무서운 것이다.

최근 한국에서는 유명한 큰 기업이 법정관리로 넘어갔다. 법적으로 좋은 말로 법정관리, 약간 나쁜 말로 부도, 수천 명의 피해자들이 보기에는 사기꾼이다.

부모로부터 이어받은 회사, 한 번도 고생해 보지 못한 기업총수는 부도가 얼마나 힘들고, 무서운 것인지를 몰랐을 것이다. 헤비급 선수가 주먹 한 방에 넘어지듯, 부도가 난 기업총수들도 자기들이 넘어질 줄은 몰랐을 것이다.

그런데 중요한 사실은 여기에 기업총수만이 아닌 수천 명의 피해자가 있다는 것이다. 이런 피해자들 역시 그들과 마찬가지로 한 방에 쓰러진 것이다.

영국의 입지전적인 자수성가 버진그룹 회장 리차드 브란손경은 그의 자서전 〈Losing My Virginity Rachard Branson〉(Virgin 출판사, 614페이지)에서 "장사를 하는 사업가에게는 최소한 한두 번의 위기가 닥친다."라고 적었다.
이런 위기가 닥쳐서 한국의 유명한 큰 기업도 부도가 났는지도 모른다.

오래전의 일이다. 내 홈페이지(www.starpark.net)에서 전화번호를 얻었는지, 미국의 모 펀드 회사라고 하며, 자기들은 좋은 회사, 안정적인 회사이며 이익창출의 좋은 기회이니 투자를 하라고 미국에서 자꾸만 전화가 왔다. 전화가 자꾸만 와서 나는 어떻게 할까 고민을 하다가 "저는 관광가이드나 하여 겨우겨우 먹고사는 아주 작은 소규모 개인회사입니다. 요즘 들어 힘드네요. 힘들어, 참 힘들어요. 저희처럼 너무나 힘든 소규모 개인회사에 연락을 하지 마시고, 큰 회사에 연락을 해보세요. 런던에 있는 한국대사관에 큰 회사 연락처를 문의하여 그쪽에 연락을 취해 보세요. 참 먹고살기가 힘들어요. 아이들이 둘이나 되는데, 물가가 비싼 런던에서 생활하려니 힘들어요, 힘들어."
라고 했더니 다음부터는 전혀 연락이 없다.
이번에 부도가 난 한국의 유명한 큰 기업도 많은 피해자들에게 전화를 하여 돈을 긁어모은 것 같다.
세상의 경험이 별로 없는 피해자들은 유명한 기업이라고 하니, 이것을 믿고 돈을 투자한 것이다. 안타깝게도 한 방에 쓰러진 사람들이 많은 것 같다.

가난한 우리 아버지, 어린 아들의 손을 붙잡고 눈물을 흘리신 아버지
가 자녀들에게 희망을 주시면서 하신 말씀.
"돌고 도는 세상!"
세상은 돌고, 지구도 돌고, 천막 치고 장사하는 마켓도 돌고, 사람도
돌고, 인간의 운명도 돌고, 장사도 돌고, 돌고 도는 세상의 단순한 진
리를 나는 믿는다.

포토벨로 마켓의 높고높은 하늘을 보면서 아
버지가 말씀하신 돌고도는 세상을 바라본다.

9

마켓에서 생각하는 영국 생활

포토벨로 마켓에서 장사를 하다가 따뜻한 날씨에 한가한 시간이 되면 여러 가지 생각에 잠기곤 한다.

내가 영국에 처음 도착했을 때, 런던 포토벨로 마켓에서 천막을 치고 핫팩 장사를 할 줄은 꿈에도 상상하지 못했었다. 이것이 인생살이인가? 따뜻한 햇살 아래 잠시 생각에 잠기며 햇수로 24년 동안의 나의 영국 생활을 바라보면, 아슬아슬 험한 인생의 계곡을 넘고 지나서 지금에까지 온 것 같다. 그 인생의 계곡 중 하나가 오랜 시간 동안 나를 끊임없이 따라다닌 비자 문제, 비자 걱정이었다.

포토벨로 마켓 부수번호Pitch Number 52번에서 한창 장사를 하고 있는데, 지나가던 한국의 젊은 남자가

"여기 마켓에서 관광비자로도 장사를 할 수 있습니까?"

라고 물었다. 이에 대해 나는 이렇게 대답했다.

"관광비자로는 장사를 할 수 없습니다. 여기는 구청Council에서 관리를 하기 때문에 합법적으로 비자 문제가 해결되지 않고서는 장사를 할 수 없습니다."

합법적인 비자 문제, 합법적인 체제, 합법적으로 일할 수 있는 자격증, 영주권, 영국시민권 등이 먼저 해결되어야 한다.

내가 일본에서 영국으로 간다고 했을 때 주위의 많은 사람들이 반대를 하였다.

"가려면 경제가 살아나는 호주, 뉴질랜드 또는 캐나다로 가야지, 왜 찌그러지는 영국으로 가요?"

모두가 걱정스런 눈빛으로 바라보았다. 하지만 나는 '무조건 가서 보자, 일단 런던으로 가자, 돈 없는 것, 경제적인 문제는 일단 현지(런던)에 가서 어떻게든 해결하고, 일단 무조건 가서 보자! 이 세상은 무식한 사람이 용감하다. 일단 가서 보자!' 하는 생각으로, 다른 건 일단 접어 두고 용기 하나만 가지고 무작정 가방 하나만 들고 왔다.

아는 사람이 한 명도 없었던 나는 아무도 공항으로 마중 나오는 사람조차 없었다.

물가가 비싼 런던, 방세가 비싼 런던, 거기에 일자리조차 많지 않은 런던 생활은 정말로 힘들고 고단했다.

당시 서울에 계셨던 어머니는 매달 방세를 내는 월세로 살고 계셨는데, 나도 그 힘든 생활을 하면서도 매달 어머니 방세가 걱정되어 잠을 제대로 이루지 못했다. 그리고 어머니의 월세는 항상 나의 가슴을 아프게 만들었다.

그보다 더 힘든 것은 누가 나에게 돈을 부쳐 줄 사람이 아무도 없다는 것이었다. 누군가가 매달 10만 원만 보내 줘도 숨통이 트일 것만 같았지만, 내게는 돈을 보내 줄 사람이 아무도 없었다.

사람이 살다 보면 힘든 때가 있고, 인내의 기간이 있다고 한다.

나는 너무나 돈이 없고 생활이 힘들어 아내와 이혼을 하려고 세 번이나 시도를 했다. 한 번은 이혼서류를 작성하여 런던에 있는 한국대사관으로 보냈는데, 몇 개월이 지나도 아무런 소식이 없어 전화를 해보니 3개월 이내에 재신청을 해야만이 이혼이 성립되는데, 우리는 3개월 이내에 재신청을 하지 않았기에 이혼이 되지 않았다고 한다. 그래서 그냥 갈 곳도 없어 계속 산 것이 지금까지 함께 살게 된 계기가 되어 런던 생활을 한지 햇수로 어느덧 24년이 되었다.

나는 '사람이 살면서 경제적으로 힘들면 이혼도 쉽게 할 수 있겠구나!' 하고 생각했다. 지금도 그 힘든 시절을 생각하면 글썽이는 눈물로 시야가 흐릿해진다.

영어학교를 다닐 때, 친구들이나 학교 선생님이 런던 포토벨로 마켓을 구경하라고 적극 추천한 적이 있어 아내와 함께 토요일에 포토벨로 마켓을 방문한 적이 있다. 이렇게 길거리에서 노래를 부르는 사람들, 연주하는 사람들이 많다.

영어학교에 다니기 시작한 지 얼마 되지 않아 수업시간에 선생님 그리고 우리 반 학생들과 함께 〈비자VISA〉라는 제목의 비디오를 본 적이 있다. 미국에서 외국인 여자가 가짜 결혼을 하여 영주권을 받는데, 마지막 인터뷰 시간을 극적으로 맞추어 교묘하게 질문하는 이민국 심사관의 질문에 가짜로 대답한 후, 영주권을 받고 환호하는 내용이었다. 비디오를 보고 나서 선생님이 학생들에게 "너희는 괜찮니?" 하고 물어보자 모두가 조용했다.

나는 매년 비자가 끝날 때면 새벽같이 일어나서 Croydon에 있는 이민국Home Office으로 아침 일찍 도착하여 비자를 받았다.
매년 반복되는 비자 연장으로 인하여 조금씩 스트레스를 받기 시작했다. 정신없이 일을 하여 돈을 모아 학비를 내고 나면 남는 것이 별로 없고, 또 생활을 하다 보면 비싼 물가 때문에 참으로 정신이 없었다. 더구나 비자를 받으러 가기 전에는 항상 3개월 분의 은행사용증명서 Bank Statement가 필요하기 때문에 비자연장 3개월 전부터는 이것도 아주 신경 써서 은행 잔고를 관리하였다.

영국에 온지 거의 3년이 되어 아는 분의 초대로 몇 명이 모이는 한국인 모임에 오랜만에 나가게 되었다. 그곳에 나오신 분의 부인과 나의 아내가 이야기를 나누는 가운데, 나의 아내가 누구나 영국에서 가장 보통스럽게 물어보는 질문을 하였다.
"영국에 온 지 얼마나 되셨어요?"
"네, 저희는 영국에 온지 1년이 되었어요."

"아, 그래요. 그럼 지금 학생인가요?"

"아니요, 일하고 있어요."

일반적으로 영국에 오면 대부분이 학생비자를 받아서 들어오기 때문에 아내가 궁금하다는 듯이

"그럼, 영국에서 뭐하고 지내세요?"

하고 물었다.

"우리는 일을 하고 있어요. 애 아빠가 여기 런던에 있는 H기업에 다니고 있어요."

"아, 주재원으로 들어오신 모양이죠?"

"아니요, 처음에는 학생비자를 받아서 들어왔는데 여기 있는 선배가 끌어 주어서 지금은 회사원이 된 거죠. 그래서 비자 문제가 자연스럽게 해결되었어요. 회사에서 일할 수 있는 비자를 받아 주었으니, 앞으로 1년만 있으면 영주권을 받게 되지요(당시에는 회사에 취직이 되어 2년만 일을 하면 영주권을 받았음)."

여유 있는 표정으로 이야기를 하자,

"아니, 어떻게 영국에 온 지 1년 만에 비자를 받아서 일할 수 있는 회사원이 된 겁니까? 우리도 조금씩 알아보고 있는데 참으로 쉽지가 않던데요?"

하고 묻는 아내의 표정에는 부러운 기색이 역력했다.

"네, 우리 아빠가 한국에서 K대학교를 나왔잖아요. 그래서 여기 있는 선배가 끌어 주었지요. 한국에서 S, K, Y대학을 나오면 많이 끌어 준다고 하던데, 그쪽 아저씨는 어느 대학을 나왔나요?"

"저희 아저씨는 잘 모르겠어요. 대학을 나오긴 나왔다고 하던데……

아, 그래요. 그렇게 끌어 주면 금방 생활터전이 잡힌다고 하던데요. 우리는 아직도 학생비자로 있는데……."

"여기 영국은 한국 사회가 좁아서 대학별로 많이 모인다고 하더라고 요. 한국보다도 더 대학별로 단결이 잘 되고요. 예를 들어 S대는 S대 출신만 모여서 식사하고, 술 마시고, 골프치고, K대는 K대끼리 따로 모이고, 또 Y대는 Y대끼리 따로 모인다고 해요. 어느 대학은 대학의 폭이 굉장히 넓으니까 단대 별로 모이는 대학도 있다고 하더군요. 이렇게 모여서 여러 가지로 도움을 주고받는 것 같아요. 하긴 우리 남편 도 이런 모임에 나가서 일자리를 얻었으니까. 그렇게 선후배가 도와주고 당겨 줘서 편하게 자리를 잡은 사람들이 많다고 하던데요."

"저도 그런 이야기는 들었어요. 그러니까 대학도 좋은 데를 가야 되겠 더라고요."

조금은 부러운 듯한 대화를 들은 나는 아내의 따가운 눈초리를 피하며 스스로에게 말했다.

'서울에서 가장 좋은 대학은 서울대, 부산에서 가장 좋은 대학은 부산 대, 전주에서 가장 좋은 대학은 전주대가 되겠지. 인생은 마라톤과도 같다. 성공한 인생인지 아닌지는 20대, 30대에 결정되는 것도 아니 고, 학벌로 결정되는 것도 아니다. 나는 꿈(인생목표)을 가지고 있다. 지금은 돈이 없을지라도 반드시 런던에 레스토랑과 노래방을 오픈하 는 꿈을 가지고 있다. 꿈을 가지고 생활하는 사람과 꿈 없이 생활하는 사람의 차이가 무엇인지를 반드시 보여 주겠다.'

그리고 나는 또 다른 것을 가지고 있다.

영국에서 아무도 갖고 있지 않고, 아무도 모르고, 아무도 사용한 적이 없고, 아무도 믿지 않는 '개기기 전법과 진드기 전법'을 가지고 있다.
5살 꼬마 아가씨로부터 얻은 영국의 위대한 삶의 지혜인 개기기 전법
과 진드기 전법은 대학이라는 학벌보다도 더 중요한 나의 미래 삶의
교훈이 될 것이다.
두고 보라. 내가 앞으로 언젠가는 사용할 위대한 삶의 지혜인 무시무
시한 개기기 전법과 진드기 전법의 위력을!

비자가 끝나면 이른 새벽에 일어나서 첫 기차를 타고 Croydon 이민국
으로 비자를 받으러 갈 때는 온 가족이 함께 갔다. 딸아이도 유모차에
태워서 함께 갔다.
Croydon 이민국에 가면 새벽부터 줄을 서서 기다리다가 번호표를 받
고, 다시 위층 안으로 들어가 전광판에 자기 번호가 나올 때까지 기다
려야 한다. 전광판에 우리 번호가 나와 이민국 직원이 있는 창구로 가
면서 비자를 줄 이민국 직원 얼굴을 보니, 우락부락한 것이 마치 피도
눈물도 없는 사람처럼 생겼다. 나는 순간적으로 고민을 하다가 딸애의
등을 확, 꼬집었다.
그러자 어린 아이가 소리내어 울기 시작했다. 비자를 주는 사람도 자
녀가 있는지, 비자연장도장을 찍어 주며 아이를 먼저 돌보라고 한다.
비자는 참으로 순간순간이 아슬아슬하게 지나간다.

지금은 학비가 저렴한 학교가 거의 없지만, 전에는 학비가 저렴한 학
교도 있었다.
경제적으로 넉넉하지 않았던 나는 항상 런던에서 비교적 저렴한 학교

를 다녔다. 이 학교에는 주로 네팔, 스리랑카, 케냐, 탄자니아, 파키스탄, 모르셔제도 등에서 온 학생들이 많아서 학교 수업이 끝나면 모두 아르바이트를 하러 가느라고 정신이 없었다.

사람이 살다 보면 믿을 수 없는 일들이 벌어진다.

영국에서 학교를 다니다 보면 여러 나라 친구들을 사귈 수가 있다.

20여 년 전에 함께 같은 교실에서 공부를 한 파키스탄에서 온 친구가 있었다. 우리는 오전 학교 공부가 끝나면 모두 아르바이트를 하러 가기에 바빴지만, 그 중 몇 명은 종종 점심도 함께하고, 저녁에도 어렵게 시간을 내어서 함께 지내곤 하였다.

그리고 그로부터 11년이라는 세월이 흘렀다.

이 친구가 한국에서 가발을 영국으로 수입하여 여기서 살고 있는 아프리카 사람들에게 가발을 팔고, 여러 가지 사업으로 많은 돈을 벌었단다. 아프리카 사람들은 머리카락으로 인하여 스트레스를 받기에 돈을 모아 가발을 사는 것이 취미요, 일상생활이라고 한다.

사람 팔자, 인생 팔자 정말로 세상 팔자 모른다고 하더니만, 정말로 이 친구가 부자가 되었다.

지금도 종종 만나는데, 얼마 전에 만나니 런던에서 자기가 무슨 사업을 했는지 알려주면서 나에게도 한 번 해보라고 추천을 한다(나는 다른 일을 하고 있고, 시간이 없어 할 수 없다고 했다).

나는 영주권을 받을 수 있는 비자인 노동허가서Work Permit 비자를 받기 위해 항상 한국 신문을 눈여겨봤다. 그리고 사람을 구한다는 광고가 나오면 어김없이 이력서와 자기소개서를 보냈다.

그렇지만 그렇게 많은 이력서를 보냈는데도 아무 연락이 없었다. 합격이나 면접 일정에 대한 내용은 고사하고 거절한다는 연락 한 번 없었다. 또한 한국 여행사 등을 찾아다니며 일자리가 있느냐고 물어보고 다녔는데, 가끔은 내가 현재 살고 있는 Tottenham이라는 지역이 한국 사람들이 모여 사는 New Malden에서 너무 멀다는 이유로 정중히 거절하는 곳도 있었다.

어느 날은 한국의 모 영국법인회사에 이력서를 들고 찾아갔었다. 밖의 인터폰으로 뭐하러 왔느냐고 물어보길래 일자리가 있으면 일을 하려고 찾아왔다고 했더니, 퉁명스럽게 "우린 그런 일자리 없어요." 하며 매정하고 냉정하게 끊어 버린다. 돌아서서 오는데 눈물이 글썽이며 눈앞을 가린다.

무조건 아주 곳이나 무작정 끊임없이 찾아다녔으나 나에게 일자리를 주는 곳은 단 한 군데도 없었다.

런던 포토벨로 마켓을 지나가는 7번 버스. 영주권이 있고 안정이 되어 있으면 이런 버스를 바라보아도 편안해 보인다.

일단은 비자 문제를 해결하려고 한국 사람이든 외국 사람이든 비자에 관해서 조금이라도 알고 있는 사람이 있으면 어디든지 찾아가서 문의를 해보았다. 하지만 대책이 없었다.

하루는 너무나도 답답한 마음에 이민 브로커에게 전화를 해서 문의를 했더니, 상담을 하려면 시간당 100파운드(한화 약20만 원)를 지불해야 한다고 했다. 적지 않은 돈이었지만, 혹시나 무슨 방법이 있는지 상담하기 위해서 그 돈을 지불하기로 했다.

이민 브로커를 만났다. 이분은 완전 금발의 영국 백인으로, 나의 영국 체류에 관해서 이야기를 듣더니만, 나의 처지가 조금은 답답하고 도움을 주고 싶은 마음이 간절했는지 여러 가지 질문을 하기 시작했다.

"당신, 한국에서 돈 4억 원을 영국으로 가져와서 사업 투자 형식으로 투자를 할 수 있나요?"

"없지요."

"당신, 혹시 한국에서 좀 큰 회사의 회장이나 사장을 알고 있나요?"

"없는데요."

이렇게 내가 대답을 하자 이 영국인 브로커도 답답하고 대책없는지,

"허, 상담료 돈은 받아야 되는데 이것 참 도와줄 대책이 별로 없네."

하면서 다시 나에게 물어보는 질문이,

"당신, 혹시 친구라도 한국에서 큰 회사를 운영하는 사람이 있나요?"

"없는데요."

"혹시 한국에 있는 친구 중에서 좋은 인맥이 있는 친구라도 있나요?"

"없는데요."

내가 계속해서 "없는데요"를 연발하자, 상담을 해주는 영국인 브로커

가 답답한 듯이 고개를 저으며 혼자서 "거참, 도와주려해도 대책이 없네!"라며 중얼거린다.

일단은 특별한 대책이 없어서 차선책으로 만약에 영국에서 떠난다면 비자 걱정이 별로 없는 제3국으로 들어가서 개인 사업을 하기로 마음을 먹고, 우즈베키스탄, 루마니아, 불가리아, 헝가리, 터키, 크로아티아, 러시아 같은 나라들에 대해서 조사를 하기 시작했다.

당시 나는 제3국에 관하여 많은 조사를 하였는데, 크로아티아로 들어가면 많은 돈을 벌 수 있을 것 같았다. 왜냐하면 전쟁이 끝난 직후라서 사회는 어수선하겠지만, 나라가 정돈이 안 되어 돈 벌 기회는 많을 거라고 생각하였기 때문이다. 그러나 가족을 데리고 들어가기에는 위험하다는 판단이 섰다(아이들 학교 문제도 있어서 포기하였다).

이제는 영어와 일본어가 되니까 제3국으로 간다고 해서 별로 걱정이 안 되었지만, 다시 모르는 나라에 가서 처음부터 현지 언어를 배우며 고생할 생각을 하니 암담하게 느껴졌다. 그러나 영국에서 비자 때문에 마음 고생을 하느니, 차라리 비자 걱정이 별로 없는 나라로 가서 사업을 하여 돈이라도 많이 벌어 보자는 생각에 우리 부부는 다시 다른 나라로 가기로 마음을 먹었다. 무슨 일이 있어도 돈을 벌어 성공하기 전까지는 한국에 들어가지 않을 것이라고 굳게 다짐했다.

우선 공산권 국가에서 독립하여 민주화 과정으로 넘어가면서, 과도기 상태에 있던 나라들을 선택해서 한번 어느 곳에 돈 벌 구멍이 있는지 직접 조사를 하기로 했다.

1998년 11월 중순에 먼저 불가리아에 들어갔다.

불가리아에 도착하자, 우리가 도착하기 이틀 전부터 동구에 50년 만에 폭설이 내렸다고 방송에 나오기 시작했다. 하지만 우리는 비행기를 타고 불가리아 소피아 공항에 도착하여 한국 민박집으로 들어가서 첫날을 쉰 다음, 다음날부터 시내로 나가서 구경을 하기 시작했다.

한국, 일본, 영국에서 살다가 불가리아에 가서 보니 생활수준 차이가 굉장히 많이 나는 것을 느꼈다. 도대체 마음에 드는 것이라고는 하나도 없었지만, 부동산에 손을 대면 장래에 큰 이익을 볼 수 있다는 생각이 들었다. 불가리아에 비하면 영국은 첨단을 달리는 선진국이라는 것을 느꼈다.

일단 편리한 것은 많은 사람들과 영어로 의사소통이 가능해서 언어의 어려움은 별로 느끼지 않아 참으로 다행이라고 생각했다.

불가리아에서 이틀째 되는 날 아침, 아이들이 늦게까지 잠을 자서 11시경에 아침을 먹었다. 둘째 아이가 아직 어려서 유모차에 태워서 준비하고 나가니 오후시간이 되었다.

밖에는 눈이 많이 와서 녹은 눈으로 길은 질퍽거렸다. 불가리아 소피아에 하나밖에 없는 백화점을 들어가 보았더니, 물건도 별로 없고, 대부분이 중국에서 수입한 것을 전시해 놓고 있었다. 시설도 엉망이고, 일하는 사람도 물건을 판매하려는 성의를 보이지 않았다.

우리의 계획은 먼저 불가리아를 보고, 다음은 헝가리로 가서 구경을 한 다음, 루마니아로 들어가서 다시 터키를 구경한 후, 다시 불가리아에 돌와와서 런던으로 들어오려는 것이었다. 이러한 계획에 따라 모든 숙박을 미리 런던에서 예약해 둔 상태였다.

하지만 우선은 아이들이 어려 움직이는데 많은 시간이 걸리고 너무나 힘이 들어, 불가리아에서 3박을 한 후, 일단은 터키로 이동하여 영국에서부터 알고 지내던 분의 집에서 머물기로 하였다. 터키 이스탄불에 도착하여 시내 구경을 하면서 재래시장도 가보고, 한국 식당에 가서 식사도 하고, 한국 무역회사도 방문해 보고, 여행사도 방문을 해보면서 내 나름대로 마음속으로 터키의 미래에 대해서 구상해 보았다. 영국을 떠난다고 해도 다른 나라에 가서 할 일들을 하나 하나 머리속에 그려 보았다.

일단은 아이들 때문에 나머지 나라인 헝가리와 루마니아를 온 식구가 함께 움직이는 것은 무리인 것 같아 나머지 식구들은 터키에 남아 있고, 나 혼자서 헝가리와 루마니아를 돌고 난 후, 다시 불가리아에서 식구들을 만나서 런던으로 들어가려고 결정을 내렸다. 그리고 나 혼자만 비행기를 타고 헝가리로 향했다.

헝가리 수도인 프라하에 도착하여 민박집 주인과 많은 이야기를 나누면서 헝가리에 대하여 여러 가지 정보를 얻은 후, 다음날 아침 일찍 일어나 헝가리 수도 부타페스트 Kotra 사무실에 들러서 헝가리에 관한 자료를 수집했다. 그리고 시내 구경을 한 다음, 그날 오후 비행기를 타고 루마니아 수도인 부카레스트Bucharest로 떠났다.

루마니아 부카레스트 공항은 헝가리나 불가리아 공항과는 다른 점을 많이 느꼈다. 입국 심사대에서 여권을 내밀자, 어느 정도 체류할 것인지 물어보아서 내일 불가리아로 가야 한다고 이야기를 하자 "대우!"라고 한국말로 이야기를 하면서 여권에 도장을 찍어 주었다. 난 속으로 '아니, 이게 무슨 소리람? 한국말인 대우^{DaeWoo}를 왜 소리치면서 여권에 도장을 찍어' 도대체 이해가 되지 않았다.

공항대합실에서 터키에서 머물고 있는 아내에게 전화를 하려고 공중전화를 찾으니, 도대체 전화를 찾을 수 없었다. 답답한 마음에 안내소에 가서 물으니 여기에는 공중전화가 없고, 국제전화를 하려면 저쪽에 전화를 걸어 주는 장소로 가라며 자세하게 알려 주었다.

전화를 걸어 주는 장소로 이동하니, 그곳에서 근무하는 사람이 전화번호를 달라고 해서 전화번호를 주니, 자기들이 전화를 걸어 주었다.

약 2분 정도 통화를 했는데, 미국 돈으로 8불을 달라고 한다. 내가 왜 이렇게 비싸느냐고 항의를 했더니

"이것 봐, 핸드폰으로 전화를 했잖아!"

하며 핸드폰을 흔들어 보인다. "여기는 전화를 하는 장소가 여기밖에 없다."라며 돈을 내라고 하여 어쩔 수 없이 돈을 지불했다.

돈을 지불한 후, 버스를 타고 부카레스트 시내로 오면서 보니 여기도 불가리아처럼 발목까지 올라올 정도로 많은 눈이 내렸다. 그리고 부카레스트 시로 들어오면서 주위를 둘러보니 일반 집은 거의 없고, 온통 아파트밖에 보이지를 않는다.

나는 급한 것이 먼저 다음날 불가리아로 가야 하기 때문에 루마니아 항공사를 찾아가서 비행기편을 알아보니, 다음날은 불가리아 소피아로 가는 비행기가 없다고 한다.

그래서 시내 중심지에서 지하철을 타고, 한국 민박집이 있는 곳으로 가기 위해서 지하철에 올랐다. 지하철 안에는 광고판 하나 없이 너무

나 썰렁했다. 오직 콘트리트밖에 없어, 영국과는 참 많이 다른 나라라고 생각했다.

민박집 근처의 역에 도착하여 곧 민박집에 도착한다고 전화를 하려고 하니, 동전을 집어넣는 전화통이 하나도 없고, 오직 전화카드를 집어넣어 사용할 수 있는 전화통만이 있었다.

모든 전화는 카드만 사용할 수 있게 되어 있는데, 전화카드를 파는 곳이 없어서 밖으로 나와서 상점을 다 돌아다니고, 주유소까지 가서 전화카드를 찾았다. 그런데도 전화카드가 없는 것이었다.

나는 속으로,

'아니, 세상에 이런 나라가 다 있어? 그럼 전화를 어떻게 걸라고 전화카드를 파는 곳이 없는 거야?'

하고 생각했다. 지나가는 사람들에게 혹시 근처에 전화카드 파는 곳이 어디냐고 물었더니, 모두 다시 시내쪽으로 가야 카드를 살 수 있다고 한다.

차라리 이 시간에 시내까지 갈 바에는 그냥 민박집 주소가 있으니까 택시를 타고 가자 생각하고 다시 주유소로 가서 택시를 타고 운전사에게 주소를 주었더니, 택시 운전사가 루마니아 말로 뭐라고 하는데 도대체 알아들을 수가 없었다. 영어로 이야기를 하라고 했더니 "5달러 Five Dollars!"를 외친다.

출발한 후 달리는 택시 안에서 택시를 자세히 보고 놀란 것은 한 20~30년을 사용했는지, 금방이라도 밑으로 꺼질 것만 같았다. 도저히 그냥 앉아 있을 수가 없어 손잡이를 꼭 잡고 앉았다.

얼마나 달렸을까. 한참이나 눈길을 달린 택시 운전 기사는 바로 옆의 아파트를 가리키며 루마니아 말로 '이 아파트'라고 이야기를 하는 것 같다.

아파트로 들어가려니 문이 잠겨 있고, 인터폰으로 되어 있어서 도대체 몇 호를 눌러야 할지 몰라 서성거리고 있었다. 그때 마침 들어가려는 사람이 있어, 주소를 보여 주면서 물으니 이 건물이 아니고 손가락으로 저쪽 건너편을 가리키며 저 아파트로 가라고 한다.

그래서 그쪽 아파트로 가서 사람에게 물어보니 다시 저쪽으로 가라고 하고, 다시 저쪽으로 가서 물어보니 다시 건너편 아파트로 가라 하고, 건너편 아파트로 가서 물어보니 다시 저쪽으로 가라 하고…… 이쪽 저쪽으로 왔다갔다 움직이다 보니, 어느새 시간은 두 시간이 훌쩍 흘렀다.

눈이 많이 내린 탓에 움직이는데 힘이 들고, 추운 날씨에 이제는 도저히 힘이 들어서 안 되겠다 싶어서 동양 사람이라도 지나다니는지 아무리 살펴봐도 동양 사람은 없었다. 날은 점점 어두워지고, 배는 고프고, 이러가다가는 아무래도 힘이 들 것 같아 처음 택시 운전사가 내려 준 아파트 앞까지 왔다.

이제는 동양 사람이 사는 아무 집이나 들어가서 민박집에 전화라도 하자고 생각했다. 건물 안으로 들어가는 사람에게 용기를 내어 물었다.

"혹시 이 안에 동양 사람이 살고 있습니까?"

"네, 살고 있지요."

"그럼 그 집을 좀 알려 주세요."

그는 나를 그 동양인이 사는 집을 안내해 주었다. 그의 손짓에 내가 노크를 하였더니, 누군가 문을 열어 주었다.

그 동양인은 한국 사람이었는데, 알고 보니 바로 이 집이 그토록 내가 찾았던 민박집이었다.

다음날 아침 일찍 민박집을 나서 택시를 타고 시내까지 나갔다. 우선 급한 것이 오늘 중으로 불가리아로 떠나는 일이었다.

일정에 쫓기다 보니 시간이 별로 없었고, 오늘 터키에서 식구들이 불가리아로 들어오기 때문에 나도 우선은 오늘 불가리아로 들어가서 식구들을 만나서 내일 영국으로 출발을 해야 했다. 따라서 불가리아로 가는 비행기표를 구하는 것이 급선무였다.

우선 불가리아 항공사인 발칸항공사로 찾아가서 알아보니, 오늘은 루마니아에서 불가리아로 가는 비행기 일정이 없어 불가리아로 가려면 기차를 이용해야 한다고 했다.

그래서 일단은 기차표부터 구해야 하기 때문에 루마니아 중앙역으로 가야 했다. 그런데 행선지를 가는 게 쉽지 않아서 지나가는 여자 분에게 물었더니, 거리가 멀지 않으니 자신이 직접 안내를 해주겠다고 했다.

나는 리카라는 이름의 여자와 함께 걸어가면서 영어로 많은 대화를 나누면서 역에 도착했다.

"오늘 저녁에 불가리아 소피아로 가는 기차표를 예매하고 싶은데요?"

"소피아로 가는 기차는 오늘 저녁 7시 30분에 한 편밖에 없어요."

"그럼 어디에 몇 시에 도착을 합니까?"

"불가리아 수도인 소피아에 아침 6시 30분에 도착합니다."

"그래요. 그럼 일반석과 특실의 표값을 알려 주시겠습니까?"

"네, 일반석은 16불이고, 특실은 36불 입니다."
라고 이야기를 해서 내가
"그럼, 특실로 하나 주시겠습니까?"
라고 이야기를 했더니, 리카가 매우 깜짝 놀라며
"일반석은 16불, 특실은 36불이에요. 당신, 충분한 돈이 있어요?"
라며 비싼데 왜 특실을 타느냐는 식으로 물어보았다.

표를 구입한 후, 나는 리카와 함께 루마니아에 관해서 여러 가지로 물어보면서 많은 대화를 나누었다. 우리는 연락처를 서로 주고받고 헤어졌다.

그리고 나는 혼자 루마니아 수도 부카레스트를 걸었다. 시내 곳곳에 한국 회사인 현대, LG, 대우, 삼성의 간판과 제품을 파는 곳이 종종 보였고, 거리의 자동차는 대부분이 대우 자동차였다.

'아, 내가 이 나라를 입국할 때 입국심사원이 여권에 도장을 찍어 주면서 대우라고 말한 건 한국 대우차가 많아서 그런 거구나!'

그제야 이해할 수 있었다.

이런 나라까지 한국의 기업이 진출하여서 돈을 벌고 있다는 사실로 하여금 나는 한국인으로 태어난 것이 무척이나 자랑스러웠다.

추운 날씨에 눈까지 많이 내린 부카레스트 거리를 걷다 보니, 나의 가난했던 어린 시절이 생각났다.

우리 집뿐만이 아니라 대부분의 시골 사람들이 가난했다.

그래도 우리는 겨울에 눈이 내리면 누덕누덕 꿰매 신은 양말에 검정 고무신을 신고서 시골의 논두렁이나 산길을 무조건 걸어 다닌 적이 있다.

전깃불도 없던 어린 시절,

등잔불을 켜고 살았던 어린 시절,

서울이라는 곳이 그립고, 동경의 장소로 생각되었던 어린 시절,

바닷가라서 찬바람이 세게 불어도 항상 눈 위로 걸어 다니고, 뛰어다니며 놀던 어린 시절.

그 어린 시절이 무척이나 떠오르게 하는 곳, 힘들었던 시절이지만 사무치게 그리운 그 시절이 생각나는 곳, 바로 그곳이 눈이 하얗게 많이 내린 루마니아의 수도 부카레스트였다.

루마니아 수도 부카레스트 시내 중심부에는 빈 건물이 종종 눈에 보였다. 나라가 체계적으로 정비가 안 되었는데, 한국 회사들의 간판이 일본 회사 간판보다 더 많았다. 이것은 곧 더 많은 한국 회사들이 들어오고, 뒤이어 일본 회사들이 들어올 것이라 생각하여 부동산 임대업을 하면 돈을 벌 수 있다는 생각이 들었다.

어느덧 시간이 흘러서 이제는 기차를 타고 불가리아 수도 소피아로 가야 된다는 생각뿐이었다. 마음이 급해서 기차가 출발하는 부카레스트 중앙역으로 미리 가서 기다리고 있으니, 오직 동양 사람은 나 혼자 뿐이어서 그런지 많은 사람들이 나를 훔쳐보고 쳐다본다.

기차에 올라 타서 특실을 찾아가려고 옆 차량으로 가려니, 철사로 문이 잠겨 있었다.

나는 굉장히 놀랐다. 일단 다시 내려서 옆 차량으로 옮겨 타려고 하는데, 기차가 소리도 없이 조금씩 움직이기 시작한다. 놀란 내가 옆 차

량으로 뛰어가서 일단은 기차에 올라탄 후, 아무래도 앞쪽에 특실이 있는 것 같아 앞쪽으로 발걸음을 옮겼다. 기차 복도에 전등도 켜지지 않을 뿐더러, 칙칙한 냄새까지 났다.

전등도 없이 캄캄한 복도를 따라서 한참이나 앞으로 가니, 이제는 복도에 불이 켜져 있는 곳이 보였다. 차장이 조그만 사무실에서 앉아 있길래, 내가 조심스럽게 물었다.

"차장님, 전 특실 표를 가지고 있는데, 여기 특실이 어디에 있어요?"

그러자 차장이 그때 마침 그 옆을 지나가던 다른 여자 차장에게 뭐라고 말을 하더니,

"이 여자 차장을 따라가세요."

하고 말해 주었다.

그 여자 차장은 내가 되돌아온 불이 없는 복도를 한참이나 걷더니, 갑자기 어느 칸의 문을 열며 "여기예요!"라고 말한다.

그녀가 가리킨 곳으로 들어가니, 전등도 없는지 캄캄하고, 두 개의 의자가 서로 앉아서 바라볼 수 있도록 되어 있었다. 그곳에는 장사를 하고 불가리아로 돌아가는 듯한 불가리아 부부로 보이는 사람들이 있었다. 그들은 동양인인 내가 들어가자, 반가운 듯이 "Welcome! Welcome!" 하며 소리를 지른다.

아무래도 이상하다고 느낀 내가 그들에게

"전 특실 표를 가지고 있는데, 아무래도 여기는 특실이 아닌 것 같군요. 내가 확인해 보고 다시 돌아오지요."

라는 말을 남기고는 다시 처음 불이 켜진 복도에 있던 차장이 있는 쪽으로 와서 차장에게

"아무래도 함께 간 여자 차장이 특실을 잘못 알려 준 것 같아요. 가서 보니 칸에 불도 켜져 있지 않고 캄캄하더군요."

하고 말했다. 그리고 조금은 억울하고, 답답하고 항의식으로 말을 덧붙였다.

"차장, 기차가 왜 이래요? 전에 내가 노르웨이에서 스웨덴으로 기차를 타고 갈 때는 기차가 무척 깨끗해서 나 자신도 놀랐는데, 대체 여기는 왜 이런 거죠? 복도에 불도 안 켜져 있고, 이 기차도 루마니아에서 불가리아로 가는 국제선이잖아요?"

그러자 차장이 조금은 어이가 없다는 표정으로 나의 얼굴을 한참이나 쳐다보며 대답했다.

"거기는 서구이고, 여기는 동구입니다. 돈이 없는 가난한 동유럽 국가라고요. 네, 그래요. 그래서 여기는 위험한 곳이기도 하지요. 여기는 침대 칸이니까 아마 특실보다 더 안전하고 편할 수도 있지요. 당신이 20달러만 더 준다면 내가 여기서 침대 칸을 하나 주지요."

"그래요. 그럼 아침에 표를 검사하자고 다른 차장이 오면 어떻게 합니까?"

"그건 걱정 말아요. 내가 여기서 불가리아에 도착할 때까지 함께 가니까 아무 문제가 없어요." 내가 지갑을 뒤져 보니 달러가 50불짜리 외에 15불밖에 없었다.

"어, 여기 15불밖에 없네요!"

"그래. 그럼 15불이라도 주세요."

내가 차장에게 15달러를 건네주자, 재빨리 받아 챙긴 후, 끝 부분의 침대 칸을 하나 주었다. 2층으로 해서 두 개의 침대가 있었는데, 1층은 그리스 남자가 사용을 하고 있고, 나에게 2층을 주었다.

그리스 남자와 나는 한참 동안 서로 이야기를 한 후, 조금은 답답한 느낌이 들어서 복도로 나왔다. 우리는 옆 칸에 있는 시리아와 레바논에서 온 다른 두 남자와 서로 인사를 한 후 여러 가지 이야기를 나누었다. 그러던 중 여권 검사를 하러 자주 오는지, 40~50분 만에 한 번씩 여권 검사를 오는 것 같았다. 나는 궁금함에 함께 대화를 나누는 사람들에게 물었다.

"왜 이렇게 여권검사를 자주 합니까?"

그러자 레바논에서 왔다는 남자가

"뭐 챙겨먹을 것이 없는지 돌아다니는 거지, 뭐!"

하며 대수롭지 않게 여기는 눈치다.

시간이 지나서 모두들 잠을 자러 들어가고, 나 혼자만 덩그러니 남았다.

기차는 이름도 모르는 역에서 멈추고 가다가 다시 멈추곤 한다.

나는 문득 꼬마 아가씨가 생각났다.

영국에 처음 와서 내 인생의 지표를 세워 준 고마운 꼬마 아가씨.

옆집 아이들과 함께 놀아 달라며 옆집 문 안에 자기 발을 항상 집어넣고, 나중에는 함께 놀았던 꼬마 아가씨.

나는 다섯 살의 한국인 여자 꼬마 아가씨로부터 영국의 위대한 삶의 지혜를 배웠다.

이 엄청나고 위대한 삶의 지혜는 지금까지 내가 영국에 살면서 삶의 지표요, 삶의 원동력이 되었다.

이제는 제법 오래된 이야기가 된 꼬마 아가씨, 문득 그 꼬마 아가씨가 보고 싶어졌다.

이제는 많이 성장했겠지?

나에게 꿈을 주고, 희망을 주고, 삶의 원동력을 준 꼬마 아가씨, 고마운 삶의 교훈을 알려 준 꼬마 아가씨.

참고 참고 견디지만, 비자 문제는 무조건 버틴다고 해서 해결되는 문제가 아닌 것 같았다. 너무나 힘들었다.

기차는 이름도 모르는 역에서 멈추고 가다가 다시 멈추곤 한다.

나는 곰곰이 생각에 잠겼다.

이것이 남자의 인생인가?

어느 나라가 나의 정착지인가?

하늘 아래 어디쯤 나의 정착지가 있는가?

사람 사는 것은 다 비슷한데, 어디에 가서 돈을 벌며 살 수 있을까?

내 나이 30대 후반, 이제는 어디든지 정착을 해서 살아가야 할 시기인데, 나는 도대체 여기서 뭘 하고 있는 걸까?

내가 혹시 길을 잘못 선택하고 있는 것은 아닐까?

이 나이 먹도록 가진 것이라고는 정말 아무것도 없고, 오직 가진 것이라고는 아내와 두 아이들밖에 없다.

과연 가난이라는 굴레에서, 고난이라는 강물에서 빠져 나올 수 있을까? 어린 시절 나 자신과 끊임없이 했던 맹세는 어디로 간 걸까?

과연 우주 끌림의 법칙은 정말 존재하는 걸까?

기차는 이름도 모르는 역에서 멈추다가 가다가 다시 멈추곤 한다.

어느새 눈물이 볼을 따라 흘렀다.

어디선가 돌아가신 아버지의 음성이 들리는 것 같았다. 그 어린 시절, 어린 나의 손을 잡고 눈물을 흘리신 아버지. 아버지의 음성이 또렷해질수록 가슴이 벅차오른다.

'아들아, 사랑하는 아들아!

네가 이름도 모를 나라에서 방황하고 있구나. 이름도 알 수 없는 나라에서 눈물을 흘리고 있구나.

울지 말아라. 참고 기다려라. 지금은 인내의 기간이니 참고 기다려야 한다. 너에게는 용기가 가득하니 참고 기다리면 된다. 끊임없이 참고 기다려라.

힘들지? 가진 건 없고, 막막할 게다. 내가 물려 준 것이 없으니, 네가 가진 것이 없지.

어깨가 무겁지? 이루어진 건 하나도 없고…….

하지만 걱정 마라.

네 옆에는 항상 내가 있을 테니…… 네 곁에는 내가 항상 있을 것이니…….

모든 사람들에게는 인내의 시간이 있단다.

그리고 인내의 시간을 견디지 못하는 사람, 인내의 시간을 극복하지 못하는 사람, 인내의 시간이 있는 줄도 모르고 모든 만사를 불평만 하는 사람이 있단다.

사랑하는 아들아, 이것은 너의 인내의 시간이다.

부탁하노니, 마지막까지 희망의 끈을 놓지 말아라. 용기가 있으면 희망이 보일 것이니, 모든 일에 끝없이 그리고 끊임없이 매달리고 또 매

달려라!'

어느 결에 잠이 들었는지, 눈을 떠보니 밖이 약간 밝았고, 기차는 계속해서 달리고 있었다.

오래전, 영국 스코틀랜드에 놀러 갔다가 교통사고가 나서 타고간 자동차를 버리고 런던 유스톤 역Euston Station까지 밤 기차 침대 칸을 타고 내려온 적이 있었다. 아침에 런던에 다다르니 차장이 따뜻한 차와 비스켓을 가지고 와서 아주 좋은 인상을 받은 적이 있는데, 여기는 종착역인 불가리아 수도 소피아 역에 도착했다고 방송도 없이, 그리고 차장의 아무런 안내도 없이 기차는 불가리아 소피아 중앙역에 아침 6시 30분에 조용하게 도착하였다.

동양인은 오직 나 혼자뿐이었다. 기차를 나오면서 안내를 해주었던 한국 분의 말이 떠올랐다.

'불가리아에서는 택시를 탈 때 주위를 둘러보아서 경찰이 있으면 경찰에게 부탁을 하세요. 그러면 훨씬 저렴하게 탈 수 있습니다.'

그래서 대합실로 나와서 택시 운전사에게 주소를 보여 주면서 여기까지 얼마에 갈 수 있느냐고 물었더니, 9불을 달라고 말한다. 이번에는 다시 대합실 안에 있는 경찰에게 문의를 했더니, 경찰이 택시 운전사를 불러서 이야기를 나눈 후에 나에게 7불이라고 말했다.

나는 민박집에 아무래도 너무 이른 아침에 가면 피해를 줄까 봐 50m 전방에 있는 큰길 도로까지 걸어가서 지나가는 택시를 세워서 물어보니, 2불이면 갈 수 있다고 한다.

사람이 많이 다니는 포토벨로 마켓에서 장사를 하려면 가장 먼저 비자 문제가 해결되어야 한다.

어느 날 아내가 비자 문제로 답답한지, 앞으로 어떻게 할 것인지에 대해 물어본다.

나는 고민을 하다가 나에게 위대한 진실을 알려 준 꼬마 아가씨를 생각하며,

'길은 외길이다. 방법은 하나, 개긴다! 개기기 전법을 이용하여 마지막까지 버티는 방법밖에 없다. 마지막까지 개기자! 개기기 전법을 이용하자!'

"……?"

이제는 더 이상 도저히 비자를 연장할 수 없을 것 같아 통역을 해주면서 알게 된 이민법 번호사에게 문의를 하니,

"네, 부인이 학생비자를 신청하면 되지요. 어차피 부부이니까 이제부터는 부인이 학생비자로 비자를 연장해서 부부가 10년만 채우면 합법

적으로 영주권을 받을 수 있어요. 그 대신 부인이 반드시 대학에 진학해야 합니다."

이 말에 우리 부부는 바로 대학 입학에 대해서 알아보기 시작했다.

당장에 영국 정부에서 운영하는 대학 진학을 대행해 주는 기관인 UCAS로 전화를 해보니, 이미 대학 입학 신청이 다 끝났지만 마지막으로 선청서를 보내줄테니 빨리 작성해서 보내라고 했다.

이리하여 마지막에 가까스로 기적적으로 영국 대학에 입학을 하게 되었다.

조금은 엉성하게 보이는 포토벨로 마켓의 모습. 내가 비자 문제로 고민할 때까지만 해도 여기에서 장사를 하게 될 줄은 꿈에도 상상을 못했으며, 여기에서 장사를 하기 전에는 내게 물건을 파는 재능과 능력이 있는 줄은 전혀 몰랐다.

2001년 3월 초에 변호사를 통해서 영주권 신청을 하려고 변호사 사무실을 찾아갔다.

"이제는 당신들이 영국에서 합법적으로 그리고 정식으로 학생비자를 가지고 10년 동안을 체류했으므로 영주권을 신청할 수 있습니다."

그래도 우리는 여전히 불안한 마음을 감출 수 없었다.

"지금부터 준비 서류를 제출해야 합니다. 영국에서 합법적으로 10년을 거주했다고 하더라도 제출서류에 미비점이 있으면 안 됩니다. 우선 3개월 분의 은행잔고증명서와 집을 구입한 서류, 기타 서류 그리고 딸아이가 학교에 다니기 때문에 학교에서 상장 같은 것이 있으면 꼭 첨부해 주세요. 그러면 훨씬 유리합니다."

우리는 변호사 비용을 지불하고, 영주권 신청서를 작성하고 서류를 준비하여 변호사에게 제출하였다.

그로부터 한 달 후, 영국 이민국에서 서류가 부족하다며 다른 서류를 제출하라고 연락이 왔다. 그리고 다시 며칠 후에 또 다른 서류를 제출하라고 연락이 와서, 우리는 서류를 만드느라 매일 매일 불안함과 걱정으로 정신이 없었다.

영국에 학생비자로 들어오면, 바로 시작되는 고민이 바로 비자 문제이다.

한국에 살면서는 비자가 무엇인지 그리고 어디서 받는지 우리의 일이 아니기 때문에 전혀 관심이 없어 알지 못하지만, 외국에 살다 보면 이 문제가 항상 그림자처럼 따라다니며 괴롭히는 것이 비자다.

이것은 쉽게 해결되는 문제가 아니기 때문에 외국 사람들이라면 이 비자 문제로 많은 고민을 하게 된다.

우리가 영국에 처음 도착해서 가끔 학생비자를 가지고 체류하다가 10년 만에 영주권을 받았다는 이야기를 가끔 들었는데, 그런 소리를 들을 때마다 '그 사람들 정신이 없구만! 그런 시간이 있으면 차라리 한국에 가서 일을 하면 그것보다 나은 생활을 할 수 있을 텐데……' 하고 속으로 험담을 하곤 했다. 그런 내가 10년 만에 영주권을 신청할 줄은 꿈에도 몰랐다.

우리는 주위 사람들로부터 많은 이야기를 들었다.

영국에서 학생비자로 5년 동안 체류하다가 프랑스를 갔다가 입국할 때 비자를 못 받고 추방 당한 사람의 이야기, 전자공학을 공부하다가 다시 신학으로 바꿔서 공부를 하는 도중에 비자를 못 받아서 한국으로 쫓겨난 사람의 이야기, 학생비자로 10년 있으면서도 마지막에 변호사 선임비를 아끼려고 자기가 스스로 신청했다가 영주권을 못 받고 돌아갔다는 사람의 이야기도 들었고, 변호사를 선임해서 신청을 했는데도 유색인종 변호사를 선임해서 영주권을 못 받고 돌아갔다는 사람의 이야기도 들었고, 영국에서 체류를 하려고 많은 돈을 사업쪽으로 투자하여 장사를 하다가 마지막 영주권을 신청할 때 잘못되는 바람에 비자를 못 받고 많은 돈을 손해 보고 본국으로 돌아간 사람의 이야기도 들었다.

우리가 영국에서 체류한 지 10년이 다가오자, 주위에서 많은 분들이 조금은 걱정스럽게 조언과 격려를 해주었다. 그동안 주위에서 들은 많은 이야기가 떠오른다.

2001년 6월 초, 영국 날씨 치고는 아주 맑고 좋은 어느 날이었다.

오전 11시 30분경 우리 식구는 모두가 집 앞과 뒤쪽의 정원을 손질하고 있었는데, 나는 한 통의 전화를 받았다. 어디냐고 물었더니, 변호사 사무실이라며 아내인 Mrs. OH를 바꿔 달라고 했다.

'아, 변호사 사무실? 큰일났다. 이제는 영국 외무성에 더 이상 가져다 줄 서류조차 없는데, 변호사 사무실에서 또 무슨 서류를 원하길래…… 대체 무엇 때문에 전화가 왔을까?'

하고 속으로 걱정을 하면서 이제는 더 이상 보낼 서류조차 없다는 생각에 눈앞이 아찔하였다.

우리 집 앞의 화단을 정리하고 있던 아내에게 전화를 건네 주고서 옆에서 무슨 이야기를 할까 하고 조마조마한 마음에 바라보고 있는데, 아내가 전화를 받고서 한참 동안 통화를 하고 나서 나에게

"여보, 변호사 사무실인데 우리에게 영주권이 나왔대요!"

라고 믿기지 않은 말을 했다.

"뭐, 영주권……?"

나는 더 이상 말을 이을 수 없었다.

아내도 전화를 끊고 난 후, 전화기를 껴안고 울기 시작했다.

영국에 온 지 10년 만에 영주권을 받은 것이다.

학생비자로 와서 10년 만에 받은 영주권이라니!

나도 모르게 눈물이 볼을 타고 땅에 떨어졌다.

이제부터 영국 생활은 다시 시작이다.

2장

인생은 시도와 도전의 연속

나에게는 아무것도 없다. 가진 돈도 없고, 한국에서 돈을 보내 줄 사람도 없다. 나는 생각했다. 어떻게 하면 물가가 비싼 런던에서 돈을 벌며 살아갈 수 있을까?

그래서 내가 찾은 방법은 누구든지 만나러 가고, 무조건 찾아가고, 어디든지 쫓아가고, 무조건 따지고, 어린 애가 둘이나 된다며 힘들어, 힘들어, 죽는 소리 하고, 생각은 나중에 하고 일단은 쫓아가서 만나고 사정하는 등 무식하고 용감하게 시도했다. 무조건 찾아간다. 일단 가서 본다. 먼저 시작하고 본다. 깊은 생각은 나중에 하고, 손익계산도 나중에 하고, 일단은 시도하고 본다. 일단은 찾아가고 보는 것이다. 상대방이 원하건 말건, 좋아하건 말건, 상대방이 시간이 있건 말건, 예의에 맞건 말건, 나는 내 방식대로 일단은 무작정 찾아갔다. 이렇게 일을 하여 때로는 사기도 당하고 소송도 발생하면서 잃은 것도 많지만, 얻은 것은 그보다 더 많다.

세상은 이상하다. 무식한 사람이 용감하다고 했나? 그래, 무식한 사람이 용감하다. 찾아가면 일은 해결되는 것이다.

그런데 시도를 하는 순간, 세상이 변화한다. 내가 이상해진 것이 아니라 이 세상의 모든 것이 이상하게 나를 위해 변하는 것 같다. 용감한 시도는 기적 같은 일을 만들어 낸다.

그런데 더 이상한 것은 아무도 이러한 시도를 하지 않는다는 점이다.

1

다섯 살 여자아이로부터 배운
영국의 위대한 삶의 지혜

이제는 오래전의 일이지만, 영국에 도착하여 몇 개월 후, 런던 동쪽의 한국인 가정에서 방 하나만 빌려서 살 때다.

이 가정에는 아주 귀엽게 생긴 다섯 살 정도의 한국말을 꽤 잘하는 영국에서 태어난 여자아이가 있었다.

어느 날, 밖에서 안으로 들어오며 보니 여자아이가 옆집 문 안에 한쪽 다리를 집어넣고 문을 닫지 못하게 하고 있었다.

이 아이는 자기 문 앞에서 서성거리다가 옆집에서 문을 열면, 재빨리 다리 한쪽을 그 집 안으로 집어넣고 문을 못 닫게 하고 있었다.

그 집에는 여섯 살과 여덟 살 정도로 보이는 두 명의 남자아이들이 있었는데, 한국 꼬마 아가씨가 함께 놀아 달라며 다리를 집어넣고 있는 것이었다.

이런 모습을 서너 번 본 내가 너무나 황당하고. 꼬마가 너무하는 게 아닌가 싶어 꼬마 아가씨에게 일장 훈계를 하였다(꼬마애는 당연히 잘

못 알아들었지만).

"예쁜 아가씨! 얼굴도 예쁜 아가씨가 이러면 안 되지요. 옆집 아이들과 놀고 싶으면 그 아이들이 나왔을 때 함께 놀면 되지, 이렇게 옆집 문 안으로 다리 한쪽을 집어넣어 문을 못 닫게 하면 안 돼요. 그러고 보니, 옆집 영국 사람들이 참으로 착하구나. 한국 같았으면, 넌 난리 났다. 소리소리를 질렀을 것이고, 잘못하면 이웃간에 쌈박질도 날 수가 있고, 심하면 철천지 원수가 될 수도 있어.

안에 있는 영국 아이들의 부모님은 얼마나 속이 타겠어. 너를 때릴 수도 없고, 혼내지도 않는 걸 보면 참 착하네. 너처럼 이렇게 귀찮게 하는 것을 한국에서는 '개긴다' 혹은 '진드기 같다'라고 말한단다. 너 이런 말 알아? 제발 이렇게 개기지마, 진드기처럼 살지 말자! 착하게 살아야지, 이러면 안 돼요! 개기는 것, 진드기가 얼마나 나쁜 건지 알아? 얼굴도 예쁜 꼬마 아가씨가 이러면 안 되지요. 자, 이제 발을 빼고 집에 들어가서 놀아야지!"

마지막 부분의 말을 알아들은 꼬마 아가씨가 뾰로통한 표정을 지으며 말했다.

"싫어! 심심해. 오빠들이 안 놀아 줘. 심심해!"

"당연히 옆집 아이들은 안 놀아 주지. 자기 나이 또래의 형제가 있는데 왜 너하고 놀아. 제발 그만 버텨!"

하지만 꼬마 아가씨는 대꾸도 하지 않고 그저 한쪽 다리를 옆집 문 안에 넣고 있었다. 나는 그 모습을 보고는 속으로,

'영국 사람들은 착하구나. 영국 사람들은 야단을 안 치는구나. 영국 사람들은 꾸준히 기다려 주는구나!'

생각하며 무작정 버티는 꼬마 아가씨가 너무나 우습기만 했다.

그리고 며칠 후에 보니, 우리 집 꼬마 아가씨는 시간만 되면 한쪽 다리를 옆집 문 안에 넣고 있었다.

그 모습을 본 나는 조금은 황당하여 꼬마 아이를 향해 소리쳤다.

"예쁜 꼬마 아가씨, 제발 개기지 마라! 진드기처럼 살지 마! 착하게 살자! 내가 최고로 싫어하는 사람이 누군지 아니? 바로 개기는 사람, 그리고 진드기 같은 사람이야. 우리 제발 착하게 살자!"

하지만 꼬마 아이는 나의 말에는 아랑곳하지 않고 무조건 시간만 되면, 기회만 있으면 한쪽 다리를 옆집 문 안에 넣고 있는 것이었다.

그리고 그로부터 한 달 정도의 시간이 지난 후,

난 몹시도 희한한 광경에 눈이 휘둥그레졌다.

집 앞 작은 공간의 잔디밭에서 두 명의 옆집 남자아이들과 우리 집 꼬마 아가씨가 함께 놀고 있는 것이었다. 세 명의 아이들이 뛰어다니며 원을 그리면서 놀고 있었다.

나는 고개를 앞으로 내밀고 쳐다보았다. 세 명의 아이들이 노는 모습을 5분 정도 그냥 멍하니 아무 생각 없이 입을 벌리고 볼 수밖에 없었다.

나는 너무나 놀랐다.

나는 나의 눈을 의심했다.

도저히 믿기지가 않았다.

세상에 이런 일이 있을 수 있을까?

그리고 생각했다.

아하, 영국 사람들은 그저 무작정 개기면 되는구나!

영국 사람들은 무작정 버티면 되는구나!

영국 사람들은 진드기처럼 끈질기게 달라붙으면 되는구나!

아하, 영국 사람들은 끊임없이 하면 되는구나!

아하, 영국 사람들에게는 개기기 전법과 진드기 전법이 먹히는구나!

영국 사람들은 정말로 순수하고 인간적인 마음씨를 가지고 있구나!

이것은 위대한 진실이다.

나는 위대한 진실을 깨달았다.

다섯 살의 한국인 꼬마 아가씨로부터 영국의 위대한 삶의 지혜를 배웠다.

이 엄청나고 위대한 삶의 지혜인 '개기기 전법과 진드기 전법'!

이것은 내가 영국에 살면서 삶의 지표요, 삶의 원동력이 되었다.

내가 힘들 때는 나에게 희망을 주고,

나에게 어려움이 닥쳤을 때 위기를 극복하는 믿음이 되었으며,

나에게 꿈을 주는 위대한 진실이 되었다.

나는 고민하기 시작했다.

이 위대한 진실을 알려 준 꼬마 아가씨에게 뭔가 보답을 하거나 보상을 해야 된다고 생각했다. 다섯 살 꼬마 아가씨에게 어떠한 방법으로 보답을 해야 하는 걸까?

며칠 후 꼬마 아가씨를 만났을 때, 나는 허리를 90도로 굽히고 정중히 인사하였다.

우리 집에서 런던 얼스코트Earls Court 주택가에 눈이 내린 모습. 여기는 이렇게 자기 집 앞이라고 해도 눈을 치우지 않는다. 사람들이 걸어다니는 인도는 구청 소속의 땅이기에 구청 소속의 땅에 내린 눈은 구청에서 치워야지, 개인이 치우지 않는 것이다.

"꼬마야, 고맙다. 나에게 인생의 진실을 깨우쳐 준 너에게 이 아저씨는 아무것도 줄 것이 없구나. 나도 가진 것이 없으니 내가 보답으로 할 수 있는 것이라고는 오직 인사밖에 없지만, 나는 한평생 너의 교훈을 나의 가슴에 담아 간직하면서 살 거다. 고맙다, 꼬마 아가씨!"

시도를 하면 세상이 변한다

이 세상은 시도를 통해 움직이고, 활동하고, 경쟁하면서 살아간다.
개인에서부터 시작하여 지역단체, 런던시, 서울시, 넓게는 영국, 한
국이라는 국가도 여러 가지 다양한 시도를 통해 발전한다.
전 세계 국가들은 월드컵과 올림픽을 서로 자기 국가에서 개최하기 위
해 심한 유치 경쟁을 벌인다. 즉, 모든 국가들은 국가의 발전을 위하
여 다양한 방법으로 수많은 것들을 시도한다.

2010년 7월 12일 남아프리카공화국 월드컵 결승경기를 영국에서는
채널 3번인 ITV에서 중계하였다. 전후반 경기가 끝나고 차기 개최국
인 브라질 국가 광고가 나오는데, 마지막에 'Brazil is calling you!(브라
질이 당신을 부르고 있습니다!)' 광고를 보고 나는 벌떡 일어났다.
감동적이다. 인상적이었다. 나는 이제껏 저렇게 멋있는 광고를 본 적
이 없었다. 당장 브라질에 가 보고 싶어졌다.

어느덧 시간이 흘러 이제 4년이 지나서 또다시 월드컵이 열리고 있지만, 나는 'Brazil is calling you!'라는 광고의 인상을 잊지 못하고 있다. 언젠가는 브라질을 방문할 것이다.

영국은 날씨가 좋지 않기 때문에 영국 사람들은 따뜻한 나라의 바닷가로 여행을 많이 떠난다. 그리고 영국은 관광객이 많고, 특히 외국인도 많다. 그래서 각 나라들은 영국 여기저기에 자기 나라 홍보 광고를 많이 한다.

3년 전에 우리 집 근처에 크로아티아Croatica의 아름다운 바닷가를 배경으로 뜨거운 햇볕이 담겨 있는 아름다운 광고판이 세워져, 많은 사람들의 관심을 한눈에 받았다. 나는 그 광고판을 나의 가슴에 담아 두었다.

영국 사람들은 대체로 조용하다. 말이 없고 침착하다. 이래서 영국 사람들은 이런 광고판을 자기들 가슴에 담아 두고 간직하고 있다가, 시간적 · 경제적으로 여유가 있을 때, 크로아티아의 바닷가로 여행을 떠나는 것이다.

나는 런던 얼스코트Earls Court 전시장에서 매년 초에 개최하는 Ideal Home Show에서 훗팩을 판매한 적도 있다. 17일 동안 운영되는 Ideal Home Show는 유명하여 평일에는 영국의 지방 사람들이 버스를 대절하여 방문하는 곳이기도 하고, 수많은 영국인들이 방문하는 곳이기도 하다.

어느 날 운전을 하며 버스 뒤를 따라가고 있는데, 버스 뒤에 어디서 많

이 본 듯한 광고, 내가 필요로 하는 광고가 붙어 있었다. 자세히 보니
'Ideal Home Show' 광고였다. 버스가 신호등에서 멈추었을 때, 나는
자세히 읽어 보았다.

매년 시작되는 Ideal Home Show가 올해도 시작되는 것이었다. 언제
한번 방문해 봐야지. 우리 집 근처에서 Ideal Home Show 행사가 열리
니, 꼭 방문해 봐야겠다.

우리 집 앞에는 74, 430, 457, C1, N74, N97등 여러 대의 버스가 멈추
는 버스정거장이 있다. 버스는 우리 생활과 아주 밀접하다. 항상 이용
해야 하고, 많은 사람들이 이용하는 것이 버스다.

어느 날 대만Taiwan 광고를 한 버스가 지나간다. 나는 자세히 보지 못
했다. 분명히 대만으로 여행을 오라는 광고 같았다.

그 광고를 자세히 보지 못한 나는 그 뒤를 바로 따라오는 버스를 보기
시작했다. 다시 한 번 봐야 한다. 그리고 457번 버스가 정거장에서 멈
추었을 때 그 광고를 유심히 보았다. 그리고 이 버스 광고도 가슴에 담
아 두었다.

나는 나의 가슴에 담아 둔 국가들을 시간이 있을 때마다 열어 본다.
브라질, 크로아티아, 대만. 이 세 나라는 나의 가슴속에 담겨 있다.
내가 언젠가는 반드시 방문해야 할 나라들이다.

지나온 과거보다 앞으로 살아갈 날이 더 짧은 나의 인생이지만, 나는
나의 가슴에 담아 둔 나라들을 차례로 방문해야 할 의무가 생겼다.

한국인이 많이 모여사는 뉴몰든New Malden 근처의 레인스파크Raynes Park

근처에서 운전을 하는데 앞에가는 57번 버스 뒷면에 'H-Mart' 광고가 보였다. 버스가 정거장에 멈추었을 때, 나는 바짝 붙여서 광고를 읽어 보았다. 'H-Mart. Grand Korea Super Store' 한국인이 운영하는 대형 슈퍼마켓 광고다. 'H-Mart'에서 지역주민들의 가슴속에 회사의 이미지를 담아주기 위하여 광고를 한 것 같다.

한국 사람들은 광고를 하면 금방 효과가 나타나야 성공했다고 하지만, 영국 사람들은 하나하나 차근차근 가슴에 담아 놓는다.
한국의 한식재단에서는 전 세계에 한국 음식을 알리는 사업을 하고 있다. 한식세계화 런던협의체에서는 2013년 핵심사업으로 런던버스에 한국의 음식에 대한 소개를 담은 광고를 하였다. 버스에 한국 음식 광고를 달고서 이곳저곳을 달리며 많은 영국인들에게 장수음식, 건강음식인 한국 음식을 전달하였다.

런던 버스 265번 뒤에 실린
한국 음식 광고

영국인들의 가슴 가슴마다 한국 음식을 남겨 놓았을 것이다. 그리고 근처의 한국 식당을 방문할 것이다. 영국인들은 맛을 본 한국 음식을 가지고 이웃, 동료, 친구들과 대화하면서 한국 음식을 화제로 다룰 것이다.

영국에 온 지 얼마 되지 않아 우리 부부가 방과 거실이 하나씩 있는 Flat를 빌려 살 때다.

영국은 전화세, 전기세, 가스세를 매달 내는 경우도 있지만, 일반적으로는 3개월에 한 번씩 내는 것으로 많이 되어 있다.

당시에는 너무나 돈이 없어서 전화세, 전기세 그리고 가스세를 전부 한꺼번에 낼 수 없었다. 생활이 힘들다 보니 전기세와 가스세조차 밀려서 제대로 낼 수 없었다. 어떻게 하는 게 좋을지 고민을 한 나는 전기회사와 가스회사에

"돈이 없어 Bill을 제대로 낼 수 없으니 현재 금액을 몇 번으로 나누어 낼 수 있도록 부탁드립니다."

라는 문장을 간단하게 그리고 깨끗하게 손으로 적어 보냈다(당시는 컴퓨터도 없었으니 종이에 적어 보낼 수밖에 없었다).

그리고 그로부터 일주일 후에 전기회사는 편지를 받은 날로부터 10일 이내에 전기세를 내지 않으면 전기 공급을 중단하겠다는 무서운 편지가 날아와, 편지를 받자마자 바로 돈을 지불하였다.

그런데 가스회사에서는

"저희가 가스세 계산을 잘못하여 귀하로부터 더 많은 돈을 받았으므로 그 비용 £150.00를 돌려드립니다. 저희가 잘못하여 귀하께 심려를

끼쳐 드려 정말로 죄송합니다."

하는 편지와 함께 £150.00 (한화 약 30만 원) 수표를 보내왔다.

나는 아무리 생각해도 이상했다. 우리가 이 집에서 얼마 살지도 않았고, 분명히 가스세를 우리가 더 지불해야 하는데, 왜 £150.00 비용을 나에게 보내왔을까? 이 돈을 정말로 받아야 되나? 아니면, 되돌려 줘야 하나?

나는 고민에 고민을 거듭하기 시작했다. 이상하다. 영국이라는 나라는 참으로 이상하다.

다섯 살 꼬마 아가씨로부터 배운 영국의 위대한 삶의 지혜인 '개기기 전법과 진드기 전법'과 무슨 관련이 있는 건 아닐까?

나는 약 한 달을 고민한 끝에 큰 교훈을 얻었다.

'아하! 영국에서는 시도를 해야 하는구나. 영국에서는 도전을 해야 하는구나. 이 사람들은 시도를 하면 돌려주고, 그냥 가만히 있으면 더 받아가겠구나! 영국은 가만히 있으면 뜯어 가는 나라다. 나중에 뜯기고 뜯기다 보면 남는 것이 거의 없는 나라다. 이것은 위대한 발견이다. 다섯 살 꼬마 아가씨로부터 배운 개기기 전법과 진드기 전법 을 시도하면 되겠구나! 끊임없는 시도로 악착같이 매달리면 성공할 수 있겠다!'

이것은 위대한 진실이다.

나는 위대한 진실을 깨달았다. 위대한 삶의 교훈을 또 하나 얻은 것이다.

그래, 돈이 없으면 어떠냐! 나에게는 젊음이 있고, 영국에서 아무도 모르는 '시도'와 '개기기 전법과 진드기 전법'을 알고 있는데…… 살자,

포토벨로 마켓에서는 과일, 야채를 판매하는 곳이 여러 군데 있다. 매주 토요일에는 과일을 바구니에 담아 1파운드에 판매를 하는 곳이 여러 군데 있다.

가스비용 £150.00를 돌려 받고 나서 1년 정도 지난 후, 시청료TV Licence £80가 나왔는데, 잠깐 잊어버리고 신경쓰지 않고 지내다 보니 법원출두독촉장에 법원재판비용까지 부과가 되어서 꽤 많은 금액을 지불하라는 고지서가 날아왔다.

'배보다 배꼽이 더 크다'라는 말이 있듯이 시청료보다 법원재판비용이 더 많아 모든 비용을 다 지불하자니 부담이 되어 여러 가지로 고민이 되었다.

어떻게 할까? 뭐, 좋은 방법이 없을까? 분명히 좋은 방법이 있을 텐데 그 방법이 무엇일까?

이 돈을 모두 지불하려니 돈이 너무나 아까웠다. 조금이라도 할인하여 지불할 수 있는 묘안은 없을까?

나는 고민에 고민을 거듭하다가 되든 안 되든 일단 시도를 해보기를 하였다. 법원에 편지를 보내기로 하고, 아래와 같은 편지를 적어 법원으로 보낸 것이다. 나는 편지를 보내면 담당 판사에게 편지가 전해질 거라고 생각하였다.

"판사님, 시청료를 지불하지 못하여 이제는 법정에 출두해야 합니다. 저는 정해진 날에 법정에 출두할 것 입니다.

제가 법정에 출두하면 재판에서 저를 감옥으로 보내지 말아 주십시오. 저는 어린아이가 있는 가장입니다. 저희 딸아이는 이 아빠를 아주 좋아합니다. 제가 감옥으로 가면 저희 집은 정말로 어렵게 됩니다. 부탁 드리오니 제발, 제발 저를 감옥으로 보내지 말아 주십시오. 정말로 열심히 생활하겠습니다.

감사합니다."

법정에 도착하니 재판을 받으려는 다섯 명의 사람들이 기다리고 있었다.

나의 차례가 되어 내가 일어서자, 두 명의 약식 재판관(?)이 나의 얼굴을 보자마자 고개를 약간 돌려 숙이더니 한참을 소리없이 조용하게 웃는다. 그리고 한두 가지 질문을 물어보더니,

법원재판비용은 무료로 해줄테니 시청료 £80만 지불하라는 판결을 내렸다.

오래전에 관광가이드를 열심히 할 때의 일이다.

한국에서 오신 손님을 모시고 영국 남쪽 바닷가 항구도시 브라이톤 Brighton의 바닷가 도로를 열심히 운전하고 있는데, 경찰관 두 명이 야

광등을 흔들면서 정지신호를 보냈다. 내가 차를 멈추자, 경찰관이 다가오더니 갑자기 차에서 내리라는 것이다.

내가 차에서 내리자 속도측정기를 보여 주면서 내가 30마일Miles로 다녀야 하는 바닷가 도로를 48마일Miles로 달렸으니, 벌점과 벌금을 주겠다고 했다. 그리고는 가방 안에서 무언가를 꺼내려고 한다.

순간 나는 어떻게 할지 고민을 하다가,

"저는 여기 브라이톤에 처음 왔습니다. 한국에서 친척들이 와서 함께 여행을 와서 잘 모르고 속도를 높인 것 같습니다. 한 번만 봐 주십시오. 다음부터는 절대로 속도를 내지 않겠습니다. 저에게는 어린애가 둘이나 있습니다."

라고 말을 하자마자 경찰관이 고개를 들어 나를 쳐다보며,

"당신, 운전면허증이 국제면허증입니까? 영국면허증입니까?"

하고 묻는다.

"영국면허증입니다."

"그럼 영국면허증을 취득한 지 몇 년이 되었나요?"

"네, 약 9~10년은 된 것 같습니다."

"지금부터 아무 말도 하지 마세요. 9~10년 된 사람, 알 만한 사람이 과속을 해요. 지금부터 아무 말도 하지 말아요!"

나는 아무 말도 하지 않고 조용히 있었다.

그리고 경찰관은 벌점 3점과 벌칙금 40파운드를 내라고 한다.

비자연장을 받으러 영국 외무성 홈오피스Home Office로 갔을 때다.

비자를 주는 홈오피스에서 사람이 너무 많다며, 여권과 신청서류를 놓

고 가면 여권에 비자를 찍어서 우편으로 보내 준다고 하였다. 새벽부터 간 것이 안타까웠지만, 어쩔 수 없이 여권을 남기고 왔다.

그리고 2주 후, 나의 여권비자에 주 20시간 일을 할 수 없는 스템프가 찍혀 왔다. 나는 당혹스러움을 감출 수 없었다.

주 20시간이라도 일을 해야 하는데, 일을 할 수 없는 스템프가 찍혀왔기 때문이다.

나는 다음날 영국 외무성이 있는 쿠로이돈 홈오피스로 찾아갔다.

쿠로이돈 홈오피스에 도착하여 나의 상황을 설명하자, 인도 여자 직원이 1번 창구에서 나를 맞이했다. 나는 그녀에게 나의 상황을 설명했다.

"저는 아이가 둘이나 됩니다. 학생비자로 주에 20시간 일을 할 수 있는데, 이것까지 막아 버리면 참으로 난감합니다. 아이가 둘이나 되니 다시 한 번 재심사를 하여 일을 할 수 있는 스템프를 찍어 주십시오."

내가 이렇게 사정하자 인도 여자 직원이 한참 동안 멍하니 나를 바라본다.

모든 외국인이 두려워하는 비자를 주는 홈오피스를 찾아왔던 사람이 없어서 어이가 없었는지, 아니면 겁도 없이 찾아와 사정하는 내가 안타깝게 보였는지 그녀의 표정에는 황당함이 묻어났다. 아니면 내가 답답하게 혹은 무식하게 보인 걸까?

"내가 10년 동안 일을 하면서 학생비자의 근로시간 20시간을 재심사해 달라며 찾아오는 사람은 처음 봤어요. 비자는 주는 사람 마음에 따라서 다양하게 줄 수도 있습니다. 만일 당신이 재심사를 원한다면 더 어려워질 수도 있으니 잘 판단하여 결정하세요."

"알겠습니다. 그럼 그냥 이 상태의 비자로 생활하겠습니다."

영국은 프로복싱 강국이다.

지금까지 한국보다 훨씬 더 많은 복싱세계챔피언을 배출하였으며, '46전 46승'이라는 대기록을 세운 전설적인 복서 Joe Calzaghe, 아마추어 시절 88서울 올림픽에서 헤비급 금메달을 획득한 후, 프로에서 헤비급 챔피언을 지낸 Lennox Lewis, 그리고 Chris Eubank, Nigel Benn, Naseem Hamed 같은 수많은 선수들이 있다.

2014년 현재도 아래와 같은 선수가 세계챔피언이다.

WBO^{World Boxing Organization}에서 경량급의 Ricky Burns

WBO^{World Boxing Organization}에서 경량급의 Ricky Burns

IBF^{International Boxing Federation}에서 슈퍼 미들급의 Carl Froch와 Bantam 급의 Stuart Hall

WBA^{World Boxing Association}에서 Super Banta급의 Scott Quigg와 슈퍼 미들급의 Carl Froch (통합챔피언)

2014년 1월 24일 금요일. 런던 동쪽의 New Cross역 근처에 있는 DOUBLE JAB BOXING CLUB에서 주최한 아마추어 복싱경기를 관람하였다.

입장료 10파운드를 내고 들어가 보니 Hall의 가운데에 링을 만들어 놓고, 그 앞에는 의자와 테이블이 있었다. 그리고 한쪽에서는 음료수,

빵, 맥주 등을 파는 코너가 있었다. 이미 약 200여 명의 관중들이 입장하여, 그 관심도를 알 수 있었다.

오후 7시 20분부터 시작한 3분 3회의 경기는 열광적이었다. 비록 아마추어 경기이지만, 가족·친지·친구들이 모여 열렬한 응원을 하고 있었다. 이러한 경기에서 계속 승리해야만 프로로 진출할 수 있는 기회가 있기에 권투시합의 격렬함은 상상을 초월하여 한 치의 양보도 없이 싸웠다. 입에서 피가 나는 선수, 너무 많이 맞아서 얼굴이 벌겋게 달아올라 부은 선수도 악착같이 달려든다.

영국에서 프로복서가 되는 것이 얼마나 힘든지 알 수 있었다. 나는 지금까지 권투를 시작하면 곧바로 프로복서가 되는 줄로만 알고 있었다. 아마추어 경기라서 모든 선수들은 머리에 헤드기어를 사용하고, 프로선수가 아니라서 그런지 마우스피스도 자주 빠져서 심판이 입에 넣어주곤 하였다. 심지어는 헤드기어가 빠져서 경기가 잠시 중단되기도 했으며, 처음 출전하는 선수는 경험이 없다 보니 허둥대는 경우도 있었다. 그런데 선수 중에는 20대 중반, 30대 초중반의 선수들도 악착같이 싸우는 것을 보고 감동을 받았다. 대부분 일정한 직업을 가지고 있고, 야간 또는 주말을 이용하여 복싱을 취미 또는 운동 삼아 한다고 했다. 그런데 복싱의 정열은 취미나 운동의 차원을 넘어서 프로로 가겠다는 강한 야망이 엿보이는 경기시합이었다.

현재 영국에서 인기를 얻고 있는 슈퍼 미들급의 Carl Froch(통합챔피언) 선수는 35세의 가정이 있는 아빠 선수이며, 현재 The World Boxing Association^{WBA} 헤비급 세계챔피언은 우크라이나 Vitali Volodymyrovych Klitschko 선수로 나이는 42세이다. 그리고 영국에서 활약하고 있는 36승 7패의 몽고 출신 복싱선수 Choi Tseveenpurev 선수는 늦은 나이인 20세에 권투를 시작하여 43세인 지금까지도 프로 복서로 활약하고 있다. 필리핀의 복싱영웅 마니 파퀴아오^{Manny Pacquiao} 역시 36세로 세계적인 권투선수이다.

영국 런던은 많은 Boxing Club이 있으며 런던 전역에 걸쳐서 수많은 아마추어 복싱클럽이 존재하고 있다.

포토벨로 마켓에서 장사를 하는데, 옆의 동료가 복싱을 한다면서 27살 인데도 프로선수가 되겠다는 꿈이 대단했다. 아마추어 복싱선수이기 에 프로선수가 되려면 아직도 까마득하지만, 자기는 열심히 한다면서 1년 복싱클럽회비로 30파운드를 지불한다고 한다. 내가 왜 그렇게 저 렴하느냐고 물었더니, 주로 영국 복권기금^{Lottery funded}, 아디다스^{Adidas} 그리고 Sport England의 후원금으로 운영되기 때문에 운동비용도 아 주 저렴하여 많은 사람들이 복싱을 한다고 한다.

런던은 부유층이 많이 거주하는 서쪽보다는 동쪽에 아프리카, 중남미 사람들이 많이 모여 거주한다. 그렇기 때문에 아무래도 헝그리 정신이 강한 지역이라서 복싱에 대한 관심이 많고, 이 지역에서 좋은 프로선 수들이 종종 배출된다.

세계 챔피언이 되면 인생역전을 할 수 있는 기회, 백만장자가 될 수 있 는 기회를 거머쥘 수 있기에 모두들 열렬한 관심을 갖는지도 모른다. 그렇지만 복싱을 취미로 하든, 운동으로 하든, 인생역전을 바라든, 그 것이 어떠한 이유이든 상관없이 영국인들의 복싱을 향한 정열은 정말 로 뜨겁고 강하다.

한국에서는 복싱을 젊은층 그리고 헝그리 정신으로만 생각하여 가난한 사람들이 먹고살기 위한 생존의 운동으로 인식되고 있다. 그런 탓인지 한국에서는 프로복싱의 열기가 식어 가고 있다고 한다.

이렇게 봤을 때, 영국과 한국은 복싱에 대한 기본적인 관점이 완전히 다른 것 같다.

DOUBLE JAB BOXING CLUB에서 주최한 경기가 비록 아마추어 경기였지만, 나는 이 경기를 보면서 참 많은 것을 느꼈다.

3분 3회전의 12시합이 있었지만, 한 선수는 완전히 수비형태의 선수로 받아치기의 명수였다. 들어오는 선수를 받아쳐서 한 번의 다운을 시키고 완승을 거두었다.

나머지 11명의 선수들은 모두 공격형의 선수가 승리를 거두었다. 죽자살자 무조건 달려든다. 상대가 주먹을 내기 전에 이쪽에서 먼저 주먹을 내면서 치고들어가는 것이다.

만일 내가 심판이라면, 정확한 가격이든 빗나간 주먹이든 일단은 공격적인 선수에게 좋은 점수를 주겠다는 생각을 했다. 선수가 쭈뼛거리며 주저하면 두들겨 맞고 지는 것이다.

복싱은 어차피 체중에 따라서 하기 때문에 키가 크다고 잘하는 것이 아니고, 팔이 길다고 잘하는 것도 아니다. 일단은 무조건 밀어붙여야 승리를 할 수 있는 가능성이 많은 것이다. 프로선수가 아니고 아마추어 3분 3회전의 경기이기 때문에 죽자살자 무조건 무작정 9분만 달려드는 선수가 승리할 확률이 높은 것이다.

이것이 시도요, 도전이 아닌가? 시도를 하지 않는 선수는 두들겨 맞고

패배하는 것이다. 즉, 프로선수가 될 수 없다는 얘기다. 이래서 인생은 종종 무식한 사람이 용감한 경우가 많다.

지금은 대한민국의 국가경제력과 위상이 높아져서 한국 젊은이들이 여러 나라에 워킹 홀리데이Working-holiday로 1~2년씩 진출하여 영어와 경제·문화를 익히고 있다. 최근에는 영국에도 이런 젊은이들이 와서 일을 하고 있다.

워킹 홀리데이로 온 젊은이가 우리 레스토랑에서 몇 개월 동안 일을 한 적이 있다. 한국에서 선발되어 왔기에 영어도 제법 잘하고, 일도 부지런히 잘한다.

일을 하다 보니 내가 주말에 포토벨로 마켓에서 일을 하는 것도 알게 되었다. 그리고 이 친구도 포토벨로 마켓을 방문하여 잘 알고 있다. 이 친구가 몇 개월 동안 일을 하다가 떠나는 날 나와 맥주를 한 잔 하며 물었다.

"자네는 여기에서 몇 개월 동안 일을 하면서 뭘 배웠나?"

"네, 저도 결혼하여 영국에 와서 사장님처럼 런던에서 식당을 하고 싶어요. 사장님처럼 부부가 식당을 하면 참 재미가 있을 것 같아요."

나는 아무 말없이 그 친구의 얼굴을 한참이나 쳐다보았다.

"내 이렇게 식당이 안정적으로 되기까지 20년이라는 세월이 걸렸어. 20년이야!" 아무것도 모르는 이 친구에게 모든 것을 말해 주기에는 시간이 너무나 부족하였다.

"사장님, 영국에 오래 거주하셔서 이제는 영어도 영국 사람과 동일하게 잘하시겠네요?"

"나는 생각보다 영어를 잘하지 못해. 그렇지만 이 세상은 영어를 잘한다고 결정되는 것이 아니야. 영어를 잘한다고 해서 영국에서 부자가 되는 것도 아니고, 영어를 잘한다고 해서 마켓에서 핫팩을 잘 파는 것이 아니듯이 영어는 중요하지 않아! 영어보다 더 중요한 것은 모든 일에는 시도와 도전을 해야 한다는 점이야."

"사장님, 물가가 비싸다는 영국 런던에서 어떻게 이렇게 정착을 하시고 사업을 하게 되셨나요?"

나는 한동안 젊은 친구의 얼굴을 쳐다보면서

"내가 살아온 방법을 말해 줄게. 첫째, 인생의 목표, 계획을 세우고 살아왔지. 무엇을 할 것인지, 어떻게 돈을 벌 것인지에 대해 계획을 세워 놓고 그대로 사는 거야. 둘째, 시도와 도전! 무슨 일이든지 시도와 도전을 하면서 살아왔어. 셋째는 나의 어린 시절, 가난한 시절에 내 손을 붙잡고 눈물을 흘리신 어버지, 하늘나라로 가신 우리 아버지에게 항상 기도를 하지. 넷째는 열심히, 아주 열심히 일을 하는 거야. 하늘이 감동할 때까지 열심히 일을 하는 거지.

이 네 가지를 하면서 내가 찾은 방법은 어디든지 찾아가고, 누구든지 만나러 가고, 무조건 쫓아가서 따지고, 사정하고, 무슨 일이든 생각은 나중에 하고 일단 먼저 시작하는 거야. 돈 없어, 힘들어, 못 돌아가 하면서 안 되면 또 찾아가고, 버티는 거지. 무식하고 용감하게 말이야. 그런데 참 이상한 것은 이런 것이 세상에서 제일 깐깐하다는 영국인에게 통한다는 거지.

이렇게 생활하며 나의 말을 아끼면서 남의 이야기를 잘 듣고, 진리는 내 옆에 있다고 생각하며 항상 주위의 조그만 일도 잘 살피면서 살았

지. 가장 중요한 것은 일단은 되든 안 되든 시도를 해보는 것이야. 일
단은 시도를 해야 결론이 생기거든. 시도를 하면 기적이 일어나! 그런
데 더 이상한 것은 세상 사람들은 시도조차 않는다는 것이야."
"그럼 물가가 비싼 영국에서는 무슨 일을 해야 먹고살 수 있습니까?"
"손에 물을 묻히는 일을 하면 됩니다!"

포토벨로 마켓의 멋 중 하나는 역시 음식이다. 사진은 40년째 장사를 하고 있는 HOT DOGS의 모습이다.
점심시간이면 항상 줄을 선다. 여기 마켓은 철저한 허가제로 관리를 하기 때문에 새로운 음식은 들어오지 못
한다. 그래서 기존의 장사꾼들은 자녀들에게 대를 물려주면서 영업을 하고 있다. 전에 내가 한국 음식 잡채를
팔아 보려고 여러 번 시도를 했으나 음식은 더 이상 허가를 해주지 않는다고 하여 음식 장사를 하지 못했다.

3

대학 학비를 할인 받다

영국은 외무성 홈오피스에서 체류비자를 받는다. 오래전에 비자연장을 위하여 아내가 대학을 입학하였다. 영국은 한국과 여러 가지 제도에 있어서 다른 점이 많다. 그중 하나가 대학 학비가 조금은 다르게 적용된다는 것이다.

우리 부부는 어떻게든 런던에서 모든 것을 자급자족해야 하기 때문에 악착같이 살지 않으면 안 되었다. 돈이 많아 학비도 여유있게 생색을 내며 정정당당하게 척척 내면 아무런 문제가 없지만, 나에게는 그럴 만한 여유가, 그럴 만한 돈이 없었다.

대학에 입학을 하자 문제는 비싼 학비였다. 한국 여권을 소유하여 외국인으로 분류된 우리에게는 1년 학비 £8500를 내라는 것이었다. 우리 부부는 고민을 하기 시작했다. 이렇게 학비가 비싸다니…… 이 비싼 학비를 어떻게 해야 하나? 잠이 오지 않았다.

당시는 영국 학생들의 1년 학비가 £1100(220만 원), 유럽 EU국가 학생의 학비가 £2200(440만 원) 되었고, 그 외 나라 학생들은 £8500(1700만 원)을 지불하던 시기였다(지금은 훨씬 더 비싸지만). 일단은 처음 입학할 때 학비가 결정되면, 졸업할 때까지 동일한 금액의 학비를 내는 것이다. 즉, 입학할 때 학비가 £2200로 결정되면, 이 학생은 졸업할 때까지 £2200를 낸다. 그래서 처음 입학할 때 학비가 정말로 중요한 것이다.

우리는 £8500라는 학비를 생각하니 참으로 암담하였다.

학비 걱정으로 잠을 이룰 수 없었다.

학비를 어떻게 해야 되나?

이런저런 고민 끝에, 문득 런던에 처음 도착하여 나에게 감동을 주었던 꼬마 아가씨가 생각났다.

내가 영국에 살면서 삶의 지표요, 삶의 원동력이 되었던 꼬마 아가씨. 내가 힘들 때는 나에게 희망을 주고, 나에게 어려움이 닥쳤을 때 위기를 극복하는 믿음이 되고, 나에게 꿈을 준 다섯 살 꼬마 아가씨.

그래, 방법은 있다! 학교를 찾아가서 일단 무작정 개기는 것이다. 한번 시도라도 해보자! 안 되면 어쩔 수 없지만, 일단 한 번 찾아가자. 개기기 전법과 진드기 전법을 시도라도 해보자! 무작정 개기는 것이다! 대책없이 일단은 가서 개겨 보는 것이다!

오전 11시경에 대학을 찾아가서

"저희는 아이들이 둘이나 됩니다. 도와주십시오. 영국에서 오랫동안 거주했고, 가족이 있는 사람입니다. 저희 같은 사람은 영국 학생과 동일한 학비£1100를 적용해 주셔야 합니다. 아이를 둘이나 데리고 살려니 참으로 힘듭니다. 부디 영국 학생과 동일한 학비를 적용하여 주세요! 열심히 공부하겠습니다. 이 은혜를 잊지 않을 테니 한 번만 도와주십시오! 아이들이 둘이나 됩니다!"

정말로 절박하게 사정하자, 깐깐하게 생긴 대학 여자 담당자가 너무나 어이가 없는지,

"이것 보세요. 당신은 한국 여권을 가지고 있는데, 어떻게 영국 학생과 동일한 학비를 적용할 수 있나요? 여기는 대학입니다. 가격을 할인해 주는 일반 회사나 가게Shop가 아니고 대학이라고요. 나라가 운영하는 대학이라고요. 대학, 대학교! 당신, 제정신이에요? 허! 내가 대학에서 20년을 일했지만, 대학에 와서 학비를 깎아 달라는 사람은 처음 보네!"

런던 중심지 옥스포드 서커스Oxford Circus역 북쪽의 Regent Street에 있는 웨스트민스터 대학University of Westminster 의 모습.

우리는 고맙다는 인사를 남기고 일단 집으로 돌아왔다.

다음날 오전 11시경에 대학을 또 찾아가 동일한 담당자에게 사정을 했다.

"저는 아이들이 둘이나 됩니다. 도와주십시오. 영국에서 오랫동안 거주했고, 가족이 있는 사람입니다. 저희 같은 사람은 영국 학생과 동일한 학비를 적용해 주셔야 합니다. 아이 둘이나 데리고 살려니 참으로 힘듭니다. 영국 학생과 동일한 학비를 적용하여 주세요. 제발 도와주세요! 아이들이 둘이나 됩니다. 이 은혜를 잊지 않을 테니 한 번만, 제발 한 번만 도와주십시오! 아이들이 둘이나 됩니다. 정말로 열심히 공부하겠습니다."

또다시 절박하게 사정하자, 깐깐하게 생긴 대학 여자 담당자가 '뭐, 세상에 이런 사람들이 다 있어? 정말 재수 없는 사람 만났네' 하는 표정으로 너무나 어이가 없고 황당한지, 혹은 어쩌면 답답하다는 듯이 한참이나 쳐다보더니만,

"이것 보세요! 여기는 영국 국가에서 운영하는 대학입니다. 외국인은 £8500의 학비를 내야 합니다. 법으로 엄연하게 정해져 있는데, 어떻게 영국 학생과 동일한 £1100를 지불하게 해 달라고요? 말 같은 소리를 하세요! 학비가 없으면 학교를 다니지 않으면 되잖아요. 그리고 대학 학비가 당신 아이들과 무슨 관련이 있어요? 그리고 또 대학에 들어오면 누구나 다 열심히 공부해야 하고요!"

"그래도 저희는 공부하고 싶습니다. 공부를 열심히 하여 졸업한 후, 좋은 직장을 갖고 싶습니다. 정말로 열심히 공부할 테니 대학 학비를

영국 학생들과 동일하게 해 주세요. 정말로 도와주세요! 이 은혜를 잊지 않을 테니 한 번만, 부디 제발 한 번만 도와주십시오! 어린 아이들이 둘이나 됩니다!"

간곡히 그리고 절박하게 사정하자, 깐깐한 담당자는 재수 없다는 표정으로 그냥 사무실 안쪽으로 들어가 버렸다.

다음날 오전 11시경에 우리는 대학을 또다시 찾아갔다.

우리가 찾아가니, 동일한 담당자가 있었다. 어이없는 그의 표정이 두려워 보였다. 하지만 우리는 표정이 변하건 말건

"저희는 어린아이들이 둘이나 됩니다. 제발 도와주십시오. 영국에서 오랫동안 거주했고, 가족이 있는 사람입니다. 도와주시면 정말로 열심히 공부하겠습니다. 대학에서 공부할 수 있도록 영국 학생과 동일한 £1100의 학비를 내게 해 주십시오. 제발 도와주세요! 아이들이 둘이나 됩니다. 이 은혜를 잊지 않을 테니 한 번만, 제발 한 번만 도와주십시오!"

또 정말로 절박하게 사정하자, 무척이나 깐깐하게 생긴 그 담당자가 조금은 긴장된 표정으로,

"여기에 연락처를 남기고 가세요. 내가 대학 측과 상의하여 2~3일 이내로 연락을 드리지요."

그로부터 이틀이라는 시간이 흘렀다.

대학 측에서 우리를 특별 케이스로 유럽 EU국가 학생 학비와 동일한 금액인 £2200로 해주겠다는 연락을 받고, 우리 부부는 서로 껴안고

좋아서 어쩔 줄을 몰랐다.

나는 너무나 놀랐다.

믿을 수가 없었다.

드디어 우리가 해낸 것이다.

1년 학비 £8500(1700만 원)를 유럽 EU국가 학생들과 동일한 £2200(440만 원)로 줄인 것이다.

그리고 우리는 또다시 학교를 찾아가 사정, 사정하며 죽는 소리를 하여 £2200의 학비도 10회 분할로 지불할 수 있었다.

너무 찾아오니 겁나네요!

영국에 살면서 비자 문제로 많은 고민을 하였다.

누가 조금만 도와주면 학생비자에서 영주권을 받을 수 있는 노동허가 서Work Permit를 받을 수 있는데, 정말로 아무도 도와주지 않았다. 나는 비자 문제를 해결하기 위해 수많은 곳을 찾아다니고 방문하였다.

한국에서 IMF 금융위기 전인 1995년도에 한국여행사에서 일을 하면 조금은 쉽게 노동허가서를 받을 수 있다는 이야기를 듣고, 한국여행사 에서 일을 하려고 하였다.

한국인이 많이 거주하는 뉴몰든New Malden의 한인여행사에 가서 문의 를 하니, 내가 사는 Wood Green 근처의 토튼함Tottenham과는 거리가 너무 멀다고 난색을 표한다.

그래서 여기저기 알아보니, 시내 중심지인 Oxford Street역 근처 Honover Square 옆의 Hanover Street의 한 건물 2층에 한국여행사 사 무실이 있다는 사실을 알았다.

여기 여행사 사무실을 오전 11시에 맞추어서 매일 무조건 찾아가 사장님에게 부탁을 드렸다.

"사장님, 제가 정말로 열심히 일을 할 테니 저를 고용하여 주십시오. 제가 노동허가서를 받아서 열심히 일을 하고 싶습니다. 정말로 열심히 일을 하여 사장님 회사에 많은 이익을 창출할 수 있도록 일을 하겠으니, 저를 고용하여 주십시오! 사장님 한 번만 도와 주십시오. 애가 둘이나 있습니다. 열심히 일을 할 테니 한 번만 도와주십시오."

그 이후로 나는 매일같이 11시만 되면 무작정 찾아가 사정 이야기를 했다.

그리고 며칠이 흘렀을까. 사장님은 내게 이런 말을 했다.

"제가 그렇게 눈치를 주었는데 지독하게도 열심히 찾아오시네요. 일을 하고 싶어 하는 열정은 충분히 알겠습니다. 그러나 죄송하지만, 저희는 노동허가서까지 주면서 사람을 고용할 처지가 안 됩니다. 저도 해외생활을 오래해 봤지만 당신처럼 악착같이 죽자살자 끝없이 끊임없이 찾아오는 사람은 정말 처음 보았습니다. 너무 찾아오니, 겁나네요!"

한국 여행사 근처에 있는 OXFORD CIRCUS STATION 의 모습

5

런던 생선시장, 빌링스게이트

영국에 온 지 10년 만에 기적적으로 영주권을 받아 아무 사업이나 할 수 있는 자유의 몸이 되었다. 아! 이 날을 얼마나 기다렸던가? 이제는 자유다. 나는 드디어 10년 만에 자유의 몸이 된 것이다. 10년 동안 아슬아슬 소용돌이 같은 인생의 계곡을 넘고 넘어, 지금까지 왔다. 비자, 합법적인 체제, 합법적으로 일을 할 수 있는 자격증을 취득한 것이다. 10년, 한참 일할 나이인 30대를 영주권 취득 하나로 다 보내 버렸으니 너무나 억울하였지만, 난 그 시간만큼을 보충해야 한다고 생각했다. 내가 잃어버린 10년의 시간을 어떻게든 되찾아야 한다고 생각했다.

반드시 길은 있다.

그 어딘가에 잃어버린 10년을 되찾아야 할 방법은 있다.

새로 시작하면 된다. 새로 시작하자.

그런데 무슨 방법으로 잃어버린 10년을 되찾을 수 있을까?

무슨 방법으로, 무엇을 가지고 나의 인생을 새롭게 시작할까?

무슨 좋은 방법이 있을 것이다. 분명히 방법은 있다. 그 어디에 내가 잃어버린 10년을 되찾을 그 뭔가 있다. 그것이 무엇일까? 그것을 찾아야 한다.

다섯 살 꼬마 아가씨로부터 배운 영국의 위대한 삶의 지혜인 '개기기 전법과 진드기 전법'을 맘대로 사용할 수 있는 시기가 찾아왔다.

영국에서 아무도 모르고, 그 누구도 시도한 적이 없고, 아무도 믿지 않는 개기기 전법과 진드기 전법.

무시무시하고, 위대한 삶의 방법인 개기기 전법과 진드기 전법을 마음 편히 합법적으로 사용할 시기가 찾아온 것이다.

런던 생선시장인 빌링스게이트는 런던 동쪽에 위치하고 있으며, 영국에서 가장 큰 실내 생선시장이다. 현재의 위치로 1982년에 이전하였다. 전에는 배가 템즈강을 이용하여 생선을 실어 날랐으나, 지금은 자동차와 도로를 이용하여 잉글랜드 서쪽에서는 Cornwall에서 운반을 하고, 먼 곳으로는 스코틀랜드 Aberdeen에서 생선을 운반해 온다.

영주권을 받기 전부터 나는 영국에서 생선장사를 하기 위해 몇 개월 동안을 뒤지고 찾아다녔는데, 영주권이 없기에 정말 아무것도 할 수가 없었다.

그러던 나는 영주권을 받자마자, 생선장사를 하기 위해 영국에서 가장 큰 런던 동쪽에 있는 생선시장, 빌링스게이트Billingsgate를 일단 무조건 찾아갔다.

무작정 찾아가서 물어물어 알아보니, 시장 2층에 있는 사무실에서 총 매니저를 만날 수 있었다. 나이가 60대 중반 정도 되어 보이는 아주 하얀 얼굴, 정말로 하얀 머리의 아주 복스럽게 생긴 할아버지가 이곳의 총 매니저였다.

나는 만나자마자,

"저는 여기 생선시장인 빌링스게이트에서 부스를 빌려서 생선장사를 하고 싶습니다. 정말로 열심히 일을 할테니 빈 부스가 있으면 하나 주십시오. 정말로 열심히 일을 할테니 도와주십시오. 정말로 먹고살아야 합니다. 저에게 장사할 수 있는 기회를 주십시오. 저에게는 어린아이들이 둘이나 있습니다. 부디 먹고살아야 하니 도와주십시오. 정말로 열심히 일하겠습니다. 한 번만 도와주십시오!"

총 매니저는 어이가 없는지, 한참이나 나의 얼굴을 유심히 쳐다보더니, 굳게 다물었던 입을 열었다.

"생선장사 경험은 있습니까?"

"경험은 아직 없습니다. 그렇지만 이렇게 의욕은 많습니다. 도와주십시오!"

"생선을 수입하여 영국에서 판매한 경험은 있습니까?"

"없습니다. 그렇지만 열심히 할 자신은 있습니다. 한 번 믿어 주십시오!"

"생선은 의욕과 자신만 가지고 되는 것이 아닙니다. 경험 없이 덤비다가는 많은 것을 잃어버릴 염려가 있으니 다시 한 번 생각한 후, 결정하세요. 그리고 여기 빌링스게이트에는 보시다시피 빈 자리가 없습니다. 그냥 돌아가세요. 그리고 생선과 당신 애들이 대체 무슨 상관입니까? "

나는 3일 후에 또다시 찾아갔다.

무작정 약속도 없이 찾아가서 사무실 앞에 서 있으니, 총 매니저가 답답하고 어이가 없는지

"영국에서 가장 실례가 되는 것이 약속도 없이 무작정 방문하는 것입니다. 일단은 돌아가서 방문 약속을 잡은 후, 다시 오세요."

그리고 3일 후에 나는 또다시 그를 찾아갔다.

무작정 또 약속도 없이 세 번째로 찾아가니, 총 매니저가 놀라는 표정으로 잠시 그냥 멍하니 쳐다보았다.

"저는 여기 생선시장인 빌링스게이트에서 부스를 빌려서 생선장사를 하고 싶습니다. 정말로 열심히 일을 할테니, 빈 부스가 있으면 하나 주십시오. 정말로 열심히 일을 할테니 도와주십시오. 정말로 먹고살아야 합니다. 저에게 장사를 할 수 있는 기회를 주십시오. 저는 어린 아이들이 둘이나 됩니다. 먹고살아야 되니 부디 도와주십시오. 정말로 열심히 일하겠습니다. 한 번만 도와주십시오!"

내가 이야기를 하는 동안 유심히 보고만 있던 총 매니저가 나의 예상
과는 달리 너무나 어이가 없는지 안으로 들어와 자리에 앉으라고 권하
면서 차 두 잔을 가지고 오더니 말을 이었다.

"당신처럼 이렇게 무작정 찾아오는 사람은 처음 봅니다. 무작정 찾아
오는 것을 사람들은 싫어하지만, 때로는 좋은 효과를 볼 때도 있지요.
예의에 좀 벗어나긴 하지만, 허허허! 하긴 무작정 찾아오는 것이 불법
도 아니고, 허허허! 법률에 저촉되는 것도 아니지요. 허허허(재미있는
지 웃으신다)!

당신 말하는 것 중, 열심히 일하겠다는 말이 참으로 맘에 드는군요.
내가 그렇게 살아와서 그런지 가슴에 와 닿아요. 나도 참으로 열심히
살아왔습니다. 내가 당신의 모습을 보니 나의 옛날 모습이 떠오르는군
요. 인간은 그렇게 열심히 살다 보면 언젠가는 하늘이 감동하여 진정
으로 잘 살게 됩니다. 열심히 살겠다는 말이 참으로 맘에 드는군요."

"생선장사를 하고 싶습니다. 어떻게 하면 생선장사를 하여 돈을 벌 수
있는지 알려주실 수 있나요?"

"내가 전에도 이야기했다시피 생선장사는 한마디로 경험과 어느 정도
의 재력이 뒷받침해 줘야 합니다. 당신처럼 무작정 용기, 의지 하나만
가지고 덤벼들다가는 실패할 확률이 매우 높습니다. 당신은 경험이 없
기 때문에 먼저 이곳에서 부스를 얻어서 장사를 하는 것보다는 냉동생
선을 수입하여 공급하는 것이 훨씬 효과적이라고 봅니다. 그런데 내가
보기에 당신은 야채시장 쪽이 더 어울릴 것 같네요. 야채시장에 한 번
문의하여 보시지요."

나는 런던 동쪽에 있는 야채시장인 New Spitalfied Market을 무작정 찾아가 총 매니저를 만나 장사를 하고 싶다고 하였다. 그랬더니 Waiting List에 등록을 하라 하며, 등록 후 최소한 5년을 기다려야 한다는 것이다. 나는 그 긴 시간을 무작정 기다리다가는 생계를 유지할 방법이 없었고, 이에 야채장사는 포기할 수밖에 없었다.

내가 장사를 하려고 했던 런던 생선시장, 빌링스게이트에 있는 생선의 모습. 체계적이고 잘 정리정돈된 모습이다. 영업시간은 화요일~토요일, 오전 4시~8시 30분이다.

6

애완견 수출허가를 받다

나는 영국 애완견(주로 하얀색의 작은 강아지)을 한국으로 오랫동안 수출하였다.

오래전에 처음 보는 분으로부터 자기가 한국으로 갑자기 돌아가니 영국 애완견을 한국으로 수출해 달라는 요청이 왔다.

어떻게 내 연락처를 알았느냐고 물었더니 인터넷을 검색하다가 내 홈페이지를 보고 연락을 한다며, 자기가 한국으로 돌아가면 애완견을 수출해 달라고 부탁을 한다.

약간의 고민을 한 후, 해줄 수 있다고 하니 수출 방법에 대하여 약간 알려 주었다. 그런데 알려 주는 분도 애완견을 수출한 경험이 없는 것 같았다.

이분의 소개로 한국에서 애완견 9마리를 빨리 보내 달라는 요청이 왔다. 내가 나름대로 수출 방법을 알아보니, 별로 어렵지 않은 듯했다.

나는 즉시 인터넷, 잡지, 애완견 Shop 등 여기저기를 수소문하여, 태어난 지 3개월 전후의 애완견 9마리를 구하여 집으로 가져왔다.

그런데 갑자기 애완견 9마리를 집으로 가져오자 심각한 문제가 발생하였다.

아이들은 무척이나 좋아하는데, 개들은 하루 종일 짖어대고, 대소변을 치워야 되고, 음식을 주는 일이 힘들었다. 무엇보다도 아내가 빨리 애완견을 한국으로 보내든지 아니면 다시 원래 주인에게 돌려주든지, 그것도 아니면 버리라며 난리다. 하긴 갑자기 집 안에 강아지 9마리가 들어오니, 집안뿐만이 아니고 나도 정신이 없었다.

애완견을 수출하려면 가장 먼저 영국 정부기관인 The Department for Environment, Food and Rural Affairs^{Defra}로부터 수출허가를 받아야 한다. 수출허가를 받으면 48시간 이내에 수출허가를 받은 애완견은 영국을 떠나야 하며, 만일 48시간 이내에 떠나지 못하면 수출허가신청을 다시 해야 한다.

나는 미리 준비한 수출허가신청서를 작성한 후, Defra로 전화를 했다. 그랬더니 신청서를 직접 가져와도 되고 우편으로 발송하여도 되는데, 처리기간은 '14 Working Days'라고 말한다.

나는 깜짝 놀랐다. 근무일수로 14일이 걸리면 약 3주 또는 4주가 걸린다. 수출허가신청을 받는데 3~4주가 걸리면, 애완견을 한국으로 보낼 수가 없게 된다.

한국에서는 생후 3개월 이내의 작은 애완견을 원하는데, 허가기간이 3~4주이면 그동안 애완견이 성장하기 때문이다. 더불어 애완견을 보관할 곳이 없기에 애완견 수출은 쉽지 않았다.

나는 심각한 고민에 빠졌다.

우선 당장 집에 있는 9마리의 애완견을 생각하니 대책이 안 섰다. 애완견을 어떻게든 빨리 처리하라는 아내의 성화가 나를 압박하고, 이제는 허가기간이 3~4주나 걸린다니…….

'하, 도대체 이 일을 어떻게 할까?'

나는 참으로 난감하였다.

그러다가 순간, 문득 머릿속을 스쳐 지나가는 생각을 붙잡았다. 내가 영국에 도착하여 옆집 아이들과 함께 놀아 달라며 옆집 문 안으로 자기 한쪽 발을 집어넣고 꼼짝없이 버티고 있던 5살짜리 꼬마 아가씨가 생각난 것이다.

무작정 개기던 그 꼬마 아가씨.

나에게 영국의 위대한 삶의 지혜를 가르쳐 준 꼬마 아가씨.

내가 영국에 살면서 삶의 지표요, 삶의 원동력이 되었으며,

내가 힘들 때는 나에게 희망을 주었던 꼬마 아가씨.

나에게 개기기 전법과 진드기 전법을 알려 준 그 꼬마 아가씨가 떠올랐다.

수출허가신청서를 들고 Defra 사무실로 찾아가니, 오전 11시경이 되었다.

나는 담당자를 만나 수출허가서를 건네주며,

"저는 자영업자입니다. 애완견을 수출하여 먹고살아야 합니다. 어린 아이들이 둘이나 됩니다. 도와주십시오. 수출허가기간이 14 Working Days면 아무것도 할 수 없습니다. 제발 부탁드리니, 3일 이내에 처리

해 주십시오. 담당자님이 사인만 해주면 되지 않습니까? 제발 부탁드립니다. 저에게는 어린아이들이 둘이나 있습니다. 이 은혜를 잊지 않을 테니 한 번만, 제발 한 번만 도와주십시오"

절박하게 말하는 나의 말이 끝나기도 전에 담당자는 '뭐, 이런 미친 사람이 다 있어?'라는 표정으로 나를 한 번 흘겨보더니, 아무 말도 없이 서류를 가지고 휙 들어간다.

나는 그냥 무작정 밖에 서서 기다렸다. 그런데 기다리는 동안 걱정이 되었다.

'애완견 9마리를 어떻게 해야 하나? 이분은 공무원인데, 세계적으로 까다롭기로 유명한 영국 공무원인데, 과연 어떻게 해야 할까?'

난 생각했다. 그리고 5살짜리 꼬마 아가씨가 생각났다.

'그래, 개겨 보자. 개기는 수밖에 없다. 이제는 다른 대책이 없다. 개기자!'

오후 1시가 약간 넘은 시각, 나는 무작정 담당자에게 전화를 걸었다. 그리고

"저는 지금까지 밖에서 기다리다 지금 돌아갑니다."

라는 말을 남기고 전화를 끊었다.

운전을 하면서 집으로 오면서 돌아가신 아버지와 대화를 하기 시작했다.

'아버지, 어렸을 때 배가 고파서 허덕이던 제가 이렇게 성장하여 이제 런던에서 애완견을 한국으로 수출해야 하는데 정말 큰일입니다. 담당 공무원이 사인만 해주면 되는데, 집에 있는 9마리 애완견은 어떻게 하

나요? 정말 대책이 없군요.'

'사랑하는 아들아, 마지막까지 희망의 끈을 놓지 말아라. 끝까지 끊임없이 매달려라. 인간은 어느 나라 사람이든 다 똑같단다.'

'아버지, 정말로 걱정입니다. 강아지 9마리가 걱정입니다. 개들은 하루 종일 짖어대고, 대소변을 치워야 되고, 음식도 줘야 되고…… 아, 머리가 아프군요. 아무리 생각해도 다른 대책이 없고, 이젠 오직 개기는 수밖에 없습니다. 제가 나쁜 건가요?'

'사랑하는 아들아! 찾아가서 부탁하는 것은 불법도 아니고, 나쁜 일도 아니고, 상대방에게 피해를 주는 것도 아니란다. 예의에 벗어나긴 하지만, 인간이 쓸 수 있는 마지막 방법으로 아주 좋은 방법이란다. 사랑하는 아들아! 다시 한 번 부탁하니, 마지막까지 희망의 끈을 놓지 말아라! 그리고 끊임없이 매달려라! 모든 일에 끝없이 끊임없이 매달리면, 너의 모든 꿈은 이루어지리라!'

그리고 어김없이 다음날이 찾아왔다.

나는 11시에 Defra 사무실에 또다시 찾아갔다. 사무실 앞에 도착한 나는 담당자에게 전화를 걸었다.

밖에서 오후 1시 20분경까지 기다리다가,

"저는 지금까지 밖에서 기다리다 돌아갑니다."

라는 말을 남기고 전화를 끊었다.

그리고 또 다음날 11시에 Defra 사무실 앞에 또 찾아가서 담당자에게 전화를 걸었다.

나는 무작정 기다렸다. 불안했다. 애완견 9마리를 생각하면 정신이 없었다.

그런데 오후 12시 50분이 되자, 담당 공무원이 수출허가서에 사인을 한 후, 가지고 나온다.

수출허가서를 건네주며 길게 한숨을 내뱉는 그는 이렇게 묻는다.

"하! 당신은 정말 질기네. 당신은 혹시 중국인입니까?"

"아니요, 저는 한국에서 왔습니다."

"한국 사람들은 모두 이렇게 귀찮게 합니까? 당신이 밖에서 기다리니 아무것도 할 수가 없어요."

"미안합니다. 제가 좀 급해서 그랬습니다. 감사합니다. 정말로 감사합니다."

나는 고개를 숙여 감사의 인사를 전했다.

나는 이러한 사실이 믿기지 않았다.

정말로 믿을 수가 없었다.

내가 해냈다.

3일 만에 수출허가서를 받은 것이다.

아하! 영국은 개기기 전법, 진드기 전법이 통하는 나라구나!

혼자서 환호성을 질렀다.

우선 당장 애완견 9마리가 급했다.

나는 곧바로 항공사에 연락하여 애완견 9마리 예약을 한 후, 다시 수의사에게 연락하여 애완견 9마리 신체검사(검역)를 받았다.

그리고 다음날, 극적으로 애완견 9마리를 한국으로 보낼 수 있었다.

빵가게 자리를 찾으러 돌아다니다

영국은 장사도 힘들지만, 장사를 할 자리를 구하는 것 역시 그에 만만치 않게 힘들다.

장사를 할 자리를 구하기 힘들다는 것은 그만큼 기존의 장사를 하고 있는 사람들은 경쟁률이 낮다는 의미도 되고, 거꾸로 뒤집어서 생각하여 보면 불황이 닥쳐도 기존의 영업을 하는 사람들은 유지할 수 있다는 것이다.

영국과 한국을 비교하여 보면, 어느 나라가 좋은지는 서로의 장단점이 있어 쉽게 판단할 수는 없다. 하지만 간단하게 말하면, 한국은 너무나 쉽게 장사를 시작하여 너무나 쉽게 망하고, 영국은 처음 시작하기가 너무나 힘들지만 한 번 시작하면 오랫동안 유지할 수 있다. 그리고 한국은 임대기간이 짧아 자영업을 하기에 아주 나쁜 조건의 나라이고, 영국은 임대기간이 길어서 자영업자가 마음 편히 영업을 할 수 있는 나라다.

내가 빵장사를 하려고 시도했던 런던 빅토리아 역Victoria Station의 내부 모습이다. 이런 곳에서 가게 자리 하나 얻기가 쉽지 않다. 나는 이런 곳에서 장사를 하려고 수많은 곳을 돌아다녔다.

이 세상을 살고 있는 모든 인간은 먹고사는 것을 해결하고, 생존수단을 위하여 뭔가를 해야 한다. 그래서 사람들이 장사를 하는 것이다. 길거리에서 천막을 치고 장사를 하든, 권리금을 주고 가게를 빌려 장사를 하든, 우리는 뭔가를 해야 하는데, 영국은 너무나 철저하게 운영되는 허가제도로 인하여 처음 시작하기가 정말로 힘든 나라임에 분명하다.

돈도 없고, 가진 것도 없고…… 그래도 먹고는 살아야 하니, 나는 항상 돈을 벌 수 있는 방법에 대해 끊임없이 생각하고, 찾고 또 찾으면서 나날을 보냈다.
한국에서 작은 빵기계를 수입하여 영국에서 장사를 하려고 1년 동안 정신 없이 돌아다닌 적이 있었다.

이 장사를 하려면 사람들이 많이 다니는 장소인 지하철역, 한국인이 많이 거주하는 킹스톤 벤톨센터Bentall Centre, 런던 남동쪽 Kent 지역에 위치한 당시 영국 최대 쇼핑몰 블루워터Bule Water 또는 대형 쇼핑센터 안에서 하면 좋은 효과를 볼 수 있을 것 같았다.

가게 자리를 하나 얻으려고 돌아다니고 찾아다니다 보니, 여간 어려운 게 아니다. 가게 자리를 내주지 않는다. 내가 영국에서 빵가게를 단 하나도 운영하지 않고 있으니, 신용이 없어서 가게 자리를 주지 않는 것이다.

한국인들이 많이 거주하는 킹스톤의 벤톨센터 사무실을 찾아가 가게 자리를 원한다고 하니, Head Office에서 총괄한다며 이쪽 연락처를 준다.

킹스톤의 벤톨센터의 내부 모습. 영화에 나오는 모습처럼 아름답게 잘되어 있다.

당시 잉글랜드England에서 가장 크다는 초대형 쇼핑몰, 런던 남동쪽 Kent에 위치하여 있는 블루워터에 가서 가게 자리를 원한다고 하니, Head Office에서 총괄한다며 연락처를 줬다. 그런데 자세히 살펴보니, 킹스톤 벤톨에서 준 연락처와 동일하다. 즉, 동일한 대형부동산 회사가 관리를 하고 있는 것이다.

Head Office는 런던 중심지에 위치해 있었다. 그곳을 찾아가 담당자를 만나 이야기를 하다 보니, 빈 가게가 났을 때 그 자리를 주는 권한은 다름 아닌 담당자에게 있다는 것을 알았다.

나는 일단 찾아가 담당자를 만나서 사정을 이야기했다.

"저는 한국에서 작은 빵을 만드는 기계를 들여와서 빵을 만들어 팔려고 합니다. 이 기계가 아주 특이하고 빵도 맛이 있습니다. 저에게 가게 자리 하나만 주십시오. 사람들의 왕래가 많은 복도쪽에 자리 하나만 주십시오. 작은 공간이라도 괜찮습니다. 저는 정말 열심히 일을 하여 사업을 성공시키겠습니다. 저에게는 어린아이들이 둘이나 있습니다. 블루워터 복도 자리 또는 킹스톤 벤톨에 가게 자리 하나만 주십시오! 이 은혜를 잊지 않겠습니다!"

"현재 모든 가게 자리가 만원입니다. 가게가 하나도 빈 곳이 없습니다. 지금은 아주 호황이라 자리가 없습니다. 미안하지만 가게를 줄 수가 없습니다."

정말 마음 편하게도 거절을 한다.

나는 알고 있다. 이곳에는 분명 사람들이 찾아올 것이다. 장사를 하려고 수많은 사람들이 담당자를 찾아올 것 이다. 따지고 보면 영어도 서

투르게 하는 나 같은 사람이 찾아와서 가게 자리를 달라고 하니 쉽게 거절했는지도 모른다.

며칠 후, 오전 11시에 또 약속도 없이 무작정 찾아가
"저는 한국에서 작은 빵을 만드는 기계를 들여와서 빵을 만들어 팔려고 합니다. 이 기계가 아주 특이하고 빵도 맛이 있습니다. 저에게 가게 자리 하나만 주십시오. 저는 정말 열심히 일을 하여 사업을 성공시키겠습니다. 저에게는 어린아이들이 둘이나 있습니다. 부디 먹고살 수 있도록 도와주십시오. 제발 작은 공간이라도 좋으니, 가게 자리 하나만 주십시오! 이 은혜를 잊지 않을 테니 한 번만 도와주십시오! 정말로 어린아이들이 둘이나 됩니다!"
하며 절박하게 다시 사정하자, '뭐, 세상에 이런 사람이 다 있어?' 하는 표정으로 답답하고 너무나 어이가 없었는지
"나도 일정이 있는 사람입니다. 약속도 없이 와서 이렇게 무작정 우기면 안 됩니다. 가게 자리가 없어요. 현재는 모든 가게가 다 찼어요. 자리가 없습니다."
라는 말을 남기고 그냥 위층으로 올라가 버린다.

나는 이번에는 이메일을 보내서 약속을 잡은 후 찾아가서 또다시 하소연을 늘어놓았다.
"저는 한국에서 작은 빵을 만드는 기계를 들여와서 빵을 만들어 팔려고 합니다. 이 기계가 아주 특이하고 빵도 맛이 있습니다. 저에게 가게 자리 하나만 주십시오. 저는 정말 열심히 일을 하여 사업을 성공시

키겠습니다. 저에게는 어린아이들이 둘이나 있습니다. 먹고살 수 있
도록 도와주십시오. 복도의 좁은 공간이라도 좋으니, 가게 자리 하나
만 주십시오! 이 은혜를 잊지 않을 테니 한 번만 도와주십시오!"
"앞서 이야기했지만 지금 영국 경기는 호황 중의 호황입니다. 장사가
잘되다 보니 가게 자리가 나오지 않습니다. 기다리면 제가 연락을 드
리지요. 이렇게 자꾸 연락하지 마시고, 찾아오지 마시고 기다리세요."
기다리라는 것은 기약이 없다는 것이다. 기약이 없다는 것은 안 주겠
다는 의미도 된다. 결국 내가 빵장사를 못하게 된다는 것이다.

며칠 후 오전 11시에 약속도 없이 무작정 찾아가서,
"오늘도 이렇게 찾아와서 미안합니다. 저에게 가게 자리 하나만 주십
시오. 저는 정말 열심히 일을 하여 사업을 성공시키겠습니다. 저에게
는 어린아이들이 둘이나 있습니다. 먹고살 수 있도록 도와주십시오.
제발 가게 자리 하나만 주십시오!"
라고 간곡히 부탁하였다. 그러자 그는 주위를 두리번거리며,
"당신이 이렇게 자꾸만 찾아오면 내 입장이 난처해집니다. 내가 가게
자리를 하나 줄 테니 일단은 가서 기다리세요!"
라는 말을 남기고 고개를 가로저으며 그냥 위층으로 올라가 버린다.

그로부터 며칠 후, 오전 11시에 나는 또 무작정 찾아갔다.
"오늘도 이렇게 찾아와서 미안합니다. 저에게 가게 자리 하나만 주십
시오. 저는 정말 열심히 일을 하여 사업을 성공시키겠습니다. 저는 아
이들이 둘이나 됩니다. 먹고살 수 있도록 도와주십시오. 제발 도와주

세요! 제발 가게 자리 하나만 주십시오! 이 은혜를 잊지 않을 테니 한 번만 도와주십시오"

"기다리라고 했는데 왜 또 왔어요? 당신 때문에 도대체 일이 안 잡히 네요. 킹스톤 벤톨 1층Ground Floor 가게번호 ○○○이 이번 달 말에 계약이 종료됩니다. 1년 임대료가 1년에 £○○○○이니, 이 가게를 한번 해보세요. 위치는 나쁘지 않습니다. 영국 경기가 호황이다 보니 모든 가게가 꽉 차 있습니다. 정말 이 가게밖에 없어요. 일단 보시고 나에게 연락을 주세요."

킹스톤 벤톨의 1년 임대료는 생각보다 비싸지 않았다. 내가 알아본 것으로는 런던 지하철 워털루 역Waterloo Station의 경우는 작은 부스의 1년 임대료가 £56000(1억2천만 원)에 구청에 지불하는 세금 비즈니스 레이트Business Rate를 추가로 내야 한다.

기차를 타고 킹스톤 벤톨로 오면서 나는 조금은 흥분이 되었다.

킹스톤 벤톨 1층 Fife Road 입구의 모습. 내가 하려고 했던 장소는 전에는 옷가게를 하다가 지금은 보석가게를 운영 중이다.

킹스톤 벤톨 1층 가게번호 ○○○은 Fife Road 입구 근처에 있는데, 옷을 팔고 있었다. 가게가 너무나 크고, 아무리 이리 보고 저리 보아도 빵을 팔기에는 부적절한 장소라는 생각이 들었다. 나는 결국 이 가게를 포기하였다.

8

사장님, 사장님, 사장님

우리 레스토랑에서는 나를 포함하여 우리 가족 그리고 한국인, 일본인, 몽고인 등이 가족같이 재미있게 지내면서 일을 한다.

서로 도우며, 웃고, 함께 식사도 하고, 가끔은 맥주도 한 잔씩 하면서 서로의 힘든 속사정도 털어놓고 함께 고민을 나눈다.

이렇게 편하게 일을 하기에 많은 사람들이 오랫동안 일을 하기도 한다.

우리 레스토랑에서 어학연수로 와서 일을 하는 한국인 여자 종업원이 나에게 하소연를 한다.

"사장님, 학교에서 IELTS 공부를 한 달 만 하고 싶어서 문의를 했더니, 200파운드(40만 원)를 더 내라고 해요. 공부는 하고 싶은데, 돈은 없고…… 고민이 많아요."

잠시 생각을 한 나는 비법을 알려 주기로 했다.

"김 양, 방법이 딱 하나 있는데! 잘되면 커피 한 잔 살 수 있어?"

"사장님, 무슨 방법이에요? 돈만 안 들이고 할 수 있으면 뭐든지 해야 지요. 커피 한 잔이 문젠가요? 저, 정말로 공부하고 싶어요!"

"내가 아주 좋은 방법을 알려 줄게. 돈을 받는 학교 담당자를 찾아가 서, '한 번만 도와주세요. IELTS 공부를 딱 한 달 만 공부하고 싶은데 돈이 없어요. IELTS 공부를 한 달 만 무료로 공부할 수 있도록 도와주 세요. 물가가 비싼 런던에서 생활하려니 정말로 힘들어요. 정말로 열 심히 공부할 테니 한 번만 도와주세요. 이 은혜, 절대로 잊지 않겠습 니다. 한 번만, 제발 한 번만 도와주세요!' 라고 사정해 봐. 그럼 분명 히 5일 이내에 반드시 효과가 있을 거야. 이때 중요한 것은 옷을 최대 한 허름하게 입고, 머리는 살짝 산만하게 풀어헤치고, 표정은 이렇게 정말로 불쌍한 듯이 지어야 해. 또한 열심히 살겠다는 강렬한 눈빛은 필수지. 그리고 매일 같은 시간에 찾아가서 딱 1분 30초만 사정을 해 봐. 5일 이내에 반드시 효과를 볼 거야.

여기서 중요한 것은 옷(복장), 표정, 강렬한 눈빛 그리고 1분 30초의 시간이야! 절대로 1분 30초의 시간을 초과해서는 안 돼!"

그러자 별안간 김 양은 웃으며 이렇게 말했다.

"호호호, 호호호! 사장님, 그건 치사한 방법이잖아요. 세상에 얼토당 토않는 되지도 않을 유치한 방법을 알려 주다니요. 농담도 심하게. 호 호호! 세상에서 가장 깐깐한 사람들이 영국 사람들이라고 하는데, 설 마 그런 유치한 방법이 통하겠어요? 사장님, 알려 주시려면 좋은 방법 을 알려 주셔야지요. 호호호! 이래 봬도 저는 품격 있는 여자라고요. 저는 창피해서 그런 것 못해요."

이에 나는 사뭇 진지한 표정으로 설명했다.

"김 양, 내 말 잘 들어봐!

영국에 올 때 나는 가방만 하나 달랑 들고 왔어. 내가 런던에 올 때 우리 어머니는 서울에서 월세방을 살았는데, 나는 물가가 비싼 런던 생활이 힘들어 숨을 못 쉬고 있으면서도, 항상 우리 어머니는 이번 달 방세를 내셨을까? 하는 걱정으로 베개에 얼굴을 묻고서 잠도 제대로 이루지 못하고 뒤척였지. 그러니 누가 나에게 돈을 보내주겠어.

오죽 돈이 없고 생활이 힘들었으면, 우리 집사람과 이혼을 세 번이나 시도했고, 돈이 없어 하늘을 보고 여러 번 눈물을 흘렸어. 정말로 아무도 도와주지 않아 마지막, 정말 마지막까지 버티다가 학생비자 10년 만에 영주권을 받고, 주재원만 제외하고 청소, 택배, 식당 주방 접시닦이, 식당 주방보조, 홀서빙, 심부름, 백화점 직원, 옷가게 점원, 관광가이드, 무역업, 마켓장사 등 수많은 일을 해봤어.

돈도 한 푼 없던 내가 지금 이렇게 레스토랑 사업을 하고 있는 것은 치사하고 유치하고, 정말 얼토당토않은 방법이지만, 개기기 전법과 진드기 전법으로 돈을 얻고 만들어, 런던에서 하기 힘들다는 레스토랑을 오픈하여 지금까지도 장사를 하고 있는거야.

영국에서 아무도 시도하지 않았고, 아무도 믿지 않았고, 아무도 모르는 개기기 전법과 진드기 전법, 이것이 나로 하여금 영국에서 살게 하는 원동력이 되었어. 어떤 때는 나도 믿기지 않아! 세상을 살다 보면 단순한 것이 큰 성과를 이루는 경우가 종종 있지. 대부분의 일반 사람들은 이런 단순한 것을 그냥 지나쳐 버리거나 이러한 방법이 너무나 단순하고 치사하다는 생각으로 시도조차 하지 않는 경우가 대부분이야. 이상하게도 사람들은 시도조차도 해보지 않고 그냥 포기한다는 것이지.

한국에서도 얼굴이 우락부락 무섭게 생긴 사람을 사람들이 무서워하지만, 실제로 이런 사람 중에는 마음씨가 고운 사람들이 많아. 일반적으로 영국 사람들을 냉정하고, 아주 깐깐하고, 사리에 철두철미하다고 하지만, 내가 보는 영국 사람은 정직하고, 참으로 마음씨가 좋고, 착한 사람들이 많아. 남을 도울 줄 알고, 불쌍한 사람들을 그냥 지나치지 않는 사람들이고, 어떻게 보면 세상에서 가장 인간적이고, 착한 사람들이 영국 사람들이야.

얼마 전에 우리 가게 앞에서 한 남자가 쓰러졌지. 그러자 지나가던 몇 사람들이 우르르 달려들어 상태를 물어보고, 그중 한 사람은 999로 전화를 걸어 구급차를 불렀어. 그런데 글쎄 그 사람들이 구급차가 도착할 때까지 쓰러진 사람을 돌보는 거야. 그 모습을 보고 나는 많은 감동을 받았어. 이게 영국 사람들이야!

시도, 도전, 이것은 엄청난 힘이요, 기적 같은 일이 발생하는 것이지. 난 알아. 왜냐하면 나는 기적을 보았기 때문이야! 시도를 하면 기적이 일어나! 일단 시도라도 해봐! 나는 알고 있어! 내가 보장하는 건데, 반드시 5일 이내에 효과를 볼 거야. 총 7분 30초만 투자하면 200파운드를 버는 거야. 분명히 효과를 볼 거야. 일단은 시도라도 해 봐야지!

단, 내가 말하는 네 가지 조건을 잘 생각하여 시도를 해야 돼. 왜냐하면 잘못 시도하면 오해를 받아 역효과를 볼 수도 있으니 네 가지를 꼭 명심하도록! 한번 해보는 거야. 시도해 보는 거야. 도전해 보는 거야! 실패해도 잃어버릴 것도 없잖아? 일단은 시도라도 해 봐야지!"

우리 레스토랑에서 가장 가까운 얼
스코트 역Earls Court Station의 모습.

그리고 3일 후, 김 양이 흥분하여 고개를 흔들며 뛰어오면서 나를 향
해 소리쳤다.

"사장님, 사장님, 사장님! 저 무료로 IELTS 공부를 하게 되었어요.
사장님이 알려 준 대로 3일 동안 계속하여 찾아가 사정했더니, 담당자
가 200파운드를 안 받고 무료로 공부를 하게 해 주었어요. 세상에……
믿을 수가 없어요. 어떻게 이렇게 치사하고 유치한 방법이 통하는 거
죠? 영국 같은 나라에서 이런 방법이 통하다니요? 믿을 수가 없어요!
사장님, 정말 고맙습니다!"

9

인생은 도전이다

우리 레스토랑에서 가까운 런던 풀함Fulham, 웨스트 켄싱톤West Kensington 그리고 웨스트 브롬톤 역West Brompton Station 근처에 몽골 사람 사람들이 많이 모여 산다.

우리 식당에서 여러 나라 사람들이 일을 했고 현재도 하고 있는데, 그 중에서도 성실하고, 착하고, 정말로 열심히 그리고 꾸준히 자기 할 일을 하는 사람들이 있는데, 바로 몽골 사람들이다. 몽골 사람들은 얼굴도 한국인과 비슷하여 일을 시키기도 편하고, 손님들도 믿고 음식을 먹는다.

레스토랑을 운영하다 보면 음식 솜씨가 있는 사람도 있고, 손이 빠른 사람도 있고, 열심히 일을 하는 사람도 있다. 이에 반해 느린 사람도 있고, 게으른 사람, 시간만 채우고 가려는 사람 등 다양한 사람들이 있다.

이전에 아주 느린 몽골 사람이 일을 한 적이 있다. 행동도 느리고, 말도 느리고, 일을 하는 것도 느려서 함께 일을 하는 사람들로부터 비웃음을 당했던 몽골 사람이었다.

그런데 한 가지 주목할 만한 것은 이 사람은 꾸준히 일을 하는 것이었다. 비웃던 사람들이 잡담을 하고, 담배를 피우러 가면, 이 사람은 잡담도 하지 않고, 담배도 피우지 않고, 꾸준히 쉬지 않고 일을 했다. 이렇게 하다 보면 담배를 피우면서 빠르게 일을 하는 사람보다 더 많은 성과를 내는 것이다.

느리다는 이유로 남들에게 비웃음을 사던 몽골 사람은 일이 완전히 끝난 후에서야 담배를 피우는 것이다. 이렇게 몽골 사람들은 자기 일을 꾸준히 하는 사람들이다.

우리 레스토랑 주방에서 일을 하던 몽골 사람이 가끔 나에게 하는 말이 있다.

"사장님, 영국에서 뭘 해야 돈을 벌 수 있습니까? 영국에서는 아무리 일을 해도 돈을 모으기가 정말 힘들어요. 돈을 빨리 모을 수 있는 방법이 어디 없을까요?"

그리고 이어서 이 친구가 하는 말이 나를 감동시켰다.

"사장님, 저는 영국 여기저기에서 일을 했고, 여러 레스토랑에서 일을 하고, 생활하며 경험을 하면서 느낀 것이 있습니다. 런던에서는 도전을 하지 않으면 항상 죽을 때까지 주방에서 손에 물만 만지는 일을 하다가 죽을 것 같다는 점이지요. 즉, 런던에서는 도전하지 않으면 절대로 부자가 될 수 없어요. 런던에서는 도전을 해야 합니다. 저는 계속해서 도전할 것 입니다. 돈을 모으고 모아서 언젠가는 제가 계획한 장사를 시작할 겁니다. 반드시 장사를 할 것 입니다!"

나는 한참 동안 아무런 생각 없이 그 친구를 쳐다보았다. 정말로 오랜만에 듣는 이야기, 어쩌면 영국에서 처음으로 듣는 이야기이다.

'어, 이 친구 봐라? 나와 동일한 생각을 하고 있네. 도전하지 않으면 절대로 부자가 될 수 없다. 런던에서는 도전을 해야 한다! 나도 지금까지 이런 정신으로 살아왔는데, 이 친구도 나와 동일한 사고방식을 가지고 있구나! 한국 사람과 일본 사람 중에서는 이러한 이야기를 한 사람이 아무도 없었는데, 몽골 친구가 나와 동일한 생각을 하고 있구나.'

이어서 몽골 친구는

"제가 젊었을 때 몽골에서 한국의 대우그룹 회장이 쓴 〈세계는 넓고 할 일은 많다〉라는 몽골어번역 책을 읽고 엄청난 감동을 받았어요. 그 때부터 저는 제 꿈을 펼치면서 외국에서 살겠다고 결심을 했죠. 그 책은 정말 좋은 책입니다."

하고 말했다. 나는 다시 그의 얼굴을 쳐다보며 생각에 잠겼다.

'어, 이 친구 봐라? 나와 동일한 생각을 하고 있네, 나도 젊었을 때 대우그룹 회장이 쓴 〈세계는 넓고 할 일은 많다〉라는 책을 읽고 정말 큰 감동을 받아 더 넓은 세계로 가고 싶은 꿈을 꾸었는데, 이 친구도 나와 동일한 꿈을 가지고 있었구나!"

"사장님, 런던에서 어떻게 하면 제가 꿈꾸는 장사를 시작할 수 있습니까?"

나는 생각에 생각을 거듭하기 시작했다. 도전하는 인생, 꿈을 꾸는 인생을 가진 몽골 친구에게 무슨 말을 해줘야 이 친구가 용기와 희망을 가질 수 있을까?

"몽골 친구, 은행 신용카드VISA Card를 가지고 있나요?"

"저는 그런 것이 없습니다. 저희는 그런 것을 사용하지 않습니다."

"그렇다면 이번 기회에 은행 신용카드VISA Card를 하나 만드세요. 그리고 은행에서 적당한 금액인 3000파운드를 신용대출 받아 10개월 또는 1~2년에 걸쳐서 갚으세요. 은행신용도를 높이고, 그다음에는 부인 이름으로 신용카드를 발급 받으세요. 런던에서는 당신 혼자의 힘으로 당신 꿈을 이루기에는 너무나 힘든 곳입니다. 그리고 나중에 자신의 사업을 하게 되면 반드시 힘든 시기가 찾아올 것입니다. 왜냐하면 장사는 대가를 치러야 하기 때문입니다. 힘들고, 어렵고, 고달픈 시기가 닥치면, 그 위기를 잘 넘겨야 합니다. 혹시 그런 시기가 닥치면 나를 찾아오세요."

몽골 사람들이 비교적 많이 거주하는 런던의 웨스트 브롬톤 역West Brompton Station 입구 모습

한국은 좁은 나라에서 부동산 투기가 심하여 1가구 다주택에 대해 정부에서 규제를 하고 있지만 영국 정부는 주택을 10채, 20채, 혹은 100채를 소유하든 말든 아무 상관하지 않는다.

이리하여 인도, 중국 등 여러 나라 사람들이 일명 '야금야금 작전(방법)'으로 오래 세월을 두고 집을 하나씩 구입하면서 재산을 늘린 사람들이 종종 있다.

한국인들이 많이 거주하는 런던 뉴몰든New Malden 옆 동네인 서비톤 Surbiton 주택가 안에 방이 아주 많은 호텔이 하나 있다.

오래전에 이 호텔 주인 아들과 자주 만난 적이 있다. 이 호텔 주인은 아주 오래전에 헝가리에서 와서 런던 서비톤에 거주하면서 돈을 모아 집을 한 채 사고, 다시 돈을 모아서 오른쪽 집을 사고, 다시 돈을 모아 왼쪽 집을 사고, 다시 돈을 모아 뒷집을 구입했다고 한다.

그리고 호텔허가신청이 까다롭지 않은 시기에 이 집들을 모아 호텔로 개조한 후, 근처의 집을 한 집 한 집 구입한 후, 호텔을 늘리고, 다시 근처의 집을 사기 시작하여 그 근처가 전부 자기 소유의 집이라고 한다.

이 호텔 주인 아들이 호텔 건너편에 길게 늘어져 있는 많은 집을 손가락으로 타원형을 그리면서

"저기 저 집들이 모두 우리 집입니다."

나는 놀라움을 감출 수 없었다.

건너편의 약 20~30여 채의 집이 모두 자기들 집이라고 한다. 내가 웃으면서 이렇게 부富를 축적하는데 어느 정도의 기간이 걸렸는지 물어보니, 얼굴에 웃음을 띠면서 약 50년의 시간의 흘렀다고 한다(10여 년 전의 일이니까 지금은 60년이 된 것 같다).

50년 동안에 이 호텔 주인은 '야금야금 작전'을 이용하여 부동산 재벌이 된 것이다.

내가 깜짝 놀라 웃으면서

"친구, 나도 어떻게 하면 당신처럼 이렇게 부동산 부자가 될 수 있나요?"

라고 물었다. 그러자 호텔 주인 아들은 여유 있는 넉넉한 표정으로 대답했다.

"인생은 도전입니다!"

나는 생각했다.

도전? 인생은 도전이다?

아무것도 가진 것이 없는데 어떻게 무엇을 도전한다는 말인가?

나는 과연 도전적인 생활을 했는가?

대체 무슨 일을 해야 도전이라고 하는가?

무식한 사람이 정말로 용감한 것일까?

나는 지금까지 영국 생활을 하면서 누구든지 만나러 가고, 무조건 찾아가고, 어디든지 쫓아가고, 무조건 따지고, 힘들다며 죽는 소리하고, 생각은 나중에 하고 일단은 만나서 사정하는 등 무식하고 용감하게 시도를 했다.

과연 이것을 도전이라 할 수 있는가?

도전은 무엇인가?

오래전에 스코틀랜드 여행을 하며 Glasgow에서 남쪽으로 약 1시간 정도 거리의 작은 마을에 가니, 중국인이 운영하는 자그마한 Chinese

Take Away Shop(음식을 주문하여 가져가는 가게)이 있다.

나도 음식을 주문하며 조금은 궁금하여,

"이런 한적한 곳에서 어떻게 중국 식당을 운영하십니까? 음식을 만들려면 여러 가지 재료가 필요하실 텐데, 음식재료는 어떻게 구하시나요?"
라고 물었다. 그러자 중국 사람은 웃으면서,

"우리 중국 음식은 급할 경우에는 쌀, 후라이팬, 간장만 있으면 뭐든지 만들 수 있습니다."
라고 대답했다. 그 말에 나는 웃어 보였다.

그렇지만 한편으로는 이렇게 간편하고 간단하게 음식을 만들 수 있다는 것이 부러웠고, 그러한 중국인이 부러움을 넘쳐서 두렵기도 했다.
왜냐하면 중국인들은 어느 곳이든지, 어느 나라든지 일단 가서, 무작정 중국 식당부터 오픈하기 때문이다.

런던에서 고속도로 M1, M18, M180, A180을 지나서 가다 보면 Grimsby 그리고 Cleethorpes에 도달한다.

주요도시인 St Albans, Luton, Milton Keynes, Northampton, Rugby, Leicester, Nothingham, Doncaster, Scunthorp를 지나서 도시 입구에 큰 굴뚝 두 개가 있는 곳이 바로 Grimsby이다.

런던에서 약 260마일, 자동차로 약 3시간 30분 정도 거리의 그다지 크지 않은 도시, 그곳이 바로 잉글랜드 중동부에 위치한 바닷가 도시, Grimsby 그리고 Cleethorpes다. Grimsby에서 자동차로 약 5분 정도 가다 보면 이어서 Cleethorpes 바닷가가 나온다.

런던에 거주하면서 지방도시를 가 보면 발전이 안 된 곳을 종종 볼 수 있는데, 그중 하나가 바로 Grimsby 그리고 Cleethorpes 지역이다. Grimsby를 지나서 Cleethorpes에 도착하니 바닷가가 굉장히 멋졌다. 우리가 도착한 시간이 썰물이 되었는지 바닷가 약 1㎞ 정도를 사람들이 걸어 들어가서 움직이는 모습이 보였다. 바닷가 입구는 매우 아름다운 모래로 덮여 있어, 사람들이 모래 위에서 놀고 있었다.

만일 한국에 이런 바닷가 모래가 있었다면, 그 주위에는 횟집이 많아서 횟감에 소주 한 잔이라도 할 수 있었을 텐데 여기는 그런 곳이 없으니 사람들이 그저 바다만 바라본다.

Cleethorpes 바닷가를 끼고 2층으로 된 Royal King Hotel 그리고 Kingsway Hotel이 바다를 바라보고 서 있다.

영국의 많은 곳을 다녀 봤지만, 이렇게 조수간만의 차가 심한 곳은 별로 본 적이 없는 것 같다. Cleethorpes 바닷가에 서서 조수간만의 차가 심한 바다를 보고 있노라니, 어린 시절 나의 고향 바닷가 생각에 가슴이 따뜻해진다.

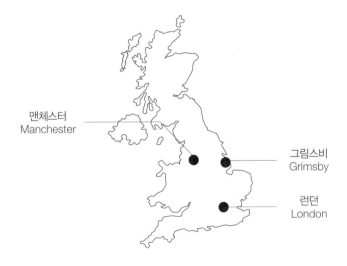

저녁시간이 되어 Cleethorpes에서 식사를 하러 중국 레스토랑에 들어
가니, 나이가 많은 중국인 할아버지가 운영하고 있었다. 나는 조금은
외롭게 보이는 주인 할아버지에게 대화를 시도했다.

"중국인들도 거주하지 않는 이렇게 외진 도시에서 레스토랑을 하시면
서 외롭지 않으세요?"

그러자 중국인 할아버지는 인자하게 웃으면서,

"돈을 벌면 외롭지 않아!"

이 말을 듣고 나는 한동안 움직일 수 없었다.

나에게는 너무나 충격적인 말이었다.

그리고 나는 이 말을 오랫동안 생각했다.

'돈을 벌면 외롭지 않아!'

돈을 벌면 벌수록 외롭지 않다는 이야기인가?

돈을 많이 벌어 놔서 외롭지 않다는 이야기인가?

지독한 중국 사람, 아무도 없는 구석진 도시에서 평생토록 중국 레스토랑을 운영하다니…….

돈을 얼마나 많이 벌었으면 저런 이야기를 할까?

"돈을 벌면 외롭지 않아!"

이 말은 나의 가슴에 담아 두었다.

그리고 영국에 살면서 외국인이든 한국인이든 종종 물어본다.

영국 북쪽 스코틀랜드Scotland를 방문했을 때, 사업을 하시는 한국분에게

"이렇게 외진 도시에서 사업을 하시면 외롭지 않으세요?"

"외롭지는 않은데 힘이 드네요."

하고 말씀하시는 것을 보고 나는 속으로,

'이 분은 돈은 벌고 있는데 일에 지쳐서 몸은 힘들구나!'

생각했다.

포토벨로 마켓에서 장사를 하고 있을 때였다.

아프리카에서 거주한다는 한국인과 대화를 하면서,

"그렇게 외진 아프리카 나라에서 생활하시면 외롭지 않으세요?"

"전혀 외롭지 않습니다. 한국에 있는 사람들은 힘들다고 걱정하지만

저는 재미있습니다."

나는 생각했다.

'이분은 돈을 많이 벌어서 몸과 마음이 외롭지가 않구나. 얼마나 돈을 많이 벌었으면 런던 포토벨로 마켓까지 여행을 오셨을까?'

포토벨로 마켓에서 장사를 하고 있을 때였다.

그날은 미국에서 오랫동안 거주했다는 분을 만나 대화를 하던 중에

"미국에서는 한인들이 많아서 외롭지 않으시죠?"

"미국에서 오래 살았지만 외로울 때가 많지요. 사람 사는 것은 한국이나 미국이나 비슷합니다."

나는 생각했다.

'이분은 미국에서 오래 살았지만 경제적으로 여유가 없는 분이구나. 경제적으로 여유가 없으니 한국으로 갈 수도 없고, 미국에 남아서 그냥 사시는 분이구나.'

나는 날마다 함께 생활하면서 레스토랑을 함께 운영하는 아내에게도 가끔 물어본다.

"당신, 영국에 살면서 외롭지 않아?"

"외롭지는 않은데 힘이 드네요."

우리가 어렸을 때, 닭고기는 귀한 고기였다. 집에서 닭을 길러 귀한 손님이 오셨을 때, 닭을 잡아 대접을 하곤 하였다. 영국에서 가장 구하기 쉽고, 저렴한 고기 중의 하나가 바로 닭고기이며, 영국사람들이

가장 좋아하는 고기이기도 하다.

포토벨로 마켓에서 홋팩을 팔면서 아프리카 우간다에서 온 분과 친하게 되어 자주 만나게 되었는데 이 분의 말이

"아프리카 우간다에서는 닭이 아주 귀합니다. 그래서 닭고기가 아주 비싸지요. 중국인들이 닭을 많이 길러서 아주 비싼 가격에 팔고 있습니다. 게다가 저렴한 인건비를 이용하여 많은 이익창출을 하고 있죠. 아프리카에 한국인, 일본인 같은 사람들이 들어와서 장사나 사업을 했으면 좋으련만 자꾸만 이상한 나라 사람들이 들어와 체류해서 걱정입니다."

아프리카에 가면 많은 중국 사람들이 있는데, 중국 사람들은 아프리카에서 '야금야금 작전'을 사용한다고 한다.

처음에 중국인들은 아주 작은 중국 식당을 오픈한다고 한다.

식당을 오픈하여 처음에 약 5년 동안 남자는 주방에서 음식을 만들고, 여자는 홀을 보면서 음식을 팔아 돈을 받는다고 한다. 이렇게 5년 동안 죽자살자 일을 하여 돈을 악착같이 모아서 우측 집을 사서 식당을 넓힌다.

그리고 다시 5년 동안 죽자살자 일을 하여 돈을 모아 좌측 집을 사서 식당 규모를 넓히고, 다시 3년 동안 죽자살자 돈을 모아 이제는 뒷집을 구입하여 식당의 규모를 대규모로 넓혀서 식당에서 결혼식, 기념파티 등을 할 수 있는 규모로 만든 후, 주인은 다시 돈을 모아 호텔을 운영한다고 한다.

이러면 어느 사이 시간은 15~20년이라는 세월이 흐르지만, 중국 주

포토벨로 마켓의 여름날 이른 아침의 모습. 장사하는 사람들이 부지런히 준비를 하고 있다. 일본 사람들은 도전정신이 없는 걸까? 여기 마켓에서 장사하는 일본 사람을 단 한 번도 본 적이 없다.

인은 재벌회장님이 되어 있는 것이다.

이런 이야기는 아프리카에서 온 한국인 그리고 포토벨로 마켓에서 장사를 하며 많은 아프리카 사람들에게 들은 이야기이다.

이 '야금야금 작전'은 중국인들이 영국에서도 사용하는 인생 작전이다.

처음에는 아주 작은 레스토랑을 운영하면서 돈을 벌어 옆집을 사고, 다시 돈을 벌어 뒷집을 사고, 다시 돈을 벌어 건넛집을 사는 등 조금씩 조금씩 천천히 하나하나 사들이는 것이다.

2012년 4월 9일 인터넷으로 신문을 보니,

"도전 대신 순응 日 젊은층 우치무키 현상, 미래경쟁력 흔들"

이라는 제목의 기사가 나왔다.

즉 일본 젊은이들이 도전정신이 없어서 일본의 미래가 불투명하다는 것이다.

현실에 너무나 안주하는 일본 젊은이들을 꼬집은 대목이다.

런던에 있는 나이가 많은 일본 여행사 사장이 아쉬운 듯이
"영국에서 한국인들을 보면 참 대단해. 한국인들이 일본 식당을 다 점령하고 있으니 일본인들은 할 게 없어. 우리 젊은 일본인들은 도전정신이 없어!"
영국을 보면 많은 한국인들이 일본 레스토랑을 운영하면서 많은 이익을 창출하고 있다.
특히 런던은 다국적 도시다. 영국인이 중국 레스토랑이나 일본 레스토랑을 운영하고, 일본인이나 중국인, 프랑스인이 태국 레스토랑을 운영하고, 한국인이나 이탈리아인이 일본 레스토랑을 운영하고, 중국인이 한국 레스토랑을 운영하고 있는데, 그중에서 가장 많은 한국인이 일본 레스토랑을 운영하면서 많은 이익을 창출하고 있다는 것이다.
즉, 한국인은 현실에 안주하지 않고, 용기를 가지고 도전을 한다는 것이다.

일본과 영국에서 살며 많이도 느낀 것은 일본과 영국 사람들은 돌다리도 두들겨 본다고, 무슨 사업을 시작하려면 마케팅조사, 시장조사, 제품조사, 판매매출 예상조사 등 여러 가지 조사를 엄청 많이 한다.
물론 시장조사를 많이 하는 것을 나쁘다고 할 수는 없지만, 이런 것을 너무 많이 하다 보면 시간은 흘러가고, 기회는 지나가고, 나이는 먹어가고, 장사는 무슨 놈의 장사, 그냥 그저 생각만 하고 살다 보면 어느 사이 머리에 흰머리만 늘어나고, 이제 죽을 준비를 해야 할지도 모른다.
특히 영국 사람들은 모험적인 장사(사업)를 하지 않으니 국가경제가

더 어려워지는 건 사실이다.

그러나 이와는 반대로 한국 사람들을 보면, 정말로 미래의 희망과 빛
과 장래가 보인다.
그 이유는 용감하다는 것이다.
그 이유는 용기가 있다는 것이다.
어쩌면 이것이 바로 도전정신인지도 모른다.
세상을 살다 보면 무식한 사람이 용감한 경우가 정말 많다.
장사든 사업이든 무조건 일단 무식하게 시작을 하는 것이다.
시장조사, 제품조사, 판매매출 예상조사 등 이런 것들은 나중에 생각
하고, 일단은 시작을 한다는 것이다.
일본과 영국에서 생활하며 영국인, 일본인, 한국인, 중국인들이 사업
을 시작할 수 있는 용감성을 비교하여 보면,
영국인 : 35%
일본인 : 36%
한국인 : 65%
중국인 : 75%
나의 경험을 바탕으로, 내 개인적으로 평가를 내린 것이다.

영국 런던에서 친하게 지내는 한국 분이 있다.
2011년 5월 중순 저녁에 한국 레스토랑에서 소주를 함께한 이후, 연
락이 완전히 끊겼다.
그리고 얼마 후, 북아프리카 남수단 수도 주바에서 사업을 하고 있다

면서 이메일이 왔다. 그 이메일에는 사진 몇 장이 첨부되어 있었다.

이분은 2009년에는 이집트, 시리아, 두바이를 돌아다니면서 한국 물건을 팔았고, 2010년에는 아프리카 앙골라, 콩고, 우간다 등의 나라를 돌아다니면서 사업을 했다.

전에 이분에게 이렇게 물었던 적이 있다.

"사장님, 대단하십니다. 사장님을 보면 참으로 존경스럽습니다. 어떻게 그렇게 아프리카 오지에 가서 사업을 하시면서 한국 물건을 판매합니까?"

그러자 이분이 웃으며

"무조건 시작하는 겁니다. 일단은 머리부터 집어넣고 시작하는 겁니다. 배짱 있게, 과감하게 하다 보면 그 나라 부자(재벌)도 만나고, 서로 웃고, 식사도 하고…… 그러다 보면 물건도 사 주고, 나도 돈 벌고! 하하하!"

참으로 무식한 사람이 용감한 것임을 몸소 실천하는 분이다.

한국에서 취직이 안 되어 고민을 하던 젊은이가 짧은 생을 마감했다는 뉴스를 인터넷을 통하여 접하게 되었다.

무슨 공부를 했는데 취직이 안 되었을까?

어느 대학을 나왔는데 취직이 안 되었을까?

가정 형편이 얼마나 어려웠으면 취직이 안 되었다고 목숨을 끊을까?

전공이 중요한가? 대학 간판이 중요한가? 가정 형편이 중요한가?

나도 영국에 오면서 경제적인 문제는 현지(런던)에 가서 해결하자는 생각에 일단은 가서 보자며 가방만 하나 들고 왔다. 공항에 도착하니 아무도 아는 사람이 없으니 마중 나온 사람조차 없었다.

내가 가진 것이라고는 오직 젊음과 의욕 그리고 용기뿐이었는데, 왜 그 젊은이는 취직이 안 된다고 해서 짧은 인생을 마감했을까?

죽을 용기가 있으면, 한국 음식이라도 배워서 남미 오지국가, 아프리카에 가서 도전, 시도라도 해보고 결판을 내야지.

중국 사람들처럼 아프리카에 가서 닭이라도 한 번 길러보고 결판을 내야지.

중국 사람들처럼 야금야금 작전이라도 한번 시도를 해보고 결판을 내야지.

이 넓은 세상에서 왜, 취직걱정을 하는가?

우리는 꿈을 안고 산다.

희망을 가슴에 품고 산다.

부모가 물려준 재산이 없으면 어떻고, 지방대를 나오면 어떻고, 고등학교를 나오면 어떤가?

살아가는데 학력이 그렇게 중요하고, 인맥이 그렇게 중요한가?

가장 넓은 세계를 정복한 칭키즈칸은 12살 어린 나이에 아버지가 독살되었고, 글자도 몰랐고, 어린 시절 풀뿌리를 캐어 먹으면서 연명했다고 한다. 후에 칭기즈칸은 원나라를 세웠고, 그 원나라의 핍박에 풀뿌리를 캐어 먹으면서 연명했던 고아 출신의 주원장은 원을 멸망시키고 명나라를 건설했다.

영국의 입지전적인 성공가 리차드 브란손경은 17세 때 학교를 때려치우고 친구 지하방에서 잡지사를 만들어 끊임없는 노력으로 오늘날 영국 경제를 이끄는 위대한 인물이 되었고, 해리포터를 쓴 Rowling은 런던 외곽 대학을 나왔으며, 아시아에서 최고의 재벌인 홍콩의 리카싱은 너무나 가난하여 16세 때 학교를 포기하고 하루에 16시간씩 일을 했으며, 필리핀의 복싱 영웅 마니 파퀴아오Manny Pacquiao는 너무나 가난하여 14~15세부터 길거리에서 신문을 팔았다고 한다.

영국에는 복싱팬들이 많다.

2014년 4월 12일 토요일, 미국 라스베가스 MGM Grand Garden Arena에서 마니 파퀴아오 대 티모시 브래들리의 WBO welterweight의 역사적인 재시합이 벌어졌다. 이 경기에서 필리핀의 복싱 영웅 마니 파퀴아오가 심판 전원의 판정승으로 챔피언을 획득했다. 이 경기는 전 세계의 많은 복싱팬들은 흥분을 시켰다.

36세의 마니 파퀴아오 그리고 31전 31승의 기록을 가진 티모시 브래들리의 경기.

나는 이 역사적인 시합을 보기 위해 경기가 열리기 전 2월 26일에 미리 입장권을 알아보았다. 가장 저렴하며 먼 곳인 201R 자리가 $300로 7석이 남아 있고, 가장 비싼 곳은 링사이드 FLOOR CC 자리로서 $15,000로 단 2석만이 남아 있었다. 즉, 거의 많은 좌석이 이미 예약된 것이다.

마니 파퀴아오는 올해 36세다. 만일 한국에서 36세에 복싱선수를 한다고 하면 "이제 정신차리고 살아야지, 언제까지 주먹질이냐? 36세에 무슨 주먹질이야! 이제 제발 사람답게 살아야지!"라며 나무라고 혀를 차는 사람들이 많을 테지만 전 세계 복싱선수들을 보면 이렇게 나이가

든 사람들이 많다. 즉, 나이가 많아도 계속해서 도전을 한다는 것이다.

우리 주위를 둘러보자.

내 옆을 보고, 앞을 보고, 뒤를 보고, 지구 건너편을 보면,

그리고 조금만 다르게 이 세상을 보면

우리에게는 상당히 많은 일자리가 있고,

나의 일손을 필요로 하는 곳이 있고,

희망이 있고, 꿈이 있고, 미래가 보인다.

한국에서 취직이 안 된다고 짧은 생을 마감하기 전에 주먹으로 도전을 한 번 해보거나, 희망과 꿈과 미래가 있는 곳으로 가서 도전, 시도라도 한번 해보고 생사의 결판을 내야지!

취직이 안 된다고 고민만 하다가 왜 그토록 젊은 사람이 짧은 생을 마감하는가?

길거리에서 천막에 의지하여 장사를 하는 것도 도전이다. 장사가 잘되든 그렇지 않든 일단은 시작을 해야 결과가 생기는 것이다.

2012년 어느날, 젊은 청년이 우리 레스토랑으로 찾아왔다.

나는 궁금하여,

"누가 보냈나요?"

하고 물었다. 그러자 그가 대답했다.

"○○○씨가 사장님을 만나 보면 영국 생활에서 좋은 조언을 받을 수 있으니 꼭 가서 만나 보라고 했습니다."

"아, 그분은 전에 우리 레스토랑에서 일한 분인데!"

"저는 지방대 경제학과에 다니다가 아르바이트를 하여 제 스스로 돈을 모아 온 유학생인데 영국에서 무슨 공부를 하고, 어떻게 생활을 하면 좋겠습니까?"

"영국에서 물론 영어 공부도 중요하지만, 공부보다는 여행을 다니면서 여러 가지 지식을 쌓은 후, 나중에 한국에 가면 음식과 전기를 배워보세요. 아르바이트 삼아 식당 주방에서 일도 해보고, 아르바이트, 취미 삼아 전기를 배워서 냉장고, 에어컨 수리 등을 해보세요. 아주 도움이 될 것 입니다."

"음식과 전기요? 저는 경제학을 공부하고 있는데요?"

"김 군의 능력을 무시하는 것은 아니지만, 세계 경제는 김 군이 예측을 하지 않아도 할 사람이 많고, 자네가 경제 예측을 하지 않아도 세계 경제는 잘 돌아갑니다."

"전기는 공사하는데 힘들고, 전기를 다루다가 합선이라도 되면 죽을 수도 있잖아요?"

"안 죽어!"

"……?"

"부모님이 돈이 없다고 부모님 탓을 하지 말고, 지방대라고 학력 탓을 하지 마세요. 가난하면 어떻고, 고졸이면 어떻고, 지방대면 어떻습니까? 어쩌면 고졸, 지방대라는 것이 자기 자신의 장래 인생에는 유리할 수도 있습니다."

"사장님, 제가 지금까지 살아오면서 고졸, 지방대가 더 유리하다는 말은 처음 듣는데요?"

"돈 많고, 명문대생들이 8시간 잠을 잘 때, 본인은 5시간만 자면서 노력을 하면 됩니다. 명문대 졸업생들은 품위 유지, 품격 유지를 위해 아무 일이나 하지 못합니다. 품위 있고, 품격 있는 일만 하려고 합니다. 그런데 이 세상에는 품위 있고, 품격 있는 일이 많지 않습니다. 명문대 졸업생들은 손에 물 묻히고, 흙 묻히고, 기름 묻히는 일은 하지 않으려고 합니다.

그렇지만 우리처럼 지방대 출신은 생활을 위하여 아무 일이나 합법적으로 돈을 벌 수 있으면 뭐든지 악착같이 할 수 있어요. 먹고 살아야 하는데 손에 물이 묻고, 흙이 묻고, 기름이 묻는 건 상관없어요. 인생의 여러 가지를 시도할 수 있어요. 안 되면 또 시도하면 되고, 이런 것을 극복하려고 더 노력을 하니 인생의 좋은 요소가 될 수 있지요. 세상살이를 겁내지 마세요. 인생에 있어서 중요한 것은 용기와 인내입니다. 영어공부도 좋지만, 이 세상은 영어공부가 좌우하는 건 아니지요. 영국은 지리적으로 남미국가와 아프리카는 가까우니, 영국에서 생활하며 시간이 되면, 남미 오지국가 및 아프리카 여행을 해보세요. 앞으로 한국 젊은이들은 남미 오지국가 및 아프리카에 진출하여 터전을 잡아야 합니다. 현재 한국정부에서 한식 세계화 정책을 벌이고 있으니 한국 음식을 배워서 중국 사람들처럼 야금야금 작전을 펼쳐야 됩니다. 중국 사람들처럼 음식 하나 가지고 무작정 가는 겁니다. 아직도 늦지는 않았습니다. 물론 여기에는 인내의 시간이 필요합니다. 특히 아프리카는 기회가 많은 땅입니다."

"사장님, 하지만 남미 오지국가는 아무도 없어서 외롭잖아요?"

"돈을 벌면 외롭지 않아!"

그런데 이 젊은친구가

"사장님, 아프리카는 위험하잖아요. 에이즈도 많고, 말라리아도 있고, 거기에 덥기까지!"

나는 큰소리로 말했다.

"안 죽어!"

2010년에는 포토벨로 마켓 관할 구청인 캔싱톤 첼시구청에서 젊은이들의 창업 의욕을 고취시키기 위하여 관할 구청 소속의 24살 이하의 젊은이가 새로운 아이템으로 사업을 할 경우, 창업비용으로 1만 파운드를 지원하고 포토벨로 마켓에서 장사를 할 수 있도록 허가를 해주었다. 이때부터 창조적이고 새로운 개념의 제품들이 마켓에서 판매되고 있다.

3장
포토벨로 마켓에서 세상을 배우다

나는 영국에서 정식으로 장사(사업)를 한다면서 햇수로 13년 동안 약 6~7년을 소송 분쟁으로 보냈고, 전 세계 5개국 나라 사람들에게 사기를 당해 5~6년을 고생하였으며, 거기에 부도까지 나서 수많은 고통으로 정신없이 살았다. 소송, 사기 그리고 부도, 수많은 경험, 정신없는 삶, 이런 게 인생인가? 장사의 대가를 이렇게 치루는 걸까? 하늘을 원망도 했다. 해도 해도 너무한다고…….

장사라는 것에 이러한 어려움과 고난이 있기에 사람들은 안정을 찾는다. 안정, 편안함, 정착, 품위 유지, 품격 유지를 하기 편한 직업. 오죽하면 '안정 찾아 3만리 공무원 시험'이라 하지 않는가? 회사생활, 월급쟁이, 공무원, 교사, 의사. 비가 오나 눈이 오나, 바람이 불고, 눈보라, 천둥번개가 쳐도 척척 꼬박꼬박 나오는 월급. 이것은 하늘이 내려 준 복이다.

장사.
우리 인간은 먹고살아야 하니까, 장사든, 월급쟁이든, 공무원이든 뭐든 해야 된다.
그런데 막상 내가 장사를 하려고 보면 할 게 많지 않다.
다른 사람들이 모두 하고 있고, 경쟁이 심하고…….

얼마 전의 일이다.
아내가 불현듯 이렇게 물어 왔다.
"우리 아이들도 나중에 성장하여 살면서
우리처럼 사기, 소송, 부도로 정신 없이 사는 것은 아닌지요?"
나는 조금 고민을 하다가 대답했다.
"사기, 소송, 부도는 반복되기 때문에 그럴수도 있지. 그렇지만 그런 것을 우리가 경험을 했으니 미리 조언을 하여 방지하거나, 피해 가는 방법을 알려 줘야지."

아무리 힘들어도 나의 꿈(인생목표)을 포기하지 않았다. 마지막까지 희망의 끈을 놓지 않았다. 이제 다시 시작이다. 포기하지 않는다. 다시 시도와 도전을 하자. 내일이 있다. 내일은 희망이요, 미래다.

포토벨로 마켓에서 물건을 팔면서 세계 각국에서 온 다양한 인종의 사람들을 바라보고 있으면 하루의 시간이 빨리도 지나간다. 넓은 하늘 아래에서 달랑 천막 하나를 의지하며 장사를 하다 보면 많은 경험을 통해 세상을 바라볼 수 있다. 그리고 그 사람들을 통하여 나 자신을 바라보게 된다. 저 사람들과 나는 어떤 점에서 다를까?

영국에 달랑 가방 하나만 들고 온 나는 어떻게 여기까지 왔나? 언제까지 여기서 장사를 해야 되나? 오래전에 하늘나라로 올라가신 아버지는 하늘 어느 쪽에 계신가? 아버지는 지금도 나를 지켜보고 계신가? 인생은 도전이라고 하는데, 언제까지 도전을 해야 하고, 무엇을 도전해야 하는가? 넓은 하늘 아래 마켓에서 장사를 하는 것이 과연 도전하는 인생일까?

세계를 정복한 칭키즈칸은 글도 몰랐지만 세계에서 가장 넓은 영토를 지배했고 단일 통화를 만들었다. 아무것도 가진 것이 없었던 콜럼버스는 여러 나라 왕들에게 간청하여 결국 스페인 왕으로부터 지원을 받아 아메리카를 발견하였다. 17세에 학교를 그만둔 영국 버진그룹 회장 리차드 브랜슨 경은 영국 경제를 이끄는 위대한 사업가가 되었고, 故 정주영 회장은 초등학교 학력으로 현대를 세계적인 회사로 성장시켰다.

요즈음 아내는 종종 이렇게 말하기 시작한다.
"지금까지 마켓에서 홋팩을 팔면서 세상 경험을 충분히 했으니
이제 마켓 장사는 그만하세요. 당신은 더 이상 마켓에서 장사를 할 사람이 아녜요.
더 큰 사업을 찾아서 해야 돼요."
더 큰 사업? 더 큰 사업은 무엇인가? 더 큰 사업은 어디에 있는가? 포토벨로 마켓에서 나는 아직도 세상을 배우지 못했는데, 나는 무엇을 할 것인가?
무엇을 향하여 새로운 시도와 도전을 할 것인가?

애들은 가라!

아주 오래전에 시골에서 서울로 이사왔을 때, 청계천 8가 지역에서 생활한 적이 있다.

당시 시골에서 서울로 이사를 왔으니, 서울은 참으로 볼 것이 많은 신기한 곳이었다.

당시 청계천 8가와 7가 도로 위로는 자동차전용 고가도로가 있었고, 아래 길가에는 수많은 상점과 가게, 공구상 등이 있었는데, 그 가운데 약장수들이 있었다.

약장수는 마이크를 손에 잡고서 하루 종일 정말 쉴 틈 없이 떠들어 댄다.

"날이면 날마다 있는 것이 아닙니다. 날이면 날마다 파는 것이 아닙니다.

백화점에서 2만 원, 남대문 시장에서 1만 원 하는 것을 저는 여기서 단 돈 2천 원, 단 돈 2천 원에 판매합니다.

한 알만 먹어 봐! 이틀만 먹어 보면 단번에 효과가 나타납니다.
일단 먹어 봐! 얼마나 좋은지는 일단 사서 먹어 봐!"
이렇게 한참을 설명하다가 중간에,
"애들은 가라! 애들은 가라!
너희들은 커서 먹어야 된다. 애들은 가라!
자, 자, 어서 오세요. 안으로 안으로 들어오세요.
단 돈 2천 원, 믿을 수가 없습니다.
이렇게 좋은 약이 단 돈 2천 원!"
이 약장수에게 애들은 별로 도움이 안 된다. 우선은 돈이 없어 물건을 사지 않을 뿐만 아니라, 아이들이 서 있으면 그 공간에 어른들이 설 수가 없기에 '애들은 가라!'고 소리를 지르고, 또한 분위기를 쇄신하는 의미에서 '애들은 가라!'고 소리를 지르는 것이다.

어느 날 이른 아침 시간에 천막을 정리하고 있는데, 두 명의 아이들이 매우 빠른 속도로 뛰어가고 있었다. 그리고 이어서 "잡아라!" 하며 장사하는 사람의 목소리가 들린다.
두 명의 아이들이 물건을 훔쳐 들고서 도망을 간 것이다.
물건을 가지고 달아나고, 훔쳐가고, 슬쩍 집어서 가져가고……
이런 경우는 종종 있다.
특히 작은 물건을 파는 경우는 아이들이 오면 감시의 눈길을 놓치지 않는다.

이렇게 아이들이 좋아하는 제품을 파는 장사 동료들은 아이들이 몰려오면 바짝 긴장을 한다.

포토벨로 마켓에서 장사를 하다 보면 아이들이 골칫거리다.

토요일 또는 방학 때가 되면 마켓 주변에는 아이들 대여섯 명이 떼를 지어 몰려다닌다.

아이들이 우르르 몰려와서 이것저것 사려고 하며, 나의 마음을 다른 곳으로 쏠리게 하면서 다른 아이는 물건을 자기 주머니에 집어넣는다.

이것은 남자아이들이나 여자아이들이나 비슷하다.

이상하다 싶으면 남자아이들의 경우 주머니를 뒤지기도 하지만, 여자아이들의 경우는 주머니를 뒤질 수도 없다.

이래서 설명을 하다가도 아이들이 몰려들면,

"애들은 가라! 애들은 가라!"

라고 말할 수밖에 없다.

아이들은 골치 아프다. 돈이 없으니 사지도 못하면서 수없이 이것저것을 물어본다. 이러는 사이에, 슬쩍 가지고 도망가는 것이다.
이런 아이들을 몰아내는 방법도 장사의 기술이다.

어느 날이다. 남자아이들 몇 명이 와서 정신없이 이것저것 물어보는 것이 이상하다.
잠시 후, 남자아이들의 주머니를 하나하나 만져 보니 물건이 없다. 아직 훔치지는 못한 모양이다.
내가 한 눈을 팔지 않고 아이들을 지켜보고 있으니, 아이들도 겁이 나는지 그냥 슬며시 간다.

요즈음은 아이들 몇 명이 와서 핫팩이 이상하다는 듯이
"이거 어디에 좋아요?"
하고 묻는다. 그러면 나는
"여자들 생리통에 좋아. 어른용이야. 너희들은 더 커서 와야 돼!"
그러면서 물건을 만져 보지도 못하게 싹 치워 버린다. 싹 치워 버리는 것이 때로는 가장 좋은 방법이다.
남자아이들이 와서 이 제품이 어디에 좋은지 물어 생리통에 좋다고 하면 창피한지 웃으면서 가고, 여자아이들이 와서 물어 요통에 좋다고 하면 자기들과는 상관없는 제품이기에 그냥 간다.

지금은 마켓을 떠났지만, 한때 나와 많은 이야기를 나누던 친구가 있었다.

영국 옆 나라인 아일랜드에서 온 그 친구는 백인이었는데 머리는 금발이었다. 은으로 만든 목걸이, 반지, 귀고리 등을 주로 팔았는데 자동차가 없어 새벽에 가방에 물건을 담아서 들고 왔다.

이 친구도 아이들이 몰려오면 긴장이 된다고 한다. 아이들이 몰려들면 짜증이 난다고 투정을 부린다.

물건이 작고, 아이들이 충분히 탐낼 만한 물건이다. 이것저것 끼워 보고, 만져 보고, 값을 물어보면서 하나만 슬쩍해 가도 장사를 하는 아일랜드 친구는 손해를 보는 것이다.

손해는 둘째고, 일단 기분이 나쁘다. 하나라도 더 팔려고 신경을 쓰고 있는데 아이들이 훔쳐 가면 얼마나 가슴이 아플까?

어느 날 한참 장사를 하고 있는데 근처에서 물건을 파는 동료가 와서 "저 뒷골목에서 꼬마 몇 명이 당신 제품을 가지고 키득거리고 있습니다. 아무래도 물건을 훔친 것 같습니다."

시계를 파는 곳은 항상 감시의 눈길을 놓지 못한다. 토요일이면 두세 명의 직원들이 감시의 눈길로 바라보고 있다. 시계도 훔쳐가기 쉬운 물건 중의 하나이다.

10여 분 전에 남자아이들 다섯 명이 우르르 몰려와서 정신없이 이것저것 물어보고 왔다갔다 하더니만, 내가 잠시 눈길을 다른 곳으로 돌린 사이에 훗팩을 훔친 것 같았다.

나는 뒷골목으로 쫓아갔다.

하지만 아이들의 모습이 보이지 않는다. 아마도 더 위쪽으로 올라가서 또 훔칠 물건이 있는지 돌아다닐지도 모른다.

옷을 파는 사람, 시계를 파는 사람, 안경을 파는 사람, 화장품을 파는 사람도 동네 아이들 때문에 고민을 한다.

달갑지 않은 손님, 아이들.

전 세계 어디를 가나 달갑지 않은 손님은 꼭 있는 것 같다.

진드기처럼 지독한 아랍 여자

날씨가 따뜻한 어느 봄날이었다.

30대 후반으로 보이는 아랍 여자가 아이들 둘을 데리고 왔다. 아이들의 모습을 보니 관광객으로는 보이지 않고, 아무래도 포토벨로 마켓에서 멀지 않은 곳에 살고 있다는 느낌이 들었다.

내가 핫팩에 관하여 설명을 하고 어떻게 작동되는지를 보여 주자 관심을 보이더니 사고 싶어 했다.

자기도 허리가 아프고, 가끔씩 배가 아파서 구입을 해야 하고, 자기 엄마도 어깨가 아파서 고생을 하고 있기에 엄마에게도 선물을 하고 싶단다.

이것저것 고르다 보니 95파운드가 나왔다.

그런데 이것을 자기 맘대로 가격을 정하여 50파운드에 달라고 한다.

해도 해도 너무한다.

장사를 하다 보면, 가끔 인도 사람들이 물건값을 자기들 맘대로 정한 후 흥정을 하려고 한다. 나는 이런 손님이 무척 싫어 아예 물건을 팔지 않은 적도 가끔 있다.

이 아랍 여자도 자기 맘대로 95파운드를 50파운드에 해달라고 너무나 졸라 대서 내가 75파운드까지는 해줄 수 있다고 말하며,

"나도 애가 둘이나 됩니다. 먹고살아야지요. 여기 장사하는 데도 무료가 아닙니다. 구청에 자리세를 내고 장사를 하고 있고, 제품비용, 수입비용, 세금, 창고보관료 등 나도 지불비용이 많아 75파운드 이하는 불가능합니다. 나도 힘들어요. 힘들어!"

여자는 아이들을 데리고 아무런 말도 없이 무작정 옆에 서 있다. 계속 가만히 있다. 심지어는 움직이지도 않고, 조용히 앞만 보고 서 있다.

조금 후에 내가

"75파운드 이하는 절대로 안 됩니다. 이게 얼마나 좋은 제품인 줄 아세요? 제가 설명 하나 해드릴 테니 잠깐만 들어보세요. 저희 할아버지는 94세에 돌아가셨고, 저희 외할머니는 96세에 돌아가셨습니다. 저희 어머니는 80대 중반인데, 지하철과 버스를 혼자 타고 다니시고, 지금도 손자를 돌보고 있습니다. 이분들이 왜 그렇게 건강하게 오래 사시는지 아세요?

바로 이 핫팩 덕분입니다. 이 핫팩을 어깨가 아프면 어깨에 걸치고, 배가 아프면 배에 대고, 다리가 아프면 다리에 댔기에 오래 살았던 것입니다. 이 좋은 핫팩을 어떻게 원가도 안 나오는 50파운드에 달라고 하시는 겁니까? 저도 힘들어요, 힘들어! 이것 팔아서 몇 푼이나 남는다고 95파운드를 50파운드에 달라는 겁니까?"

"저는 정말로 필요하고, 사고 싶어요. 제발 50파운드에 해 주세요!"

"안 됩니다. 50파운드에는 절대로 안 돼요!"

그래도 아랍 여자는 자리를 떠나지 않고 그대로 서 있다.

아무런 말도 없이 무작정 옆에 서 있다. 움직이지도 않고, 조용히 앞만 보고 서 있다.

나는 불안했고, 자꾸만 신경이 쓰였다. 50파운드로 안 해주겠다면 그냥 가야지, 대체 나보고 어떻게 하라고 저렇게 서 있는 걸까?

그 어떤 말을 해도 아랍 여자는 계속하여 그냥 서 있고, 아이들은 내 주위를 돌면서 뛰고 홋팩을 만지작거린다.

나는 온 신경이 그곳에 쏠려 제대로 장사를 할 수가 없어,

"손님, 75파운드 이하로는 도저히 안 되니 안 살 것 같으면 그냥 가세요. 저도 아이들이 둘이나 됩니다. 먹고살기 힘들어요. 생활이 얼마나 힘들면 이렇게 새벽부터 마켓까지 나와서 장사를 하겠어요? 저도 힘들어요. 몇 푼 남는다고 95파운드를 어떻게 50파운드에 달라는 겁니까? 그냥 가십시오!"

여자는 아무런 응답도, 대답도, 반응도 없이 그냥 옆에 서 있다. 움직이지도 않는다.

그리고 한 시간 정도가 흘렀을까?

아줌마가 그냥 아이들을 데리고 간다. 조용히 말없이 떠난다.

나는 살 것 같았다.

'세상에 무슨 저런 여자가 다 있어? 아, 힘들었네! 이게 진드기 전법과 개기기 전법인가? 아! 개기기 전법과 진드기 전법이 무섭네. 이것 정말 사람 미치게 만드는 것이네! 내가 고집이 얼마나 센데, 한 번 안 된

다면 안 되는 줄 알고 빨리 가야지. 이렇게 가려면 뭐 하러 한 시간 동안이나 기다려.'

나는 힘들었다. 정말로 신경이 쓰였다.

이 여자가 점점 무서워지기 시작했다.

그냥 말없이 떠나 버린 아랍 여자가 정말로 고마웠다.

그리고 또 한 시간이 지났을까?

저 멀리서 아까 보았던 그 아랍 여자가 아이들을 데리고 이쪽으로 오고 있는 모습을 보고 나는 너무나 놀라 뒤로 한 발짝 물러섰다. 물러서는 나의 다리가 휘청거렸다.

여기를 떠나서 한 시간 동안 아이들에게 음식도 먹이고, 화장실도 갔다가 다시 오는 모양이다.

이렇게 좁은 공간 한쪽 구석에 한 사람이 무작정 서 있으면 여러 가지로 많은 신경이 쓰인다. 그러다가 나중에는 무섭고, 두려워진다.

나는 속으로 생각했다.

'나도 배짱이 있는 놈인데, 나도 고집이 있어! 할 테면 해봐라! 와라! 누가 이기나 한번 해보자!'

다시 돌아온 여자는 아무 말없이 전에 서 있던 자리에 와서 그냥 섰다. 아무런 말도 없이 무작정 옆에 서 있다. 움직이지도 않고 조용히 앞만 보고 서 있다.

나는 여자가 있는 쪽에 눈길도 주지 않고 장사를 하였다.

'세상에, 이런 여자가 다 있어? 나도 먹고 살아야지. 자기만 애가 있나? 나도 둘이나 있는데…… 안 판다면 그냥 가야지, 다시 와서 무작정 서 있으면 일이 해결되는 것도 아니고, 돈이 없으면 안 사면 되는 걸 왜 저렇게 서 있는 거야? 불안하게…….'

고집이 있고 배짱이 있는 나지만, 신경이 쓰인다.

나는 속으로,

'저런 진드기 같은 여자 같으니라고. 개기는 것을 천성으로 타고났나? 힘들다. 참는 것이 힘들어. 아, 도무지 일에 집중을 할 수가 없고, 너무 신경이 쓰여!'

"손님! 왜 또 오셔서 그냥 무작정 서 계십니까? 그럼 제가 10파운드를 할인하여 65파운드에 드릴 테니 사 가세요. 65파운드 이하로는 도저히 안 되니 안 살 것 같으면 그냥 가세요. 그냥 가셔야지, 여기 이렇게 무작정 서 있으면 어떻게 합니까?

손님도 아이들이 둘이 되지만, 저도 아이들이 둘이나 됩니다. 먹고살기 힘들어요, 힘들어! 얼마나 힘들면 이렇게 새벽부터 나와서 마켓 장사를 하겠어요. 몇 푼 남는다고 95파운드를 어떻게 50파운드에 달라는 겁니까? 제가 65파운드까지 해드릴 테니 그냥 사세요. 저도 먹고 살아야지요. 제발 부탁하니, 65파운드에 사든지 사지 않을 거라면 그냥 가세요!"

여자는 아무런 응답도, 대답도, 반응도 없이 그냥 옆에 서 있다. 움직이지도 않는다. 그냥 조용히 가만히 서 있다.

답답한 내가

"손님! 제가 말을 하면 한마디라도 대답을 하셔야죠? 왜 또 오셔서 그냥 무작정 아무 말도 하지 않고 서 계십니까? 제가 답답합니다. 제가 65파운드까지 해드린다고 했으면 좋으면 좋다, 싫으면 싫다, 이야기를 하셔야지요. 왜 그냥 가만히 계십니까? 손님, 저도 힘들어요. 뭐라고 한 말씀이라도 하셔야지요?"

여자는 여전히 아무런 응답도, 대답도, 반응도 없이 그냥 옆에 서 있다. 움직이지도 않는다.

세상에 뭐 이런 여자가 다 있을까? 분명 95파운드의 가격을 65파운드까지 깎아 주겠다고 했는데도 아무 말도 없이 왜 이렇게 서 있는 걸까? 나는 정신이 까마득하여 몹시 답답한 마음에 짜증이 치밀어 올랐다.

"손님! 제가 말을 하면 한마디라도 대답을 하셔야죠? 제가 어떻게 해드리면 되겠어요? 답답하네, 답답해! 저도 정말 힘들어요. 저도 오늘 아침에 먹을 것이 없어서 라면Noodle을 먹고 나왔어요. 장사도 안 되고, 돈도 없고, 애는 둘이나 되고…… 뭔 말이라도 한마디 하세요. 답답해 미치겠네요!"

한 시간 조금 넘는 시간 동안 꾸욱 눌렀던 감정이 폭발하는 순간이었다.

그러나 여자는 아무런 응답도, 대답도, 반응도 없이 그냥 옆에 서 있었다. 여전히 그 어떠한 미동도 없다.

나는 내가 두려워지기 시작했다. 단 한 번도 이런 적이 없던 내가 미쳐가기 시작한 것이다.

그리고 잠시 후, 나는 힘겹게 말문을 열었다.

"손님, 그냥 50파운드에 사고 싶은 제품을 가져가세요. 제가 서비스로 Small Size 하나 더 드릴 테니 어서 사 가지고 가세요. 잘 빨리 가세요!"

나는 50파운드에 Small Size까지 하나 더 주고 아랍 여자를 보냈다.

그리고 물건을 사서 떠나는 여자의 뒷모습이 보이지 않을 때까지 그냥 멍하니 보며 그 자리에 서 있었다.

내가 졌다. 세상에 이런 일이 있나? 진드기처럼 개기는 여자에게 내가 진 것이다. 1시간 30분 만에 내가 포기를 한 걸까, 저 분이 이긴 걸까? 그래, 저 분이 이겼다.

아이들 두 명을 데리고 온 아랍 여성. 당신은 위대한 여성, 지독한 나를 이긴 여성. 앞으로 저는 당신을 정말로 존경할 것입니다. 개기기 전법과 진드기 전법을 실행한 위대한 여성입니다.

무시무시한 개기기 전법과 진드기 전법이 이렇게 무서운 것인 줄은 나도 몰랐다. 장사도 무섭고, 세상도 무섭고, 아랍 여자는 더욱더 무섭기만 하다.

좋은 일, 기쁜 일, 무서운 일 등 수많은 일이 일어나는 포토벨로 마켓. 장사꾼은 이런 일을 극복하면서 장사를 해야 한다.

3

물건을 파는 것도 재능이요, 능력이다

포토벨로 마켓에는 약 1㎞의 도로가 나 있다. 이 도로의 한쪽에서는 장사를 하고, 다른 쪽에는 장사하는 사람들의 차를 주차해 둔다. 매주 토요일이면 약 200명 이상의 사람들Traders이 물건을 팔고 있다.

1㎞ 되는 거리를 관광객들은 얼굴에 웃음을 머금고 오래된 마켓의 모습을 신기하게 느끼면서 걷는다.
어깨를 덜렁덜렁 흔들며 걷는 사람, 천천히 지나가면서 사진을 찍는 사람, 다정하게 연인처럼 걷는 사람, 천천히 구경하면서 걷는 가족, 친구끼리 여러 명이 시끄럽게 떠들면서 지나가는 사람들까지.
이런 사람들을 붙잡아서 또는 말을 걸어서 물건을 팔아야 하기 때문에 물건을 판다는 것은 그리 간단한 문제가 아니요, 어려운 일이기도 하다.

여기에서 유일하게 나는 홋팩을 판매하고 있다.

지나가는 한국 사람들 중에는

'와! 홋팩이다!'라며 놀라는 사람도 있고,

'흥, 몇 개나 팔린다고!'

'쯧쯧, 추운데 불쌍하게 길거리에서…….'

'팔게 없어서 저런 걸 팔다니, 쯧쯧!'

'아이구, 집에서 좀 쉬지! 몇 푼이나 번다고…….'

'쯧쯧, 얼마나 할 일이 없으면 길거리 장사나 하고!'

'한국에서 20여 년 전에 한물 간 제품을 가지고 뭘 하겠다고!'

'오죽 할 일이 없으면 영국에까지 와서 길거리 장사나 하고 있고!'

불쌍하게 보는 듯한 사람도 많이 보았다.

이 홋팩을 판매하면서

영국 금발 아가씨,

러시아 금발 미녀,

잘생긴 이탈리아 남자,

잘생긴 프랑스 남자,

키가 호리호리한 미국 남자,

성격이 명랑한 이탈리아 여자,

얼굴이 예쁜 일본 여자,

나이가 많은 필리핀 남자,

여러 명의 몽고 여자들,

키가 큰 터키 아가씨,

한국사람으로는

영어를 아주 잘한다는 여자,

영국에서 명문대를 다닌다는 남자,

몸매가 좋고 미모가 뛰어난 여자,

유명 명문 대학 출신의 여자,

학교 다닐 때 수학을 잘했다는 여자,

서울 명문대 재학생의 남자,

지방 명문대 재학생의 남자,

얼굴이 아주 잘생긴 남자,

영국에서 오래 살았다는 여자 등

다양한 사람들과 함께 물건을 팔았다.

시간당 임금을 주고 물건을 판매하는 일을 시켰다.

물건을 파는데 재능과 능력이 있는 사람을 찾는 것이다.

함께 일을 하다 보면 재능이 있는 사람이 있다.

물건을 파는 재능과 능력이 있는 사람이 있다.

인간에게는 누구나 한 가지씩의 재능이 있는 모양이다.

재능과 능력이 있는 사람을 찾기 위해 나는 수많은 사람들에게 시간당 임금을 지불하면서 홋팩 파는 일을 시켜 보았다.

어느 분이 조언하기를,

"어차피 외국 관광객들에게 판매를 하니 영어를 잘하는 영국인을 고용해 보지 그래요. 그럼 영어가 잘 통하여 잘 팔릴 텐데요?"

영어를 잘하는 영국인? 영어가 잘 통하는 영국인?
그래서 얼굴이 예쁜 금발의 영국인도 고용하여 일을 시켜 보았다.

아내와 함께 홋팩을 파는데, 아내가
"여보! 당신 같은 사람 세 사람만 있으면 우리 부자 되겠다!"
"왜?"
"당신은 정말로 잘 팔아. 당신은 정말로 힘이 넘치게 물건을 팔아. 물건을 파는데 패기가 넘쳐나! 손님을 웃겼다가, 잡아당겼다가 다시 놓아 주었다가 다시 끌어당기고, 정말로 잘 팔아!" 기쁜 듯이 웃는다.
"그럼, 이렇게 새벽부터 나와서 물건을 파는데, 오는 손님을 설득하고 꼬시고 달래서 어떻게든 하나라도 사 가게끔 해야지!"
"그러고 보니 물건을 파는 것도 재능이요, 능력이네요!"
물건을 파는 것도 재능과 능력이 있다는 것이다.

나는 학교 다닐 때, 수학을 못했다. 수학을 정말로 못했다.
그래서 수학을 잘하는 사람들이 부러웠고, 어떻게 하면 수학을 잘할 수 있을까 고민도 많이 했다. 수학을 잘하고 싶었지만 내 뜻대로 되지 않았다. 그리고 수학으로 인하여 많은 스트레스를 받았다.
수학도 못하고, 운동도 못하고, 그림도 못 그리고, 더구나 음악은 완전히 깡통이었고, 달리기까지 못했던 나였지만, 모든 사람에게는 한 가지씩 재능과 능력이 있다고, 신은 나에게 물건을 파는 능력을 준 것 같다.
물건 파는 능력!

사람들은 살면서 보면 각기 다른 재능과 능력을 보인다.

어떤 사람은 수학을 잘한다. 수학을 잘하는 사람은 수학 문제만 보아도 답이 나온다고 한다.

어떤 사람은 축구를 잘한다. 축구를 잘하는 사람은 살짝만 차도 골인이 된다.

어떤 사람은 달리기를 잘한다. 달리기를 잘하는 사람은 맨발로 뛰어도 1등을 한다.

어떤 사람을 그림을 잘 그린다. 그림을 잘 그리는 사람은 왼손으로 그림을 그려도 빛이 난다.

어떤 사람은 술을 잘 마신다. 술을 잘 마시는 사람은 밤새 마셔도 가장 먼저 출근한다.

이런 모든 것이 타고난 재능이요, 능력인 것 같다.

그럼 재능과 능력이 물건을 파는 것에도 적용되는가?

지금까지 세계 각국의 여러 나라 사람들과 홋팩을 판매해 보았지만, 그중 잘 파는 사람은 딱 세 명뿐이었다.

첫 번째 사람은 나(글쓴이)다.

나는 잘 판다. 악착같이 판다. 일단 무조건 끊임없이 소리를 지른다. 손님의 신체와 성격을 순간적으로 알아챈 후, 거기에 맞추어 설명한다. 급하면 제품을 아름답고 고급스러운 언어로 조금은 과대포장을 해서라도 물건을 판다. 물건을 팔면서도 이 제품은 굉장히 좋은 제품이니, 친구나 주위 사람들에게 소개 좀 해달라고 사정한다.

지금 당장 못 사면 홈페이지를 통하여 온라인으로 구매하라고 전단지라도 한 장 쥐어서 보낸다(나중에 인터넷으로 구매를 하는 손님들이 생각보다 꽤 많다). 일단은 손님만 오면 끝없이 끊임없이 악착같이 매달려 설명을 하여 물건을 판다.

두 번째 사람은 한국 아가씨였던 민혜 씨다. 민혜 씨는 나와 6개월 동안 함께 홋팩을 팔았다.

민혜 씨는 손님이 그냥 가려고 하면 "하나만 사 주세요! 제발 하나만 사 주세요! 저는 일당을 받지 않고, 파는 만큼 커미션을 받고 있어요. 커미션 때문에 팔아야 하니 하나만 사 주세요! 이것을 못 팔면 오늘 일당을 벌지 못해요. 하나만 사 주세요." 하면서 간청을 하면 손님들이 홋팩을 사 간다.

좌우간 무조건 끈질기게 매달린 사람이 바로 민혜 씨요, 무작정 사정하는 것이 바로 민혜 씨의 장점이었다. 인간 세계는 참으로 오묘하여 이렇게 무조건 끊임없이 매달리면 팔린다.

세 번째 사람은 영국계 필리핀 사람 데니였다. 데니는 나이도 많고, 키도 아주 작고, 깡마른 체구였는데, 인간에게는 재능이 하나씩 있다더니 정말로 물건을 잘 팔았다. 그는 아주 어릴 때 영국으로 온 후, 영국에서 교육을 받아 이태리어와 스페인어를 약간 구사할 줄 안다.

홋팩은 이탈리아 사람들과 스페인 사람들이 많이 구입을 해 가기에 데니는 아주 중요한 역할을 했다. 데니에게는 물건을 살까 말까 고민하는 손님들을 확 끌어당기는 힘이 있었다.

이처럼 홋팩을 잘 팔려면 손님이 갈등을 할 때, 순간적으로 고민을 할 때, 살까 말까 망설일 때, 확 잡아당기는 능력이 있어야 한다. 이것은 재능이요, 능력이다. 나, 민혜 씨, 데니는 모두 이러한 능력을 가지고 있다.

핫팩은 영어를 잘하는 영국 사람이라고 잘 파는 것이 아니고, 금발의 여자라고 잘 파는 것도 아니다.

가장 중요한 것은 재능과 능력이다. 손님이 망설일 때 확 끌어당기는 힘이 있어야 하고, 손님이 물건값을 깎아 달라고 할 때, 할인 없이 정가 그대로 물건을 팔 줄 알아야 한다.

핫팩 때문에 한국에 있는 공장을 방문하였을 때, 공장 사장님이
"이 핫팩제품이 한국에서는 약 20년 전에 잠깐 1년 정도 유행을 한 적이 있습니다. 그런데 사람들이 사용 후 끓는 물에 다시 삶는 것이 귀찮아서 사용을 하지 않다가 1회용 핫팩이 나와서 지금까지 유행을 하고 있습니다. 영국에서는 물을 끓여서 삶아야 하는 핫팩이 왜 팔리는지요?"
"그것은 파는 사람의 기술과 능력에 달려 있습니다. 경제적으로 여유가 있고, 돈을 잘 쓰는 미국 사람이나 호주 사람들과 달리 영국이나 유럽 사람들은 근검절약정신이 강하여 참으로 구두쇠입니다. 이 사람들이 얼마나 돈을 귀하게 여기는지는 물건을 팔아 보면 알 수 있습니다. 그들은 정말로 구두쇠입니다. 이런 사람들에게 핫팩을 판매한다는 것은 믿기지 않겠지만 정말로 끝없이, 또 끊임

마켓에 몰려오는 사람들, 이렇게 편안하게 걸어다니는 사람들을 붙들고 물건을 판다는 것은 능력과 재능이 없으면 쉽지 않다.

없이 매달리지 않으면 안 됩니다."

그렇다. 영국인은 근검절약이 철두철미하게 강한 구두쇠이지만, 영국인들의 장점은 물건을 살 때는 가격을 깎지 않는다는 점이다. 가격을 할인하려는 시도조차 하지 않고 돈을 지불한다. 이런 면에서는 장사가 편한 장점이 있다.

어느 날 오후, 영국 할머니가 가쁜 숨을 몰아쉬며 힘겹게 걸어가고 있었다.

나는 지나가는 할머니는 불러서

"할머니! 여기 좋은 제품이 있는데, 한 번 보실래요?"

"뭔데? 나는 늙어서 살 날도 얼마 남지 않았어!"

"할머니, 이것 보세요. 금세 따뜻해지는 제품이 있어요!"

"나는 늙어서 필요한 것도 없어!"

"할머니, 그래도 이것만은 꼭 보셔야 합니다. 얼마나 좋은 건데요!"

내가 '똑딱' 하며 핫팩이 따뜻하게 번지는 모습을 보여 주자, 할머니의 얼굴에 놀라움이 번졌다.

"아니! 이렇게 좋은 제품이 왜 이제야 나왔어? 좋은 기술은 영국이 항상 마지막으로 나온다니까!"

"할머니, 이것 건강에 참 좋습니다. 피곤하실 때, 어깨가 결릴 때, 이것을 사용하시면 아주 좋습니다. 어깨에 걸칠 수 있는 Neck Size가 35파운드밖에 안 합니다. 35파운드를 투자하시면 3년에서 5년 동안 사용할 수 있어요."

"난 돈이 없어. 연금으로 겨우 생활하는데 무슨 돈이 있겠어!"

"할머니, 그래도 이게 영국에서 최고로 좋은 제품인데요!"
"난 늙어서 온몸을 감쌀 수 있는 홋팩 옷이 필요해!"
라고 말하며 그냥 가려는 것을 내가 다시 붙잡아
"할머니, 제가 설명 하나 해드릴 테니 잠깐만 들어보세요. 저희 할아버지는 94세에 돌아가셨고, 저희 외할머니는 96세에 돌아가셨습니다. 저희 어머니는 80대 중반인데 지금도 손자를 돌보고 있습니다. 그러면 이분들이 왜 그렇게 오래 사신지 아세요? 바로 이 홋팩 덕분입니다. 이 홋팩을 어깨가 아프면 어깨에 걸치고, 배가 아프면 배에 대고, 다리가 아프면 다리에 댔기 때문에 아픈 곳 없이 오래 사셨던 것입니다. 할머니 오래 사셔야지요?"
약간 고민하는 표정을 지으신 할머니는 꼬깃꼬깃한 종이돈을 꺼내면서
"하나 줘! 자, 여기 35파운드."

포토벨로 마켓은 토요일이면 어김없이 이렇게 많은 사람들이 몰려든다. 발 디딜 틈이 없을 정도의 사람들로 인산인해를 이루고, 사람에 밀려서 나도 모르게 앞으로 나가야 된다. 날씨가 좋은 날에는 수십만 명의 사람들이 몰려드는데, 희한한 계산법이지만, 우리는 1만 명 중에서 1명만 물건을 사가도 돈을 벌 수 있다. 이런 사람들을 설득하고, 달래고, 설명을 하여 물건을 팔아야 하는데, 간단해 보여도 생각처럼 쉽지 않다.

20대 중반의 커플처럼 보이는 남녀가 가장 비싼 35파운드의 Neck Size를 보면서 약 30분 동안 자리를 뜨지 못하고 망설이고 있다. 물건을 사자니 돈의 여유가 없고, 물건을 안 사자니 아깝고, 아빠에게 선물을 하나 해야 하는데 홧팩이 이상적인 선물일 것 같고…… 살까 말까 망설이는 것이 눈에 보인다.

나는 바쁜 와중에서도 그 손님들을 옆으로 불렀다.

"어느 나라에서 왔나요?"

"프랑스에서 왔어요."

"아하, 부모님께 선물을 하려고 하는데 망설이고 있군요?"

"네, 살까 말까 고민을 하고 있습니다. A/S도 보장 받을 수 없고요?"

"저희는 1년간 보장을 합니다. 이 제품은 영국에서 최고로 좋은 제품인데, 오직 저희만 판매하고 있습니다. 켄싱통 첼시 구청에서 관리하는 포토벨로 마켓 사무실에서 판매허가를 받아 판매를 하기에 저희를 믿어도 됩니다. 1년 이내에 제품에 이상이 있으면 연락하세요. 저희가 다 책임지고 처리해 드립니다."

나의 말이 끝나자마자 여자가 남자를 끌어당기면서 그냥 가자는 시늉을 한다.

하나라도 팔아야 되기에 너무나 놀란 내가 급히

"손님, 잠깐만요. 제가 설명 하나 드리지요. 저희 할아버지는 94세에 돌아가셨고, 저희 외할머니는 96세에 돌아가셨습니다. 저희 어머니는 80대 중반인데 지하철과 버스를 혼자서 타고 다니시고, 지금도 손자를 돌보고 있습니다. 그러면 이분들이 왜 그렇게 건강하게 오래 사신지 아세요? 바로 이 홧팩 덕분입니다. 이 홧팩을 어깨가 아프면 어깨에 걸치고, 배가 아프면 배에 대고, 다리가 아프면 다리에 댔기에 오래 살았던 것입니다.

부모에게 효도하기에는 이 핫팩이 최고로 좋습니다. 받는 분도 즐겁고, 선물을 주는 손님도 기분이 좋고, 이 길고 긴 포토벨로 마켓에서 저희밖에 판매하지 않습니다. 영국에서 최고로 좋은 제품을 제가 직수입하여 판매를 하고 있습니다. 선물로 참 좋습니다."

"얼마입니까?"

"아, 방금 전에 말씀드렸다시피 이 사이즈는 35파운드입니다."

"비싼데요?"

"비싼 것이 아닙니다. 부모님을 장수하게 만드는 제품인데, 효도로는 이 제품이 최고예요, 최고! 자, 자동차를 보세요. BMW 그리고 메세디츠 벤츠 자동차가 비싸지요. 그렇지만 품질은 최고입니다. 그러기에 사람들이 BMW 그리고 메세디츠 벤츠를 선호하는 거죠. 이렇게 좋은 핫팩 제품을 비싸다고 하면 안 되지요. 품질 좋은 제품을 선물해야 받는 사람도 감격합니다."

"저희가 하나씩 구입할 테니 두 개를 주세요."

"70파운드를 주세요. 여기 보증서도 드리니, 혹시 제품에 무슨 일이 있으면 연락을 주세요. 전화는 못 받을 때도 있으니 가능하면 이메일로 연락을 주세요. 저희가 책임지고 모든 것을 처리하여 드리겠습니다."

여행 차림의 아빠와 10대 중반의 아들이 함께 지나가는 것을 내가 정말 좋은 제품이 있다며 불러 세웠다.

얼굴을 보니 우즈베키스탄 혹은 아프가니스탄 근처의 나라에서 온 것

같아 보였다. 내가 Small Size를 보여 주면서

"손님, 종종 허리가 아프시죠?(인간은 누구나 나이가 들고, 뚱뚱해지면 허리부터 아프기 시작하기 때문이다)"

"내 허리가 가끔 아픈 줄 어떻게 알았나요?"

"허리가 아프면 엄청 심한 통증이 옵니다. 경험을 해보지 않은 사람은 모릅니다. 이 제품은 허리 아픈데 굉장히 효과적입니다. 내가 팔고 있지만 나도 믿기지 않을 만큼 좋습니다. 기적이 일어납니다."

그는 호감을 보이더니 가격을 물어본다.

"작은 것은 8파운드(Small Size는 처음에는 개당 10파운드, 다음은 8파운드, 그리고 7파운드에 팔다가 지금은 5파운드에 팔고 있다), 허리가 아픈 것은 벨트 포함 세트로 45파운드 입니다. 인터넷으로 50파운드이지만 오늘 특별히 '프로모션데이'라서 45파운드에 드립니다."

"아! 비싸네!"

"비싸지가 않습니다. 제품을 보고 말씀하셔야지요. 3~5년을 사용할 수 있고, 1년간 품질보장을 해주는데요!"

"비싸요!"

우즈베키스탄 근처의 나라에서 45파운드면 꽤 큰 금액이라는 것을 나도 안다.

전 세계에서 영국으로 오는 관광객 중에는 부자들이 많다. 영국은 돈이 없으면 좀처럼 올 수 없는 나라이기에 우즈베키스탄 근처의 나라에서 런던 포토벨로 마켓까지 관광을 왔다는 것은 그만큼 경제력이 있다는 것이다.

손님은 고민을 하기 시작한다.

많은 손님들이 이렇게 고민을 한다. 고민을 하다가 그냥 가는 사람도 있고, 물건을 구매하는 사람도 있다. 그냥 가는 사람은 다시는 되돌아오지 않기에 물건을 팔 수 없다.

이렇게 고민하는 손님을 놔두고, 다른 손님과 잠깐 이야기하는 사이에 이 손님이 아래쪽으로 발걸음을 옮긴다.

나는 재빨리 뛰어가서

"손님, 그냥 가시나요? 제가 10초만 설명을 해드릴게요. 아주 짧습니다. 10초면 됩니다.

저희 할아버지는 94세에 돌아가셨고, 저희 외할머니는 96세에 돌아가셨습니다. 저희 어머니는 80대 중반인데 지하철과 버스를 혼자서 타고 다니시고, 지금까지도 손자를 돌보고 있습니다. 그러면 이분들이 왜 그렇게 건강하게 오래 사신지 아세요? 바로 이 핫팩 덕분입니다. 이 핫팩을 어깨가 아프면 어깨에 걸치고, 배가 아프면 배에 대고, 다리가 아프면 다리에 댔기 때문에 오래 살았던 것입니다. 이것이 바로 장수제품입니다."

장수제품?

인간은 누구나 오래 살고 싶어 한다. 이 세상의 모든 인간은 자신의 건강에 관해서는 돈을 아끼지 않는다.

손님은 마켓 부스 있는 쪽으로 올라와서

"물건을 두 세트 주세요. 우리 형님도 하나 선물로 주게!"

60세가 넘어 보이는 인도, 파키스탄인으로 보이는 부부 손님에게 핫팩의 우수성을 몇 분 동안이나 설명을 했는데도 가격을 물어보더니 비

싸다는 듯이 고개만 흔들고 있다. 너무나 답답한 나머지,

"제가 하나만 설명하여 드리지요. 저희 할아버지는 94세에 돌아가셨고, 저희 외할머니는 96세에 돌아가셨습니다. 저희 어머니는 80대 중반인데 지하철과 버스를 혼자서 타고 다니시고, 지금도 손자를 돌보고 있습니다. 그러면 이분들이 왜 그렇게 오래 사신지 아세요? 바로 이 핫팩 덕분입니다. 이 핫팩을 어깨가 아프면 어깨에 걸치고, 배가 아프면 배에 대고, 다리가 아프면 다리에 댔기 때문에 오래 사셨던 것입니다. 이것이 바로 장수제품입니다."

하지만 여전히 손님은 고개만 흔들고 있다.

물건값은 비싸다. 나도 알고 있다. 좀 비싸게 팔아야 나도 이익이 남는다. 핫팩의 우수성을 떠나서 물건값이 비싸기 때문에 손님들은 살까 말까 항상 망설인다. 망설이다가 그냥 가는 손님도 있고, 작은 것 하나만 사 가는 손님들도 있다. 이렇게 망설이는 손님들에게는 여러 가지 이야기를 하여 어떻게든 팔아야 한다(나는 부인의 얼굴을 보며, 부인에게 설명을 하였다).

"손님, 제 나이가 50대 중반입니다."

"아니, 물건을 파는 당신은 40대 초중반으로 보이는데요?"

"왜 제가 젊게 보이는 줄 아세요? 바로 이 핫팩 덕분입니다. 저는 집에서 TV를 보면서도 이 핫팩을 어깨에 걸치고, 자면서도 껴안고 잠을 자고, 컴퓨터를 하면서도 핫팩을 다리에 얹고 하고, 생활을 하면서 항상 이 핫팩과 더불어 생활합니다. 그래서 젊게 보이는 것입니다. 핫팩은 참으로 건강에 좋은 제품이지요. 더 좋은 것은 온 가족이 함께 이용할 수 있다는 것이지요. 제가 설명을 많이 해드렸으니 10%를 할인하

여 드리지요."

동양사람이나 서양사람이나 가장 원하는 것이 오래 사는 것이요, 젊게 보이는 것이다.

부인이 지갑을 꺼내면서 물건을 구입한다.

물건을 팔면서 보면, 동서양에 상관없이 남자가 물건을 사려고 할 경우 부인이 반대하면 물건을 사지 못하지만, 부인이 원하면 남자는 거절을 못한다.

인도, 파키스탄, 중동 그리고 아프리카 사람들은 남자나 여자나 뚱뚱한 사람들이 많다.

인간이 뚱뚱하면 가장 먼저 허리가 아프고, 다음은 무거운 체중을 지탱해야 하기 때문에 무릎이 아프고, 다음은 두통이 오고, 다음은 쉽게 피곤해지는 것이 일반적이다.

얼굴에 실크 스카프를 두른 아랍 여자가 지나가는 것을 내가 좋은 제품이 있다며 불러 세웠다.

"여기 허리나 무릎 통증, 두통을 없애 주는 기가 막힌 제품, 기적과 같은 제품이 여기 있습니다. 이렇게 어깨, 허리에 두르면 피곤하지도 않습니다."

"이 제품 안에 뭐가 들어 있나요?"

"이 제품 안에는 물, 비네가, 소듐 그리고 소금이 가득 들어 있어서

포토벨로 마켓을 지나가는 버스의 모습

인체에 전혀 해롭지 않습니다. 동양에서는 예로부터 소금은 만병통치약으로 불리고 있습니다. 이 좋은 소금을 간접적으로 몸에 접촉시켜서 고통을 없애 주는 것입니다. 가격은 5파운드부터 35파운드까지 있으며, 세트 가격은 125파운드, 아이마스크는 별도로 10파운드입니다."

"이 제품이 정말로 효과가 있나요?"

"손님, 허리가 종종 아프시죠? 가끔은 무릎도 아프시고요? 제가 설명 하나 해드리지요. 제가 허리가 아파서 이틀 동안 움직이지를 못했는데 이것을 사용한 후, 이틀 후에 기적처럼 통증이 없어졌습니다. 제가 직접 경험한 것입니다. 허리가 아프면 그 고통이 얼마나 심한지 아시지요? 아파서 움직일 수가 없습니다. 그런데 이 홋팩이 그 통증을 없애 주었습니다. 나도 놀랐습니다. 기적이 일어난 것입니다.

기적은 하늘에서만 일어나는 것이 아니라, 이렇게 믿기지 않는 홋팩에서도 일어납니다. 기적이 일어나는 홋팩, 영국에서 최고로 좋은 제품, 남녀공용 사용가능한 제품, 여성분들의 생리통에도 아주 좋습니다! 이렇게 좋은 제품을 여기 마켓에서는 인터넷 온라인보다 20%를 할인하여 판매하고 있습니다."

"세트로 하나 주세요!"

아랍 사람들은 돈이 많다.

돈이 많은 사람들은 비싸고 싼 것에 대해 그다지 신경을 쓰지 않는다.

그리고 이분은 다음 주에 친구까지 데리고 와서 왕창 사 갔다.

나는 홋팩을 포토벨로 마켓뿐만이 아니고, 얼스코트 전시장에서 Ideal Home Show, Vitialty Show 그리고 스코틀랜드 글라스고우에서도 팔

허리에 벨트를 메고, 어깨에 Neck Size를 걸치고, 안경을 쓰고 손님을 부른다. 손님을 모아야 한다. 물건을 팔아야 한다. 그리고 말한다. "날이면 날마다 파는 것이 아닙니다. 아무 곳에서나 파는 것이 아닙니다. 오늘 못 사면 기회가 없습니다. 자! 오세요. 한국의 첨단기술로 만든 핫팩! 만성피로, 혈액순환, 허리통증, 요통, 두통, 편두통, 생리통, 관절염, 피부통증, 근육통증, 어깨가 아픈 사람이 있으면 이리로 오세요. 여기 기적 같은 제품이 있습니다."

았다.

이런 쇼들은 부스 비용이 아주 비싸다. 예를들어 Vitialty Show의 경우는 4일 행사에 전기세와 세금을 포함하여 2800파운드를 지불하였다. 여기에 1일 인건비가 약 200파운드로, 4일 동안 순수한 지불 비용만 약 3600파운드가 소요된다. 이런 행사에서 잘못하면 적자를 볼 가능성이 많다. 그렇지만 우리는 한 번도 적자를 보지 않았다.

적자를 보지 않으려면, 누군가가 바람잡이 역할을 해야 한다. 누군가가 소리를 지르면서 방문객들의 이목을 끌어야 하고, 누군가가 손님들을 부르고 끌어당겨서 핫팩을 볼 수 있도록 유도해야 한다.

그게 바로 나다. 내가 핫팩을 허리에 차고, 핫팩을 어깨에 걸치고, 핫팩 마스크를 쓰고, 손님들의 시선을 끈다.

"통증을 완화해 주는, 절대 알레르기가 발생하지 않는 무독성 제품, 생리통, 요통, 두통, 관절염, 근육통에 기가 막히게 좋은 제품이 여기 있습니다.”

손님들이 몰려든다. 할아버지, 할머니, 인도 사람, 아프리카 사람, 파키스탄 사람, 중동 사람할 것 없이 사람들이 몰려들면, 나는 일하는 사람들에게 설명하여 판매하라고 손님들을 배당한다.

물건을 파는 것도 재능이요, 능력이다.

장사를 하다 보면 물건을 파는 것도 중요하지만, 더 중요한 것은 물건값을 깎아 주지 않는 것이다. 물건을 제값대로 다 받는 것도 일종이 중요한 기술이요, 재능이고, 능력이다.

영국 사람들은 근검절약정신이 투철하여 잘 구매를 하지 않지만, 구매할 때는 가격흥정을 하지 않고 구매를 한다. 이런 사람을 제외한 대부분의 사람들은 어떻게든 한 푼이라도 깎으려고 악착같이 매달린다.

이래서 파는 것보다 더 중요한 것, 더 고급적인 기술이 바로 물건값을 안 깎아 주고 파는 것이다.

마켓 장사는 백화점처럼 정가제도 아니고, 가격이 붙어 있는 것도 아니고, 예쁜 아가씨가 정복을 입고 파는 것도 아니기에 손님들은 악착같이 한 푼이라도 깎으려고 한다.

어떤 때는 한 푼의 동전으로 인하여 실랑이는 벌이는 경우도 종종 있다. 예를 들어 30파운드 (전에는 35파운드에 팔았다)에 팔고 있는 어깨에 걸칠 수 있는 Neck Size를 네팔에서 온 관광객이 5파운드만 깎아도 그 나라에서는 상당한 큰 금액이기에 관광객들은 악착같이 한 푼이라도 깎으려고 흥정을 한다.

우리도 가능하면 수단과 방법을 가리지 않고 제값을 받으려고 한다.

이렇게 흥정을 벌이다가 그냥 가는 사람도 있고, 우리가 안 파는 사람도 있지만, 어떻게든 설득하여 물건을 판매한다.

우리 딸애도 판매를 할 때가 있다.
이렇게 판매를 하다 보면 가격을 깎아 달라는 손님들의 끊임없는 요구에 잘 대처를 해야 한다.
딸아이는
"저는 아르바이트를 하고 있습니다. 이제 대학 가려고 이렇게 마켓에서 학비를 벌기 위해 일을 하고 있어요. 제가 깎아 주면 여기 사장님이 깎아 주는 만큼 제 일당에서 공제를 하기 때문에 전 깎아 줄 수가 없어요! 저도 힘들어요!"
라고 말을 하면 물건값을 깎지 않고 사 간다고 한다.
그래서 딸아이에게 말했다.
"너에게도 물건을 파는 재능과 능력이 있다!"

손님 중에서도 인도, 파키스탄 사람들은 무조건 깎으려고 하는데, 이런 경우에는 나도
"여기 부스를 빌리는데, 이렇게 작은 공간을 오늘 하루 비용으로 45파운드를 지불합니다. 부스 비용에 원가, 수입운반비용, 통관비용, 창고저장비용을 따지면 비싸지가 않지요. 그리고 나도 애가 둘이나 되는데 먹고살아야지요. 요즈음은 참으로 살기 힘듭니다!"
라고 말하면 손님(특히 인도 사람들)은
"나는 애가 넷이나 되는데 나도 먹고 살아야지!"

우리는 서로 웃는다.

"이것 정말로 남지 않는 장사인데, 손님이 애가 넷이나 된다고 하니, 제가 10%만 할인하여 드리지요. 10%입니다. 영국에서 최고로 좋은 제품을 10% 할인 받는다는 것도 쉽지 않아요."

이러면 손님은 나에게

"당신은 참으로 물건을 잘 파네. 참 기술이 좋아. 하하하!"

다시 서로 웃는다.

웃으면서 파는 장사.

웃음도 팔고, 홋팩도 팔고!

2014년 3월 8일 토요일

포토벨로 마켓 사무실에서 오전 7시 30분의 두 번째 추첨배정에서 나는 가장 먼저 자리번호 52번을 배정받았다. 자리번호 52번은 가장 좋은 자리로, Elgin Crescent와 Colville Terrace가 나누어지는 곳이며, 158a Portobello Road 바로 앞이다.

나는 자리배정을 받자마자 천막을 주문하고, 천막에 스티커를 부착하고, 물건을 정리하기 시작했다. 오늘은 물건을 잘 파는 데니와 함께 장사를 하는 날이다.

이날은 나에게 무척이나 바쁜 날이었다. 마켓과 레스토랑의 거리가 자동차로 약 15여 분밖에 걸리지 않기에 이렇게 마켓과 식당을 왔다 갔다 하면서 장사를 하는 날이 종종있다. 레스토랑에 일을 하는 직원이 나오지 않아 마켓에서 장사를 하다가 12시까지 레스토랑으로 와서 일을 한 후, 오후 3시에 다시 포토벨로 마켓으로 가서 데니와 함께 오후

자리번호 52번에 설치한 천막. 관광객들이 가장 잘 보이는 곳이며, 사람들의 시선을 끌기에 가장 좋은 곳이다.

5시 30분까지 장사를 하였다.

장사를 하면서 장소는 상당히 중요한 역할을 한다. 특히 모서리 장소는 매출과 가장 관련이 깊은 곳이다.

그런데 가장 좋은 장소인 자리번호 52번에서 물건이 팔리지 않는다. 날씨도 좋고, 오후부터는 바람도 불지 않아 최상의 조건인데도 불구하고, 가장 많이 팔려야 할 곳에서 물건이 별로 팔리지 않는다.

분명히 평상시 같으면 많이 팔려야 한다. 이렇게 좋은 장소에서 물건이 팔리지 않는 날은 무척이나 피곤하다. 흥이 나지 않는다. 아무리 시도를 해도 물건이 팔리지 않는다. 나는 '이 좋은 장소에서 왜 물건이 팔리지 않을까?' 하고 여러 가지로 생각해 보았지만, 이해되지 않았다.

이날 오후 6시부터 또다시 레스토랑에서 일을 하며 아내에게 오늘 판매부진의 고민을 설명했더니,

"이제 먹고살 만하니까, 헝그리 정신이 결여되어 그렇습니다. 홋팩은 헝그리 정신이 없으면 절대로 팔리지 않는 제품입니다. 모든 사람이 구두쇠인 영국 같은 나라에서는 헝그리 정신이 없으면 절대로 팔리지 않아요."

헝그리 정신?

헝그리 정신이 그렇게 중요하단 말인가?

이제는 나의 마음에서 헝그리 정신이 결여되었단 말인가?

물건을 파는 재능과 능력도 헝그리 정신과 관련이 있단 말인가?

마켓 장사는 자연과의 싸움이다

봄이다.

겨울이 지나고 어느 사이 봄이 찾아왔다.

봄은 점점 따뜻해지기 때문에 좋다. 그렇지만 런던은 봄이라고는 하지만, 5월 말 또는 6월에 들어서도 여전히 춥고 싸늘하다.

봄바람이 세게 분다. 햇볕은 강하다. 꽃가루가 날린다.

영국의 봄은 꽃가루와의 싸움이다. 꽃가루로 인하여 눈을 뜰 수가 없다. 눈물이 나온다. 정신이 없다.

이러한 꽃가루는 런던 포토벨로 마켓에까지 날려, 장사하는 사람들이 눈을 뜰 수가 없다. 영국의 봄은 꽃가루로 힘든데, 나처럼 길거리에서 장사하는 사람들은 꽃가루로 인하여 많은 고통을 겪는다.

관광객들은 영국의 입지전적인 자수성가 리차드 브란손경이 사업을 시작할 때 거닐었던 포토벨로 마켓, 영화 〈노팅힐〉의 촬영장소인 포토벨로 마켓을 재미있게 관광을 하면서 신이 나게 지나가지만, 장사를 하는 사람들은 꽃가루로 정신이 없다.

몸은 피곤하다, 몸이 천근만근 무겁다.

어제 저녁은 12시까지 레스토랑에서 일을 하고, 늦은 시간까지 컴퓨터에 앉아 글을 쓰고, 아침 일찍 일어나 마켓에 나오니 손님에게 제품 설명을 하면서도 꾸벅꾸벅, 정신이 몽롱하다.

생각해 보면 잠을 몇 시간 못 잔 것 같다. 함께 일을 하는 직원과 옆 동료와 함께 졸음을 쫓기 위해 카푸치노 한 잔을 마신다. 정신을 차려서 일을 시작해야 한다. 꽃가루 알레르기로 인하여 눈물이 나오려는 것도 참아야 한다.

"논톡식Non Toxic(무독성)"이라고 외친다. 이래야만 물건을 산다.

세상살이가 얼마나 힘든지 여기서 뼈저리게 느낀다. 돈 버는 것이 얼마나 힘든지 어제도 느끼고, 오늘도 느낀다.

지금까지 이탈리아, 스페인 관광객들이 우리 홋팩 제품을 많이도 사 갔는데, 요즈음에는 이탈리아와 스페인의 경기 사정이 나빠서 그런지 이쪽 관광객들이 많이 줄어서 걱정이다.

장사를 하면서도 수많은 일들이 벌어진다.

물건을 슬쩍 훔쳐가는 사람,

물건을 가지고 갑자기 도망가는 사람,

한 푼이라도 끈질기게 깎으려고 하는 사람,

물건값을 싸게 해주면 장사가 잘 되도록 신에게 기도해 주겠다는 사람,

살까 말까 30분 이상을 망설이는 사람,

지갑 안에는 돈이 엄청 많으면서도 돈이 없다고 죽는 소리를 하며 물건

겨울에 비가 내리면 해도
빨리 저문다. 오후 3시가
되었는데 마켓 장사하는
사람들은 벌써부터 불을
밝히고 장사를 하고 있다.

값을 깎는 사람.
손님들은 재미있게 친구들끼리, 가족끼리 농담을 하며 아름다운 포토
벨로 마켓을 구경하지만, 장사하는 사람들은 장사가 안 되면 깊은 시
름에 잠기고, 하나라도 더 팔려고 한눈을 팔지 않는다.

길거리 장사를 하기 위해서는 수많은 것들을 극복해야 한다. 물건값
을 깎으려고 하는 사람들보다 더 힘든 것이 바로 자연과의 싸움이다.
자연과의 싸움에서 이겨야 한다. 물건을 팔기에 앞서 봄, 여름, 가을,
겨울의 자연과의 싸움을 먼저 극복해야 한다.
봄의 꽃가루와 갑자기 내리는 비, 여름의 뜨거운 햇볕과 소나기, 가
을부터 내리기 시작하는 비와 강한 바람, 겨울의 추위, 강한 바람, 태
풍, 눈보라, 우박 그리고 빨리 저무는 해를 극복해야 한다.

여름에 홋팩을 팔고 있으면 많은 사람들이

"홋팩을 팔려면 겨울에 팔아야지, 왜 여름에 팔아요?"

바보처럼 뜨거운 홋팩을 여름에 판다고 비웃는다.

나는 바보인지도 모른다. 뜨거운 홋팩을 여름에 팔고 있는 나는 분명히 바보다.

홋팩을 겨울에 팔고 있으면 많은 사람들은 말한다.

"당신은 좋겠소. 이제 날씨가 추워져서 홋팩을 판매할 때가 되었네요!"

세상을 살다 보면 믿기지 않는 이야기가 있다.

내가 몇 년간 홋팩을 팔아 보니 홋팩은 겨울에 잘 팔리지 않고, 오히려 여름에 더 잘 팔린다. 믿을 수 없는 이야기이지만, 일단은 날씨가 추워지기 시작하면 점점 홋팩은 팔리지 않는다. 매상이 감소한다.

길거리에서 천막치고 하는 장사, 날씨가 더우면 물건을 팔기도 전에 사람이 먼저 지쳐 버린다. 비가 한 번 내리면 폭우가 쏟아지는 경우도 있다.

런던의 겨울은 춥다. 바람은 세게 부는데 바람막이도 없어 더욱 춥다. 안에는 내복을 입고, 두꺼운 신발을 신고, 빵모자를 뒤집어 써도 여전히 날씨는 춥다.

이렇게 추운 날, 나는 어린 시절 나 자신과의 맹세를 생각한다. 끝없이 끊임없이 했던 맹세, 나 자신과의 맹세가 마켓의 추위를 녹여 주고 해가 저물기 시작할 때, 주위에서 마켓 장사하는 사람들이 하나둘 떠나가도 나는 마지막까지 남아서 장사를 한다. 내가 정한 오늘 하루 목표를 달성해야 한다.

2009년 6월 27일 토요일

나는 아침 5시 30분에 일어나서 준비를 한 후, 마켓 사무실에서 6시 45분에 실시하는 첫 번째 추첨을 통하여 자리배정을 받았다.

오늘은 물건을 파는 전문가, 신이 물건 파는 능력과 재능을 내려준 세 사람이 함께 장사를 하는 날이다. 물건을 파는 전문가들은 역시 다르다. 나, 민혜 씨, 데니는 손님들을 재미있게 만든다. 핫팩을 만병통치약으로 변화시킨다. 많은 손님들이 우리와 대화하고, 웃고, 물건을 사 가고, 비가 내리고, 잠시 쉬었다가 다시 장사를 하기를 반복하였다.

오늘은 물건을 파는 전문가, 신이 물건 파는 능력과 재능을 내려준 세 사람이 장사를 하여 하루 목표액을 일찌감치 훨씬 뛰어넘었다. 이렇게 하루 목표액을 조기달성하면 마음이 편하다. 함께 일을 한 데니는 오후 4시가 되어 먼저 갔다.

나는 레스토랑에 가서 또 일을 해야 하기 때문에 오후 5시쯤에 오늘 일을 마치고 정리를 하는데, 갑자가 비가 조금씩 내리더니 5시 10분경부터는 비가 쏟아지기 시작한다. 엄청난 폭우가 우박을 동반하여 약 1시간 쏟아지는데, 앞이 잘 안 보일 지경이다.

바로 옆에 세워 둔 자동차에 민혜 씨와 함께 들어가서 비가 멈추기를 기다렸다. 비는 내리는 것이 아니고 쏟아붓는다. 우박도 함께 동반하여 무섭게도 자동차 위로 떨어지고, 많이도 다니던 관광객들은 다 어디로 갔는지 한 명도 보이지 않는다.

레스토랑에서는 오늘 예약이 많이 들어왔고, 배달도 있으니 빨리 오라고 전화가 방방 오고, 폭우가 우박과 함께 정신없이 무섭게 쏟아졌다. 민혜 씨도 걱정스러운 듯이 우박을 동반하여 내리는 폭우를 바라보고 있다.

비가 내리면 많은 생각이 나를 덮친다.

이런 길거리 장사 외에 더 좋은 돈벌이는 없을까? 무슨 일을 해야 돈을 벌 수 있을까? 내가 영국에 도착하여 내 스스로 만든 나의 꿈(인생 목표)은 제대로 진행되어 가고 있는가? 나는 나의 인생을 제대로 살아가고 있는 걸까?

오후 6시가 넘어서 비가 약간 멈춘 틈을 이용하여 내가 후다닥 짐을 차 안으로 옮기는데도 비를 흠뻑 맞았다.

자동차를 타고 오면서 돌아가신 아버지, 어린 시절 나의 손을 잡고 눈물을 흘리신 아버지에게 기도를 한다.

장사의 가장 기초라고 할 수 있는 것이 바로 옷이다. 옷은 가장 많은 사람들이 팔고, 가장 많이 팔리는 제품 중의 하나다. 옷은 자연의 변화에 민감한 제품으로, 날씨에 따라서 많이 달라지는 제품이다. 비가 오면 비를 맞히면 안 되기에 튼튼한 천막을 치고 비닐로 덮은 후, 옷을 정리하여 걸어 놓아야 한다. 이를 운반하기 위해서는 제법 큰 차가 필요하다.

'내일은 일요일. 또 다른 시장인 스피탈필드올드마켓Spitalfield Old Market 으로 물건을 팔러 가야 합니다. 시장에서 하는 장사는 참으로 인생이란 무엇인지, 많은 것을 느끼게 합니다. 사는 것이 무엇인지요? 우리 아이들에게는 가난을 물려주지 말자던 나 자신과의 맹세, 런던에서 내가 정한 나의 꿈(인생목표)인 노래방Karaoke은 이루어지고 있는지요? 그 어린 시절, 나 자신과 끊임없이 했던 맹세를 지키려면 더 열심히 일해야 합니다. 이렇게 열심히 일을 하다 보면 언젠가는 또 다른 인생의 기회가 반드시 온다는 것을 저는 믿습니다. 이것이 이루어질 수 있도록 아버지가 도와주셔야 합니다!'

2010년 2월 6일 토요일
금요일 저녁에 아내가 내게 걱정스러운 표정으로 말했다.
"내일 비도 올 것 같고, 게다가 춥다고 하니 마켓 장사하러 가지 말아요!"
금요일 저녁 식당 일을 마치고 잠깐 컴퓨터로 글을 썼더니 어느덧 새벽 2시가 다 되었다.
토요일 오전 5시 40분에 눈을 떴다. 겨우 3시간 넘게 잠을 잤더니 몸이 천근만근 무겁다.
비도 온다는데 오늘 하루 쉴까? 아니야, 장사를 나가야지. 마음속으로 쉴까 말까를 수십 번 고민하다가 벌떡 일어났다. 그래, 그 어린 시절 나 자신과의 끊임없이 했던 맹세를 생각하면 장사를 하러 가야지!
이른 아침에 마켓 사무실에 도착해서 하늘을 보니, 시커먼 먹구름은 금세라도 비가 내릴 것 같고, 하루 종일 많은 비가 내릴 것 같았다.

장소가 아주 좋은 자리번호 134번, 다리 아래쪽으로 배정이 되어서 일단은 천막을 예약하고, 일하는 사람들에게 몇 시까지 오라고 문자로 메시지를 보냈다. 일부 물건을 내려놓고, 자동차 안에서 따뜻한 차 한 잔으로 추위를 달래기 시작했다.

그리고 목도리를 파는 동료, 옷을 파는 동료, 모자를 파는 동료와 이야기를 나누었다. 목도리를 파는 동료는 한국인 여자들이 물건을 많이 사 간다고 한다. 한국 여자 관광객들이 물건을 많이 사 가는 모양이다. 모자를 파는 동료는 이렇게 추운 겨울에 장사가 잘되어 좋단다. 형제가 나와서 모자를 팔며 사이좋게 장사를 한다.

아버지와 아들이 함께 장사를 하는 곳도 있다. 다른 마켓에서 장사를 하던 사람이 내가 여기 포토벨로 마켓이 좋다고 추천을 하여 여기서 아버지와 아들이 장사를 하는 사람도 있다.

나도 추위를 달래면서 왔다 갔다 하며 일을 하고 있는데, 오후 2시쯤 잘 알고 지내는 최 사장이 오셨다. 런던에서 여러 가지 사업을 하는 분인데, 이렇게 추운 날 오셔서 약 30분을 커피숍에서 이야기를 하였다. 날씨가 추워서 그런지 커피숍 안에는 많은 사람들로 인산인해를 이루고 있었다.

최 사장은 커피를 한 잔 한 후, 포토벨로 시장을 한 바퀴 둘러보고 온다면서 나중에 다시 돌아와서는

"여기에서 약 2시간 동안 돌아다녔는데 엄청 춥네요. 아! 추워!"

하고 말했다. 그 이야기를 들은 내가

"난 아침 6시 30분부터 나와서 있는데 뭘 춥다고 하세요. 지금은 오후 시간이라서 그렇게 춥지 않은데요!"

이날은 엄청 추웠다. 이렇게 추운 날 길거리에서 장사를 한다는 것은 보통 일이 아니다.

나의 바로 옆에서 영국 여자가 캐시미어 목도리를 팔고 있었는데, 목도리로 온 머리와 목을 칭칭 감았다. 이렇게 하지 않으면 추워서 견딜 수 없기 때문이다.

장소가 아주 좋은 자리번호 134번이었는데도 날씨가 추우니 사람들이 주머니에서 손을 꺼내질 않아 별로 재미를 못 보았다. 겨울에는 이렇게 장사하기가 힘들고, 물건도 잘 팔리지 않는다.

2010년 12월 18일 토요일

포토벨로 마켓에서 장사를 하는데, 오전 10시 30분경부터 눈이 쏟아지기 시작하더니, 갑자기 폭설이 내렸다. 눈이 내리자 사람들도 별로 다니지 않고, 눈은 금세 엄청 쌓였다.

11시가 좀 지나자 내 옆에서 아주 저렴하게 옷을 파는 영국 할아버지가 주섬주섬 옷을 담는 것을 보고 내가 조금은 놀라는 표정으로

"벌써 집으로 가시려고요?"

"오늘 요크York로 가야 돼요. 눈도 오니 동생을 만나러 가려고."

"요크는 아주 먼 곳인데 이렇게 눈이 많이 와서 괜찮겠어요?"

그러자 그는 웃으면서 대답했다.

"거리가 멀어도 난 가야해요. 동생이 보고 싶어!"

내 옆에 있는 터키 출신의 젊은 사람도 옷을 파는데, 물건을 더 팔아보자며 손님이 오기를 기다린다.

정말로 엄청난 눈이 내린다. 장사를 하면서 이렇게 눈이 내리기는 처

음이다. 12시가 넘어서니 장사하는 사람들도 한 명 한 명 정리하고는 자리를 뜬다.

나는 걱정이 되었다. 오늘 내가 계획한 판매 목표액이 있다. 나는 그 목표액을 달성해야 한다. 그런데 발도 시리고, 살을 에는 추위에 너무나도 힘이 든다. 그래도 버텨야 한다. 이렇게 눈이 내리는 날이면 많은 것들이 생각난다.

내가 태어나서 성장한 바닷가 마을도 생각나고, 배가 고프던 어린 시절도 생각나고, 얻어맞으면서 끊임없이 했던 나 자신과의 맹세도 생각나고, 루마니아의 수도 부카레스트를 방문했을 때 정말 많이 내렸던 눈도 생각난다. 영주권을 받았을 때의 기쁨, 영국에서 꿈을 꾼 지 15년 만에 기적적으로 시작한 레스토랑도 생각난다. 소송과 사기를 당하고 부도가 나서 눈물을 흘리던 아내의 모습도 생각난다.

영국 생활은 힘들다. 끊임없이 시련이 닥쳐오고 고난이 몰려오는 생활. 이렇게 험한 세상, 편할 날이 하루도 없는 이 거친 세상을 어찌 편하게 살 수 있겠는가?

이 추운 날 따뜻한 방 안에서 뒹굴뒹굴 편하게 사는 것이 행복한 인생인가? 그렇지 않다. 거친 세상, 거친 인생, 거칠게 살아야 한다. 강하게 살아야 한다. 이런 추위는 나와 상관이 없다. 춥더라도 오늘 목표액을 채우자.

지나가는 이탈리아 관광객이 물건을 사 간다. 그리고 조금 후에 스페인 사람이 물건을 사 간다. 눈이 내려도 관광객은 몰려온다.

온 동네가 하얗게 변했다. 포토벨로 마켓이 모두 하얀 눈으로 덮혀 있다. 아름답다. 전혀 다른 세상이다. 영화 〈노팅힐〉을 촬영한 장소가 완전히 다른 모습으로 변했다. A40 고가도로 다리 아래에서 장사하는 사람들은 눈을 맞지 않으니 날씨가 추워도 재미있는 것 같다.

나는 따뜻한 카푸치노를 한 잔 사서 마셨다. 따뜻한 카푸치노에 마음이 녹는다. 어느새 주변의 장사하는 사람들이 대부분 떠나고 몇 명 남아 있지 않았다. 그래도 장사를 해야 한다. 아직 오늘 내가 정한 판매목표액을 달성하지 못했기 때문이다.

프랑스 사람이 꽤 많은 금액의 물건을 사 간다. 선물로 필요하단다. 그렇지, 이것은 선물용으로 적합하다.

역시 관광객이 최고다. 나를 살려 주는 관광객들, 나를 살려 주는 포토벨로 마켓. 이 힘든 시기에 포토벨로 마켓은 우리 가정에 엄청나고 귀중한 도움을 주고 있다.

이제는 미국 사람이 상당한 금액의 물건을 사간다. 역시 미국 사람이다. 깍쟁이 같이 구두쇠인 영국 사람과는 전혀 다른 미국 사람들. 미국 사람들은 참으로 잘 사 간다.

날씨가 춥고, 눈이 내리니 여러 가지 생각을 하게 되어 즐겁다. 런던으로 관광을 왔다는 영국 왜일스 사람이 Small Size를 세 개 사 간다. 그래, 하나라도 팔아야지.

이제는 인도 사람이 와서 2개를 살 테니 좀 깎아 달란다. 오늘은 "나도 힘들어, 나도 애가 둘이나 돼."와 같은 말도 하기 귀찮다. 눈도 내렸는데, 기분이다. 개당 1파운드씩 할인하여 팔았다.

어느새 날이 어둑어둑해지기 시작한다. 그 사이 물건을 조금씩 조금씩 팔아서 내가 정한 판매목표액을 거의 달성하였다. 이제 조금만 더 팔면 된다. 추워도 버틴다. 장사하는 동료가 물건을 정리한 후, 먼저 간다며 손을 흔든다. 외롭게도 장사하는 동료들이 모두 떠나고 나 혼자 쓸쓸이 남았다.

마켓의 겨울은 빨리도 어둠을 몰고 온다. 이런 날씨에는 돌아가신 아버지가 보고 싶다. 하늘나라로 가신 아버지가 그립다. 어린 시절 나의 손을 붙잡고 눈물을 흘리시며, 돌고 도는 세상을 이야기하며 어린 이 아들에게 희망과 용기를 주셨던 아버지. 오늘도 아버지에게 기도를 한다.

'아버지, 어디에 계십니까? 다 갔습니다. 장사하는 동료들이 모두 떠나고 혼자 남아 장사를 하고 있습니다. 이제는 아버지가 저를 도와주셔야 합니다. 저의 꿈(인생목표)을 이룰 수 있도록 아버지가 도와주셔야 합니다. 열심히 살아왔는데도, 정말로 열심히 일을 했는데도 가진 것이 아무것도 없습니다. 우리 아이들에게는, 아버지의 손자 손녀들에게는 가난을 물려줘서는 안 됩니다. 이 세상에 저를 도와 줄 사람은 아무도 없습니다. 이제는 아버지가 저를 도와주셔야 합니다!"

어디선가 아버지의 목소리가 들린다.

'아들아, 사랑하는 아들아, 외롭게도 혼자 남았구나. 눈이 내린 포토벨로 마켓에서 혼자 남아 장사를 하고 있구나. 힘들지? 참고 기다리며 열심히 일을 해라. 내가 물려준 것이 아무것도 없으니 네가 지금까지 고생을 하고 있구나. 아들아, 사랑하는 아들아! 그래도 이제는 집으로 가야지. 집으로 갈 시간이 되었구나. 아들아, 집에 가자!'

그때 문득 백인 여자가 나를 부른다.

"허리 아픈 곳에 어느 제품이 좋습니까?"

"허리에는 이 Large Size가 좋습니다. 허리 아픈 곳에는 정말로 좋습

비가 내리는 날에도 장사하는 사람들은 물건을 하나라도 더 팔려고 열심히 일을 한다. 비가 내리니 바닥에 있는 물건들은 비닐로 덮어 놓았다.

니다. 이 벨트도 함께 구입을 하시면 사용하기에 정말로 편하지요. Large Size와 벨트가 세트로 가장 많이 팔리는 제품입니다. 허리 아픈 사람들이 참으로 많아요."

"그럼 Large Size와 벨트 한 세트를 주세요."

드디어 팔았다. 내가 정한 오늘 판매목표액을 넘긴 것이다. 이제 집으로 갈 시간이다. 집으로 가야지. 물건을 정리하여 집으로 가자.

2011년 2월 26일 토요일

오전 8시 20분에 포토벨로 나의 고정자리인 174번에 도착하자마자 바로 천막에 비닐로 지붕을 만들었다. 비닐로 천막의 천정을 치자마자 비가 내리기 시작한다.

그냥 집으로 갈까? 장사를 할까? 마음속으로 갈등을 하면서도 짐을 잽싸게 내렸다. 비는 갈수록 더욱더 세차게 내린다.

약 30분에 걸쳐서 물건을 정리하니, 비가 계속해서 내렸다. 참으로 처량한 생각이 들었다.

내 바로 옆에서 가방을 파는 사람은 나오지 않았고, 그 옆에서는 터키 사람이 옷을 팔고 있는데 오늘은 아침부터 비가 내린다며 투덜거린다. 이렇게 비가 내리면 길거리에서 장사를 하는 사람들에게는 최악이다. 더구나 이렇게 날씨가 춥기까지 하면 물건이 잘 팔리지 않는다.

어제도 물건을 별로 팔지 못하여 오늘은 어제의 매상까지 보충해야 하는데, 어찌 오늘도 불안하다.

이렇게 날씨가 추우면 지나다니는 관광객들은 주머니에 손을 넣고 다닌다. 물건을 사려면 주머니에게 손을 꺼내서 지갑을 열어야 하는데, 날씨가 추우니 입으로 물어보고 눈으로만 보고 그냥 가 버린다.

날씨가 추운 오늘 같은 날씨에는 어떻게 하면 손님들이 물건을 사 가도록 할까? 고민에 고민을 거듭한 끝에 내가 내린 결론은, "차오!"라고 인사를 하는 것이었다. '차오'는 '안녕하세요?'라는 뜻의 이탈리아 인사이다.

빗속을 걸어가는 관광객들. 비가 내리면 관광객도 힘들고, 장사를 하는 사람도 힘들다. 그렇지만 이것이 인생이요, 세상살이다. 힘들다고 포기할 수는 없다. 장사를 해야 한다.

이탈리아와 스페인 사람들은 구별이 잘 안 된다. 따라서 다 같이 비슷하게 사용하는 인사인 '차오'를 외치자!

10시경에 물건 하나가 팔리더니 이탈리아 사람들이 한꺼번에 5개나 사 가면서 계속 팔리기 시작한다. 비가 내렸다가 멈추는 추운 날씨에 이탈리아 사람들이 나를 따뜻하게 만들어 준다. 재미있는 이탈리아 사람들, 포토벨로 마켓에서 우리 제품을 가장 많이 사가는 사람들, 나에게 희망과 용기를 주는 사람들이 고맙고 감사하다.

2012년 1월 14일 토요일

이른 새벽 6시 35분에 마켓 사무실에 도착하여 7시 10분에 102번으로 자리배정을 받았다. Tesco 슈퍼마켓 바로 앞이다.

캄캄하고 싸늘하다. 추운 날씨에 손이 시리다. 다행스럽게도 바람은 별로 불지 않는다. 여기에 바람까지 불면 최악의 상황으로 변한다. 물건이 팔리지 않기에 잘못하면 하루 종일 고생만 하고 허탕을 치게 된다. 이제 2012년, 포토벨로 마켓 장사도 햇수로 4년이 되었다.

이날은 전화를 하면 가져오는 천막을 빌리지 않고, 내가 가져간 테이블을 이용하기로 했다. Tesco 슈퍼마켓 바로 앞이라서 사람들이 보기 편하고, 설명하기 편한 테이블을 이용하기로 한 것이다.

Tesco 슈퍼마켓 바로 앞은 사람들이 물건을 사러 많이 왕래를 하기에 물건이 잘 팔린다고 마켓에서 장사를 하는 인도 친구가 살짝 귀띔해 주어서 알고 있다. 좀처럼 이 자리에서 장사를 하기가 쉽지가 않다. 오전 10시가 되니 오늘 함께 일을 할 두 친구가 왔다. 오늘은 세 명이 물건을 파는 날이다.

2012년 1월 14일 토요일, Tesco 슈퍼마켓 앞에서 장사하는 날. 추운 날에는 안에 내복을 입고, 두꺼운 옷을 입고, 빵모자를 써야만 추위에 견딜 수 있다. 영국의 겨울 날씨는 이렇게 햇볕이 있어 따뜻하게 보여도 온도가 낮아 무척 춥다.

역시 인도 친구의 말이 옳았다. 장사가 잘된다. 사람들이 Tesco 슈퍼마켓 안으로 들어가며 제품에 대해서 물어보고, 나가면서 물건을 사간다. 이렇게 물건이 팔리면 보람도 있고, 재미도 있고, 추운 날씨에 새벽부터 장사하러 잘 나왔다는 생각에 흐뭇해진다.

오후 2시도 안 되었는데 내가 정한 하루 목표액을 초과하였다. 기분이다, 일하는 사람들과 카푸치노 한 잔씩 마시자. 카푸치노를 사러 들어가니 사람들로 꽉 차 있다. 사람들이 날씨가 추우니 이렇게 따뜻한 곳으로 더 몰리는 것 같다.

2012년 12월 29일 토요일
오전 8시 20분에 포토벨로 마켓 나의 고정자리157에 도착하니 장사하는 사람들이 몇 명 없다. 날씨가 나쁘니 장사를 하는 사람들이 나오지 않은 것이다. 장사하는 사람들이 기상예보를 미리 보고 장사를 나오지 않은 모양이다.
도로 건너편 위쪽으로는 마지막 코너 사람이 천막을 쳐서 온 사면을 다 막아 놓고 외롭게 혼자서 장사준비를 하고 있고, 북적이는 사람들로 장사가 잘되는 고가도로 밑에서부터는 장사하는 사람들 모두가 준비중이다.

부스장소 146번부터는 약간의 언덕이 시작되는 곳이라서 바람이 불면 그 강도가 너무 세서 장사가 안 될 뿐만 아니라 정신까지도 황량해진다. 나는 내가 설정한 오늘 하루 목표액을 속으로 말하기 시작했다. 목표를 달성해야 한다. 세상에 날씨가 중요한가, 아니면 내가 정한 하루 목표금액이 중요한가?

장사를 시작하자. 험한 하루를 바람과 싸우면서 오늘도 시작하자. 바람이 이기나? 내가 이기나? 한번 겨뤄 보자. 바람이 센지? 나의 하루 목표금액이 센지? 한번 겨뤄 보자. 이 험한 세상, 거친 세상, 오늘 하루도 바람과 함께 시작된다. 강풍이다.

내가 항상 보는 날씨정보를 확인해보니 오늘은 바람이 'From South at 27kmph'이라고 나온다. 이 정도면 태풍급에 속하여, 잘못하면 천막이 날아간다. 바람이 너무 세게 불면 장사하는 사람들의 천막이 날아가기도 하고, 천막 다리가 부러지기도 한다.

바람이 아주 강하게 불어서 정신이 없다. 물건이 팔리지 않는다. 비, 눈, 바람 중에서 장사꾼에게 가장 힘든 것을 고르라면, 단연 바람이다. 오늘 집에서 쉴 걸, 괜히 마켓에 장사하러 나왔다는 생각까지 들었다.

오래전에 히트를 친 가수 이용의 〈바람이려오〉라는 노래가 생각난다. 오늘 내가 장사하는 곳은 포토벨로 마켓에서도 조금 높은 곳이라서 그런지 바람이 남쪽에서 동쪽에서 자기 맘대로 불어닥치는 것 같다. 정신이 없지만 바람이 불더라도 오늘의 목표를 달성해야 한다는 생각에 이를 악물고 버텨 본다.

오후 2시가 되자 아내에게서 한 통의 전화가 왔다.

"바람이 세게 부는데 괜찮아요? 그냥 오세요. 저녁에 레스토랑에서 또 일을 하려면 일찍 와서 좀 쉬어야지요."

"지금 바람이 이기나 아니면 내가 이기나, 바람이 센지 아니면 나의 하루 목표금액이 센지, 시합을 하고 있어!"

"그러다가 골병들어요! 장사가 안 된다고 해도 포기하고 그냥 와요. 이런 날도 있고, 저런 날도 있죠. 인간이 바람을 이길 수 없어요."

"내가 정한 목표를 달성해야 집으로 가지. 어떻게 집으로 가?"

"사람이 자연을 이길 수 없어요. 그냥 포기하고 빨리 집으로 와요. 저녁에도 일을 해야 될 사람이!"

전에 우리가 민박을 할 때, 미국에서 노부부가 온 적이 있다. 이때 여자분이 나에게 말씀하시기를

"남자는 부인 말을 잘 들어야 합니다. 부인 말만 들으면 손해를 볼 일이 없어요. 그런데 남자들은 부인 말을 안 들어요. 특히 나이가 들을수록 부인 말을 더 안 들어요. 부인 말을 잘 들으세요. 절대로 손해 안 봅니다."

2012년 12월 29일 토요일
일기예보

11°C

Feels Like 11°C, Mostly Cloudy, Wind from South at 27kmph

일을 마치고 집으로 오면서 또 돌아가신 아버지에게 기도를 드린다.

'아버지, 오늘은 바람이 너무 세게 불어 핫팩을 정리하고 일찍 집으로 떠납니다. 하루 목표금액을 채우지 못하고 떠납니다. 바람과 하루 종일 싸우고 싸우다 제가 한 발짝 물러서기로 했습니다. 끊임없이 불어 대는 바람은 정말이지 지독합니다. 하지만 바람에게서 한 발짝 물러서는 것이지, 절대로 지는 것은 아닙니다.

저의 꿈인 노래방도 할 수 있도록 해 주시고, 제가 만든 저의 꿈을 이룰 수 있도록 아버지가 도와주셔야 합니다. 열심히 살아왔는데도, 정말로 열심히 일을 했는데도 손에 쥐고 있는 것이 아무것도 없습니다. 우리 아이들에게는, 아버지의 손자 손녀들에게는 가난을 물려줘서는 안 됩니다. 이 세상에 저를 도와줄 사람은 아무도 없습니다. 이제는 아버지가 저를 도와주셔야 합니다!'

바람이 불면 텐트가 날아가거나 텐트 다리가 부러져서 텐트를 못 쓰게 된다. 이래서 장사하는 사람들은 바람이 불면 텐트 관리에 많은 신경을 기울인다. 비가 내리고 바람이 불자 빗물이 잘 떨어지고 텐트가 날아가지 않도록 텐트 한쪽 끈을 붙잡고 있다.

꿈이 있어 행복한 사람들

인간에게 꿈이 있으면 행복하다. 꿈에는 희망이 있고, 미래가 있기 때문이다. 무작정 사는 것보다 자그마한 꿈이라도 하나 만들어 놓고 날마다 생활하다 보면, 행복이 항상 내 곁을 떠나지 않는다. 꿈이 있으면 길거리 천막을 치고 장사를 해도 행복하고, 비가 오고 눈이 내리고 바람이 불어도 늘 행복하다.

아래층은 레스토랑, 위층은 우리 가족이 거주를 하며 민박을 한 적이 있다. 민박을 했을 때 저녁식사는 레스토랑에서 제공을 하였다.
어느 날, 부부가 세 살짜리 아들과 함께 민박을 하였다.
도착 첫날 레스토랑에서 식사를 주문했는데, 그날따라 가게가 손님이 많아 바빠서 주방이 뒤집어졌다. 이 손님들이 한 시간 동안이나 기다려 식사를 하자, 짜증을 내고 화를 내기 시작했다.
이분이 다음날 저녁에 식사를 하며,

"아니, 사장님! 제가 새벽 2시 반에 사장님이 부엌에서 일하는 것을 보았는데, 제가 아침 6시에 잠이 안 와서 창밖을 보고 있는데, 사장님이 자동차에 물건을 싣더니 어디로 가시던데요?"

"아, 제가 새벽에 일어나서 차에 물건을 싣고 포토벨로 마켓에 가서 핫팩을 파는 장사를 하고 돌아와서 레스토랑에서 또 일을 합니다."

"그럼, 잠은 언제 자나요?"

"세상에는 잠자는 시간이 적어도 꿈이 있어 행복한 사람들이 있습니다. 포토벨로 마켓에서 일을 하면 한 칸씩, 한 칸씩 아래쪽으로 내려갑니다. 물론 아래쪽에 있는 사람이 장사를 포기하거나 그만둘 경우 그 자리를 메우기 위해 한 칸씩 내려가는 것이지요. 고가도로 아래쪽부터 장사가 아주 잘되는데, 거기까지 내려가려면 약 4~5년 늦으면 5~10년까지도 걸릴 수 있습니다. 다리 아래로 내려간다는 꿈에 항상 장사를 하고 있어서 잠을 못 자도 마켓에서 일을 하는 것이 행복합니다. 꿈이 있는 사람들은 이렇게 행복하답니다."

"......?"

나는 포토벨로 마켓에서 고정자리에서 장사를 하는 퍼머넌트를 약 2년 동안 하였다. 포토벨로 마켓에서 나의 마지막 퍼머넌트 자리번호는 157번이다.

고가도로 바로 아래인 146번부터 그 아래쪽으로는 장사가 아주 잘되는 곳이다. 아래쪽에서 장사하는 사람들 중 너무 나이가 많아 장사를 그만두거나 장사가 안 되어 포기하거나, 개인적인 사정으로 장사를 그만둘 경우에 한 칸씩 밑으로 내려가는 것이다.

이 작업은 마켓 사무실에서 관리하는데, 한 칸씩 내려갈 때마다 장사하는 사람은 20파운드를 지불한다.

나는 174번부터 시작하여 157번까지 내려오는데 2년이 걸렸으며, 157번부터 146번 이하로 내려가려면 3~5년 또는 운이 없으면 10년을 기다려야 할지도 모른다. 10개 자리를 내려가는데 10년 이상 기다려야 할지도 모르기 때문에 퍼머넌트를 포기하고 캐주얼로 변경을 하여 장사를 하고 있다.

나와 같이 기다리며 장사하는 사람들을 '퍼머넌트'라고 부른다. 다리 밑쪽으로만 내려가면 토요일의 하루 매출액이 몇 배 차이가 나고, 그 자리를 자녀들에게 물려줄 수도 있다. 이래서 퍼머넌트로 장사를 하는 많은 사람들이 꿈을 가지고 행복하게 장사를 하는 것이다.

노팅힐 역에서 여기 고가도로까지가 약 700m다. 여기까지 사람들이 좁은 도로를 따라서 몰려오는데, 여기서부터 세 가지 길로 나누어진다. 노팅힐 역에서 여기까지는 아무 곳이나 장사가 잘되기 때문에 주로 고정자리를 얻어 장사를 하는 퍼머넌트로 장사하는 사람들이 30~40년 동안 대를 이어서 장사를 한다. 많은 관광객들은 여기까지 와서 뒤돌아 가는 경우도 있는데, 이 도로 마지막까지 구경하기를 추천한다.

노팅힐 역에서 자리번호 146번인 고가도로까지가 약 700m 사이에서 부스를 얻어 장사를 할 경우에는 대부분 장사가 잘된다.

오래전에 한국에 '불티나'라는 라이터가 있었다. 정말로 믿기지 않는 이야기이지만 불티나게 팔린다.

여기서 따뜻한 날씨인 여름철에 장사를 할 때는 자그마한 천막 부스에서 보통 4명이 일을 했는데, 어떤 때에는 점심 먹을 시간이 없어 서서 빵을 먹으면서 손님에게 설명을 하며 물건을 팔았다. 관광객들은 잘 모르지만 물건은 불티나게 팔려 나간다.

이러니 고가도로 윗쪽의 고정자리에서 장사를 하는 퍼머넌트로 장사하는 사람들이 고가도로 아래쪽으로 가기를 손꼽아 기다리는 것이다.

2011년 여름방학에는 우리 부부와 아이들, 온 가족이 판매를 하였다.

난 아이들에게

"애들아, 아빠가 너희들에게게 많은 재산을 물려주지 못하겠지만, 여기 포토벨로 마켓 자리를 물려줄게!"

"난 안 해! 물려줄려면 좋은 것을 물려줘야지, 이런 길거리에서 천막 치고 장사하는 마켓자리를 물려준다고!"

난 웃으면서

"너희들이 나중에 커서 살다 보면 아빠 마음을 이해할 거야! 아빠가 여기에서 장사를 해보니 비록 이렇게 천막치고 장사를 하지만 남는 것은 많단다. 남들은 길거리 장사라고 좋지 않게 쳐다보는 사람들이 많지만, 장사가 되니 대를 물려주고 30~40년씩 장사하는 사람들이 수두룩하지. 그래서 아빠는 이렇게 장사를 해도 꿈이 있단다. 장사를 하면서 꿈이 있다는 것은 정말로 행복한 거야!"

"아빠, 그래도 난 장사 안 해!"

"너희들은 아직 경험을 해보지 않아서 모르겠지만, 세상에서 돈을 버는 것이 얼마나 힘들고, 피곤하고, 사람을 상대로 장사하는 것이 얼마나 힘든 것인지를 나중에 알게 될 거야. 여기 마켓 장사는 그런 모든 것을 경험할 수 있단다."

"아빠, 장사 안 해! 우린 그런 경험 안 해도 돼!"

"한국에는 '떡볶이 팔아 자녀 3명 대학을 보낸다'라는 말이 있어. 남들이 보면 하찮은 떡볶이일지 몰라도, 떡볶이 장사로 돈을 벌어서 자녀 3명을 대학까지 보낸다는 이야기이지. 즉 믿기지 않지만 그만큼 돈을 번다는 이야기야. 여기 포토벨로 마켓도 마찬가지야. 토요일이면 약 100만 명의 관광객들이 몰려드는데, 우리는 1만 명 중 1개의 홋팩만 팔아도 돈이 된단다."

"아빠, 그래도 난 안 해!"

"여기는 길거리 장사라서 세금도 없고, 전기세, 가스세도 없으니 참으로 편하단다. 아빠가 수많은 곳에서 장사를 해보고 수많은 일을 해보았는데, 여기 포토벨로 마켓 같은 곳이 없어! 길거리 장사라고 무시하면 안 돼!"

"아빠, 그래도 싫어. 난 길거리 장사가 싫어!"

"다른 곳에서 물건을 팔면 '금방 차가워지네!' 하며 반품도 많이 하지만, 여기 포토벨로 마켓은 정말로 좋은 것이 손님들이 관광객들이라는 점이지. 관광객은 선물로 뭐든지 하나는 사야 돼. 기념으로도 물건을 하나 정도는 사는데, 물건을 구입하면 영국을 떠나서 자기 나라로 돌아가기 때문에 불평이나 반품이 없어. 반품이 없는 장사가 얼마나 좋은지 알아?"

"난, 그래도 안 해. 반품은 나와는 상관이 없어!"

나는 아무 말도 하지 않고 웃었다. 포토벨로 마켓은 자리를 아내나 자녀들에게까지 물려줄 수 있다. 그래서 30~40년씩 그리고 50년씩 대를 이어서 장사하는 사람들이 수두룩 하다.

야채와 과일을 파는 모습. 이렇게 좋은 위치에는 수십 년 동안 대를 이어서 장사하는 사람들이 대부분이다.

허리를 제대로 펴지 못하는 인도인 할아버지와 친해져서 시간만 되면 대화를 한 적이 있다.

"할아버지, 여기서 장사를 한 지는 얼마나 되었나요?"

"응. 내가 40년을 하고, 이제는 내 아들이 이어받아 5년째 하고 있으니 벌써 45년이 되었어!"

"할아버지는 대를 이어서 장사를 하신 거군요?"

"주 6일 동안 매일 장사를 하면 겨우 £45.50인데 쉽게 장사를 포기할 수 없겠더군. 여기는 한번 재미를 붙이게 되면 절대로 놓지 못하는 매력이 있어. 마켓이 나를 잡아당기는 것 같고, 포토벨로 마켓이 나를 붙잡고 놓아 주지를 않는 것 같아.

그래서 장사를 하다 보니 내가 40년을 하고 우리 아들이 5년째 하고 있으니, 여기 포토벨로 마켓에서 오랫동안 장사하는 사람 중의 한 명이지. 그동안 수많은 사람들이 오고가며 장사를 하다가 떠났지만, 자네처럼 홋팩을 가져와서 파는 사람은 처음 봤다네!"

"제가 파는 홋팩을 지금까지 아무도 팔지 않았나요?"

"응, 자네가 처음이야. 그래도 자네는 좋은 아이템을 선택한 거야. 여기 마켓사무실에서 같은 제품을 판매하도록 허가해 주지 않으니 아마도 다른 사람이 여기 포토벨로 마켓에서 홋팩을 팔지는 못할 거야. 여기 마켓사무실에서 철저하게 관리를 하니까 이렇게 긴 포토벨로 마켓이 깨끗하게 유지되고, 마음 편히 장사를 할 수 있는 거야. 자네는 힘들더라도 꾸준히 장사를 하면 돈이 되는 곳이 여기 포토벨로 마켓이니 열심히 장사를 하라고!"

"네, 할아버지. 조언 감사합니다. 저도 장사를 오래하다 보면 할아버지처럼 제 자녀들에게 이 자리를 물려줄 날이 오겠지요?"

"믿기지 않는 이야기이지만, 장사를 하다 보면 언젠가는 그런 날이 오게 돼!"

"할아버지, 감사합니다. 항상 건강하세요."

우리는 서로 함께 웃었다.

행복하게 함께 웃었다.

45년 동안 장사를 한 할아버지와 이제 시작한 나의 웃음은 아마 행복의 시작이 아닐까?

내가 고정자리에서 장사를 하는 퍼머넌트로 장사를 할 때, 나를 포함하여 장사가 잘되는 다리 (고가도로) 아래쪽으로 내려가기를 기다리면

다리 위쪽의 고정자리에서 장사를 하는 퍼머넌트 사람들은 장사가 잘되는 다리 아래쪽으로 가는 날만 기다리며 장사를 한다.

서 장사를 하는 사람들이 많이 있었다.

나는 10칸만 내려가면 장사가 잘되는 다리 아래쪽에 도달하는데, 어쩌면 3년이 걸릴지 혹은 5년이 걸릴지는 아무도 모른다.

장사를 하는 동료가 답답한지,

"나이도 80살이 되었으면 장사를 그만두고 집에서 쉬어야 나처럼 대기하고 있는 사람들이 밑으로 내려가서 돈을 벌 수가 있지. 그런데도 장사를 포기하지 않고 자기 자녀들에게 물려주니, 우리 같은 사람은 언제 밑으로 내려가느냐고! 참, 여기서 장사를 포기하자니 그동안 기다려 온 세월이 아깝고, 다리 아래쪽으로 내려가는 것을 기다리자니 가슴이 답답하고……."

이것이 장사를 하는데 필요한 인내의 시간인가?

나도 답답한 것은 마찬가지다.

언제까지 얼마나 많은 시간을 기다려야 할까?

그렇지만 우리는 모두 꿈을 가지고 있다.

꿈이 있는 인생.

포토벨로 마켓이 나를 잡아당기는 것 같고,

포토벨로 마켓이 나를 붙잡고 놓아 주지를 않는 것 같다.

나는 홋팩만 허가를 받았기에 홋팩만 팔아야 한다.

신발만 파는 동료가 웃으면서 말한다. 자기 친구와 대화를 하는데, 친구가 조금은 걱정스런 표정으로, 길거리에서 천막치고 장사를 하니 안타까운 마음으로,

"비도 오고 바람도 부는데, 물건은 좀 팔리니?"

이 말을 들은 신발을 파는 동료가 순간적으로 화가 나서

"야! 너 월급 얼마나 받니?"

그러면서 나에게 설명을 한다.

"아니, 지가 월급을 얼마나 받는다고, 자기 일주일 월급을 난 여기 포토벨로 마켓에서 하루 만에 버는데 길거리에서 천막치고 장사한다고 무시를 해! 자, 얼마나 편해. 위에서 뭐라고 하는 사람이 있어, 아니면 상사가 있어? 관광객은 돈 쓰고, 우리는 그 돈을 벌고. 하하하!"

나도 웃었다. 우리는 함께 웃었다. 소리 내어 함께 웃고 또 웃었다. 세상에 이렇게 재미있는 웃음이 있을까? 꿈이 있어 행복한 사람들의 웃음은 이렇게 재미있다.

닭고기를 파는 곳. 맛도 있지만 음식을 만드는 모습과 분위기에 심취되어 많은 관광객들은 사진을 찍는다. 이렇게 음식을 파는 곳은 오랫동안 장사를 한다. 가장 장사가 잘되는 곳이기에 아마도 대를 이어서 장사를 할 것이다.

6

I trust Koreans

2010년 7월 3일 0시 30분에 영국 TV BBC1 에서 〈My name is Muhammed〉라는 제목으로 특집 방송을 하였다.

내용은 영국에 거주하는 영국 무슬림British Muslim(영국 회교도)에 관한 것이었으며, 주로 영국에 거주하는 파키스탄 사람들을 중심으로 방송이 전개되었다.

Mohamma라는 이름을 가진 여러 명의 사람들이 나오면서, 자기들의 사고방식을 이야기했다.

그중 한 사람은

"Am I a terrorist? No I am a British person(제가 테러리스트인가요? 저는 영국 사람입니다)."

이라고 말하면서,

"저는 돌아다닐 때 등에 가방을 메고 다니는 것을 좋아합니다. 그런데 특히 지하철을 탈 때, 사람들이 절 의심하는 것 같아서 아주 신경이 쓰입니다."

라고 덧붙였다. 2005년 7월 7일, 런던의 중심가 5군데에 동시다발적인 폭발 테러가 일어나서 많은 사상자를 냈는데, 충격적인 것은 영국에서 자란 파키스타인의 소행이었다는 것이다.

방송에서는 영국에 약 240만 명의 무슬림이 살고 있다는 내용과, 1984년에 영국인들이 "Go paki out"이라는 슬로건을 내걸며 정부에 항의운동을 하면서 차량을 불태우는 모습도 나왔다.

영국에는 파키스탄 및 회교를 믿는 아랍 사람들이 참으로 많이 거주하고 있다. 내가 이 사람들에게 한국에서 수입한 디지털전자수첩과 홋팩을 팔면서 느낀 것은 무슬림을 믿는 사람들이 한국과 한국인을 좋아한다는 것이다.

홋팩을 팔고 있으면 많은 파키스탄 사람들이

"나는 한국인이 만든 제품은 뭐든지 산다!"

라는 말을 하며 지나가는 모습을 종종 볼 수 있다.

포토벨로 마켓에서 파키스탄 남자와 인도 여자가 파키스탄에서 수입한 망고를 몇 개월 동안 팔고 난 후 마켓을 떠났다.

어느 토요일의 일이다. 포토벨로 마켓에서 장사를 하고 있는데, 이때 알게 된 파키스탄 남자가 엄마, 동생, 누나 등 온 가족이 한국 사람인 나를 보러 왔다면서 찾아왔다. 좋아하는 한국인을 만나러 왔다며, 보고 싶은 한국인이 어떻게 생겼는지 궁금해 찾아왔다고 한다. 그리고는 나를 보자 좋아한다.

한국 사람을 좋아한단다. 한국 제품을 좋아하고, 한국 드라마도 좋아한단다. 언젠가는 한국도 가 보고 싶다고 한다. 그래서 한국인인 내가 보고 싶어서 온 가족이 나왔단다.

나는 감사의 마음으로 모두에게 하나씩 홋팩을 무료로 주었다. 엄마에게는 Large Size와 벨트를 무료로 주었다. 나도 화끈한 남자다. 키는 작아도 화끈한 남자다. 한국인의 기질인 화끈함이 한 번 발동하면, 뭐든지 화끈하게 준다.

멀리서 온 가족이 한국 사람인 나를 보러 왔다는데, 도무지 그냥 보낼 수가 없다. 얼마나 반가운 일인가? 내가 파는 제품인 홋팩을 팍팍 무료로 주자 모두들 좋아한다. 모두가 한국인은 최고라며 여동생은 박수까지 친다.

하하, 이게 세상살이 아닌가? 얼마나 재미있는 인생인가?

마켓에는 파키스탄, 아프가니스탄 사람들도 많이 장사를 하는데, 이렇게 모자, 옷 등을 많이 판다. 이들은 모두들 한국인을 좋아한다.

2010년 1월 1일 금요일 아침 7시 50분에 시계 벨이 울린다.

우리 가족은 매년 1월 1일이 되면, 런던에서 북쪽으로 약 2시간 30분이 걸리는 버밍험Birmingham의 영국계 파키스탄 회장댁을 방문하여 새해인사를 드린다. 전에는 함께 사업도 했으며,

한국을 함께 방문하여 나에게 영국에서 레스토랑을 오픈하게 된 계기를 만들어 준 고마운 분이다.

매년 1월 1일은 모처럼 만에 쉬는 날이라 점심시간까지 푹 자고 싶었지만, 우리에게는 여러 가지 의미가 있는 날이기에 아침부터 서둘러서 출발해야 했다.

자동차도 2년에 한 번 정도 배터리 교체 또는 충전이 필요하듯, 우리 인간에게도 매년 무언가 충전이 필요하다. 새로운 것을 얻어 마음의 양식을 채워 넣어야 한 해 동안 사업을 하면서 도움을 받을 수 있다.

매년 영국계 파키스탄 회장댁을 방문하여 새해인사를 드리면서 나도 1년 간의 정신적인 배터리를 충전하듯 여러 가지 인생과 사업의 조언을 듣고 오는데, 참으로 많은 도움이 된다.

사람의 인연은 그냥 맺어지는 것이 아니고, 하루 아침에 이루어지는 것은 더더욱 아니다.

내가 아이들에게

"애들아, 모처럼 집에서 쉬는 날이라고 해서 그냥 잠이나 자면 안 돼! 아빠가 많은 재산을 물려주지 못하는데, 너희들에게 좋은 인연이라도 연결해 주어야지. 사람이 적어도 1년에 한 번은 만나서 이야기도 하고 식사를 해야 서로 인연이 되어서, 나중에 무슨 일을 할 때 도움을 주고받을 수가 있단다.

그런데 전혀 연락도 안 하다가 갑자기 몇 년 후에 연락을 하면 연락을 받는 사람은 '뭐, 사기치러 왔나?' 하고 의심을 한단다. 특히 외국인일수록 더 심한 거야. 그래서 시간만 되면 찾아가고 연락을 해야 돼. 이것이 인생살이, 세상살이의 가장 기본적인 조건이야!"

매년 찾아가서 인사를 드리는 이
분 가족들은 우리 식구가 도착하
니 반가운 마음에 악수를 하고,
껴안아 준다.

사모님과 며느리는 우리 가족을
위하여 음식을 만드느라 정신이
없고, 우리는 회장님과 그 아들
과 함께 이야기를 하고, 아이들
은 아이들끼리 서로 컴퓨터게임
을 하면서 논다.

이 회장님도 요즈음에 장사가 비
수기라서 종업원을 40여 명으로

전 세계에서 부자 관광객들이 몰려오는 런던 포토
벨로 마켓에서 관광객이 사진을 찍고 있다.

줄였다고 한다. 재산이 많은 분이지만 이분이 돈 번 이야기를 하면 하
루 아침에 부자가 된 것이 아니고, 오랜 시간을 두고 사업을 하고, 인
맥을 쌓아 놓은 것이 재산으로 연결된 것이다.

이분은 전 세계 안 다녀 본 나라가 거의 없는데, 12년 전에 처음으로
나와 함께 한국을 방문한 후, 다음에는 아들도 한국에 가고, 친구도
한국에 가고, 동생도 한국에 갔다. 그랬더니 지금은 완전히 '한국을
사랑하는 사람'이 되어, 사람만 만나면 한국 칭찬, 한국 물건 자랑을
하느라고 정말로 입이 바쁘다. 완전 한류팬이 된 것이다.

이날도 자기 부인에게 한국 자랑을 하느라고 시간 가는 줄 모른다.

"아니, 내가 싱가폴, 홍콩, 타이완 등 깨끗하다는 나라를 모두 다녀
봤지만 한국의 서울처럼 깨끗한 도시는 보지를 못했어. 지하철을 탔

는데 아니, 세상에 먼지 하나 없는 거야. 철로도 얼마나 깨끗한지 음식이 떨어지면 주워 먹어도 되겠어. 게다가 거리에도 먼지 하나 없어. 사람들도 얼마나 친절한지…… 사람을 만나면 한국을 가 보라고 하고, 물건을 사더라도 'Made in Korea'를 사라고 하지. 한국은 정말로 좋은 나라야. Oh! I love Korea!"

자기 자신이 한국자랑을 하는 것이 정말로 재미있는 모양이다.

이분은 정말로 한국을 사랑하는 사람이다(이분 집에는 전자제품도 전부 한국 제품 일색이다).

영국은 다양한 민족의 사람들이 거주를 하고 있다. London, Birmingham 그리고 Coventry등 일부 도시는 백인인 영국인보다 외국인들의 인구 비중이 높아진 곳도 있다. 이러다 보니 이제는 인도계, 파키스탄계, 아프리카계의 영국인들이 650명의 국회의원 중 의원 Members of Parliament (MPs)에 당선되어 활동하는 의원들이 여럿 있다.

Birmingham, Ladywood 지구의 노동당 국회의원 Shabana Mahmood MP, 런던 동부 Bethnal Green and Bow에는 특히 방글라데시 사람들이 많이 거주하고 있는데, 여기 지역구에는 노동당의 Ali Rushanara 의원이 당선되어 활동하고 있다.

런던 서쪽의 Ealing, Southall에 가 보면 영국이 아니라 마치 인도에 와 있는 것처럼 착각할 정도로 인도 사람들이 많은 곳인데, 여기서도 영국계 인도인 Mr Sharma가 노동당 의원으로 당선되어 활동하고 있다.

런던 동쪽의 Hackney North and Stoke Newington 지역에는 아프리카 사람들과 자메이카 사람들이 많이 거주하고 있는데, 여기서는

2010년 국회의원선거에서 노동당 후보인 Ms. Abbott Diane (54.59%)가 경쟁자인 자유당의 Angus Keith(23.7%), 보수당의 Caplan Darren(14.4%) 후보를 압도적인 차이로 누르고 당당하게 의원에 당선되었다. 아프리카계 여성임에도 불구하고 국회의원으로서 열정적으로 의정활동을 펼치고 있다.

홋팩을 팔면서 런던 동쪽에서 온 손님에게 지역구 의원인 Ms. Abbott Diane의원에 관하여 물어보니, 아주 열심히 의원활동을 하신다며 칭찬을 하였다. 내가 이렇게 좋은 홋팩 제품을 한국에서 만들었으니 한국과 한국 제품을 많이 소개하여 달랬더니 웃는다. 나도 웃고, 우리는 서로 웃었다.

이런 작은 웃음이 한국을 믿게 하는 힘이요, 한국 제품을 믿게 하는 힘이라고 생각한다.

나는 영국에서 생활하며 사람들에게
"한국인을 어떻게 생각하십니까?"
라는 질문을 종종한다.

한국인들이 많이 거주하는 런던 킹스톤에서 아이의 수영강습으로 옆에 있던 인도인에게
"한국인을 어떻게 생각하십니까?"
라는 질문을 했더니
"저는 뉴몰든(한국인이 많이 거주하는 지역)의 우체국에서 일을 합니다. 우체국에서 일을 하는 모든 사람들이 한국인을 좋아합니다. 한국인은 조용하고, 차분하고, 친절하고, 정직하다며 모두들 입을 모아 좋

아합니다."

장사를 하다 보면 세계 각국의 수많은 사람들에게 물건을 팔면서 여러 가지 이야기를 한다.

어느 날 60대 중반으로 보이는 일본 사람과 일본어로 대화 중에 그 일본인이

"내가 영국에서 30년 동안 장사를 했습니다만, 한 가지 아쉬운 것은 항상 일본 사람들과 사업, 일본인을 상대로 장사를 한 것이 아쉽습니다. 장사를 하면서도 '영국 현지인을 상대로 한 번이라도 장사를 하여 돈을 벌어 봤으면' 하는 아쉬움으로 살아왔습니다. 이렇게 영국 현지인을 상대로 장사를 하는 것이 부럽네요. 나도 이렇게 살아 보고 싶었는데……."

"제가 경험을 해보니 그 어떤 사람을 상대하든 돈만 많이 벌면 됩니다. 영국 현지인을 상대로 하는 장사가 얼마나 힘든지, 경험을 안 해 본 사람은 모릅니다."

"한국 사람들은 참으로 다양한 곳에서 물건을 팔아요. 이런 포토벨로 마켓에서까지 장사를 하는 것을 보면 한국인들은 대단합니다. 나도 일본인이지만 일본 젊은이들은 패기가 없어요. 우선 당장 돈이 안 되면 안 하고, 힘들면 안 하고, 험한 곳에 가서 장사를 안 하려고 하니, 일본인들의 미래가 걱정입니다."

여러 곳을 돌아다니며 장사를 했지만, 일본인이 장사하는 것을 본 적이 없다. 영국 마켓에서 장사를 하는 일본인을 만난 적이 없다.

영국에 약 6만 5천 명의 일본인 중 마켓에서 장사를 하는 사람을 본 적이 없다.

전 세계 각국의 많은 사람들이 장사를 하는 런던 포토벨로 마켓에서 장사하는 일본 사람을 만나지 못했지만, 가끔 길거리에서 기타 치며 노래를 부르는 일본인을 볼 수 있었다. 조금은 한가한 금요일날 포토벨로 마켓의 모습이다.

나는 무역과 홋팩 장사를 하면서 수많은 곳을 방문하고 돌아다니면서 물건을 구입하고, 또 물건을 팔았다. 전에는 애완견을 구하러 런던에서 약 6~7시간 거리의 Blackpool까지도 갔었고, 홋팩을 판매하러 스코틀랜드 글라스고우Glasgow에 가서 판매를 한 적도 있다.

이렇게 영국에서 생활하면서 느낀 것은 세계 사람들은 한국을 좋아한다는 사실이다. 특히 아시아, 중동, 아프리카 사람들은 한국을 좋아하고, 한국 사람들을 믿으며, 한국 제품을 좋아한다는 사실을 알았다. 한국을 좋아하고, 한국 사람을 신임한다는 것은 한국 제품을 선호하고, 한국 음식을 좋아하고, 한국 방문을 원하는 것이다.

포토벨로 마켓에서 장사를 하다 보면 여러 나라 사람들을 만나서 참으로 다양한 이야기를 한다.

어느 토요일 아침, 장사 준비를 마치고 조금 여유 있는 시간에 한 남자가 나를 중국인으로 착각한 듯

"니하오마! 니하오마!"

하며 다가오는 것을 내가 웃으며,

"저는 한국인입니다."

하고 대답하였다

"당신도 한국인들이 많이 거주하는 뉴몰든에 거주하나요?"

"전에는 뉴몰든 옆 킹스톤에 거주하다가 지금은 여기에서 멀지 않은 런던 시내쪽에서 거주하고 있습니다. 왜 거주지를 물으시나요?"

"난 스리랑카 사람입니다. 뉴몰든에 살고 있지요. 뉴몰든에 한국인들이 많이 살고 있잖아요? 그런데 한국인들을 보면 일도 별로 하지 않는 듯한데 어디서 돈을 버는지 대부분 사람들이 BMW, 벤츠 승용차를 타고 다니고, 우리 스리랑카 사람들은 대부분 구멍가게를 하면서 이른 새벽부터 밤 늦은 시간까지 일만 하는데 말입니다. 한국 사람들을 보면 참으로 이상합니다. 대체 무슨 일을 하는데 그렇게 잘 사는 겁니까?"

"한국인들은 영국으로 관광을 많이 옵니다. 그래서 관광가이드를 하여 돈을 벌고, 한국 제품을 가져다가 파는 무역을 하는 분들도 많고, 젊은 학생들이 조기유학을 많이 오니 이런 학생들을 돌보면서 생활하다 보면 많은 사람들의 눈에 띄지 않는 일을 하기에 조금은 이상하게 보일 수도 있습니다."

"우리 친구들끼리 종종 말합니다. 한국인들이 부럽다고……."

포토벨로 마켓에서 중국 사람 같기도 하고, 인도 사람 같기도 한 사람이 와서 내가 팔고 있는 홋팩을 보고서는,

"참, 중국 사람들은 물건을 잘도 만들어!"

293

말하며 그냥 지나치려는 것을 내가

"이것은 한국 제품입니다. 저도 한국 사람이고요!"

"중국 사람 아닙니까?"

아마도 중국인들이 이런 마켓에서 장사를 많이 하다 보니 나도 중국인으로 착각한 모양이다.

"저는 한국인입니다."

그러자 그는

"물건 4개 주세요. I trust Koreans(나는 한국인을 믿습니다)."

라고 말을 하며 Small Size 네 개를 사 간다.

나는 전단지에 보증기간을 적어 주면서 무슨 하자가 있으면 1년 이내에 전화 또는 이메일로 연락을 주면 반드시 해결해 주겠다고 약속을 하였다.

'I trust Koreans.'

나는 물건을 팔고 나서 한동안 멍하니 움직이지 못했다.

'믿는다'라는 말은 일반적으로 사용하지도, 좀처럼 사용할 수도 없는 말이다. 특히 '한국인을 믿는다'는 말은 한국인에 관하여 알지 못한다면 입에서 나올 수 없는 말이다. 자랑스러운 말이기도 하지만, 한편으로는 부담스럽고, 어깨가 무거운 말이기도 하다.

내가 여러 곳을 다니면서 핫팩을 팔았고, 수많은 곳을 다니면서 수많은 경험을 하며 "한국인이 만든 것이라면 뭐든지 산다!"는 이야기는 여러 번 들었지만, "I trust Korean."이라는 말은 처음 들었다. 얼마나 한국인을 믿으면 이런 말을 할까? 이런 분들을 실망시키지 않으려면 나는 어떻게 해야 할까?

전 세계에서 런던 포토벨로 마켓을 방문하는 사람들. 1년 내내 관광객이 많지만, 특히 여름에는 도로에 발을 디딜 틈이 없을 정도의 수많은 사람들로 붐빈다. 이런 사람들에게 "I trust Koreans."라는 이미지를 심어 주어야 한다. 우리는 제품에 하자나 이상이 있으면 항상 가장 정직하게 처리하고, 반품이나 교환, Money Back 서비스를 철저하게 해준다. 절대로 한국인의 이미지에 손상이 안 가도록 하고, 우리가 조금 손해를 보더라도 고객이 불만을 가지지 않도록 노력하면서 장사를 한다.

나도 영국에서 오랫동안 생활하면서 많은 외국인을 만나지만 "I trust Americans." 또는 "I trust Japanese." 등의 말을 해본 적도 없고, 들어본 적도 없다.

"I trust Koreans."

이 말은 내 평생 잊을 수 없는 말이 될 것이다.

포토벨로 마켓에서 장사를 하면서 보니 어깨에 걸치는 Neck Size 홋팩 안에 똑딱 소리를 내면서 따뜻하게 만들어 주는 알루미늄 디스크Metal Disk가 없는 제품이 있다. 이것은 불량품으로, 사용할 수 없다. 가끔 이런 제품이 나와서 물건을 팔면서도 알루미늄 디스크가 있는지 없는지를 확인한 후, 손님에게 물건을 건네준다. 이 홋팩은 항상 견본품으로 이용하려고 일을 하는 사람들에게도 절대로 팔지 말라고 여러 번 주의를 주었다.

어느 날 보니, 견본품으로 사용하고 있는 알루미늄 디스크가 없는 제품이 없어졌다. 아무리 찾아도 없다. 아무래도 일을 하는 사람이 실수로 손님에게 판매한 것 같았다. 그것을 사 가도 사용할 수 없는데, 도대체 어느 손님이 사 갔을까? 그래도 분명히 언젠가는 사 간 손님에게서 연락이 올 거라고 생각했는데, 어느새 시간이 지나서 나도 잊어버리고 말았다.

그리고 2개월 후에 이스라엘에서 'Lana'라는 여자로부터 자기가 구입한 제품 안에 알루미늄 디스크가 없어 사용할 수 없다는 이메일이 왔다. 나는 며칠 이내로 새로운 제품을 보내 주겠다는 회신을 보냈다.

나는 보내 줘야 한다고 생각만 하다가, 너무나 바쁜 나머지 보내 주는 것을 깜빡 잊어버리고 열흘이라는 시간이 흘렀다.

그리고 그 이스라엘 여자로부터 물건이 아직 도착하지 않았다는 독촉 이메일이 왔다.

나는 "I trust Koreans."라는 말이 생각났다. 나는 그 말에 대해 실망시켜서는 안 된다. 어떻게 하면 저 이스라엘 여자가 한국을 좋아하게 만들까?

그녀는 이미 한 번 약속을 지키지 못하여 나에게 무척이나 실망했을 텐데, 어떻게 하면 'I trust Koreans' 라는 단어에 더 좋은 이미지를 만들까?

나는 고민에 고민을 거듭하기 시작했다.

무슨 이유를 만들어 나도 변명하면서 'I trust Koreans'라는 단어에 실망시키지 않을까? 나는 아래와 같은 메일을 보냈다.

저는 한국인입니다. 항상 정직하게 살려고 노력하는데, 이번에는 제가 사고를 당하여 보낼 수가 없었습니다. 정말로 죄송합니다. 그 대신 오늘 우편요금 £24.11 비용을 제가 지불하고 발송하였습니다. 저희가 실수로 판매한 Neck Size에 Small Size 두 개를 무료로 보내 드렸습니다. 참고로 www.postoffice.co.uk에서 보내 드리는 바코드Barcode를 이용하여 발송 물건을 확인할 수 있습니다. 감사합니다

그리고 일주일 후에 아래와 같은 회신 메일이 왔다.

Dear. OH
제가 오늘 당신이 보내 준 물건을 받았습니다. 저의 문제를 해결해 주셔서 정말로 감사드리고, 거기에 Small Size 두 개를 무료로 보내 주신 것에 다시 한 번 감사를 드립니다.
Koreans(한국인), 저는 이 세상에 이렇게 진실하고 정직한 사람이 있다는 것을 오늘 배웠습니다.
인생에서 한 가지를 배웠다는 것에 참으로 행복합니다.
언젠가는 당신 제품을 많이 구입할 날이 있기를 바라며 당신의 성의에 깊은 감사를 드립니다.

한국 사람을 좋아하는 사람들이 많이 방문하는 포토벨로 마켓. 한국 사람도 많이 방문하고, 한국 사람을 좋아하는 사람도 많이 방문하는 곳이다.

만병통치약

2009년 8월 17일에 있었던 일이다.

우리 레스토랑에 한국분이 오셨다.

영국에서 오래 거주하시고, 한국과 영국에서 식당만 몇 십년을 했다는 분이 나에게 말하기를,

"한국 사람은 늙어서 돈이 없으면 정말로 힘이 드니 젊어서 한 푼이라도 벌어 놓으세요. 영국은 사회보장제도가 잘되어 있어서 늙어도 괜찮습니다. 영국 사람들은 어려서부터 돈이 없으면 정부에 의지하면 되기 때문에 어려서부터 정부에 의지하는 것을 배우고, 그것을 당연하다고 생각하며, 돈이 없으면 적게 쓰고, 남을 신경쓰지 않습니다. 그러나 이에 비해 한국 사람들은 자생하려는 마음이 강해서 어떻게든 내가 벌어서 내가 살려는 의지가 강합니다. 그러니 영국 사람들보다 지독하게 일을 하는 겁니다. 열심히 일을 하여 돈을 벌어 놓으세요!"

이 말은 나도 젊은 친구들에게 종종하는 말이고, 나도 알고 있는 이야

기이지만, 타인으로부터 이 말을 들으니 새로운 느낌으로 나의 가슴을 울린다. 나는 이분의 말씀을 감사하는 마음으로 내 가슴속에 간직하고, 깊이 새겨 두면서 한평생을 간직하기로 하였다.

레스토랑 일은 피곤하고 힘들다. 매일같이 하루 종일 일을 하다 보면 몸이 천근만근 무거운 경우가 많다. 마켓에서 천막을 치고 홋팩을 파는 일도 하루 종일 하다 보면 피곤하다. 게다가 마켓 장사를 끝마친 후 또 레스토랑에서 일을 하다 보면 정말로 피곤하여 지하 계단을 올라오며 한두 번은 잠시 쉬었다가 가쁜 숨을 몰아쉬게 된다.

이렇게 힘들 때에는 내 가슴속에 새겨 둔 이분의 말씀 "열심히 일을 하여 돈을 벌어 놓으세요!"를 꺼내어 되새기며 스스로에게 새로운 의지를 북돋는다.

포토벨로 마켓 사무실 바로 앞에 있는 집들의 모습. 런던에서는 보기 드물게 색색이 다른 색깔의 집들이 특이하다. 영국에서는 사회보장제도가 잘되어 있어서 이런 집도 정부에서 무료로 제공하는 경우가 있다.

한국 사람들이 아랍권에서 실크스카프를 팔아서 돈 번 사람들이 많은데, 아랍 사람들은 실크스카프를 선택할 때, 화려하고 밝고 화사한 색깔을 고르는 한국 여자들과는 달리, 한국에서는 잘 팔리지도 않은 우중충한 색깔의 실크스카프를 선택한다. 이것은 한국 사람들과 아랍 사람들의 의식구조와 문화적인 차이 때문이라고 한다.

내가 처음 핫팩을 팔려고 한다고 하니, 주위 사람들 모두가 반대를 하였다.
"그것 한국에서는 15년 전에 한물간 제품인데, 그런 물건을 가져다가 팔면 큰일 납니다. 무역은 한 번 잘못 손대면 빼도 박도 못해요. 그것을 절대 팔면 안 됩니다."
라며 여러 가지 이야기를 해준다.
그러나 나도 안다. 무역 한 번 잘못 손대면 큰 손해를 보는 경우가 있다. 어쩌면 이익보다 손해를 보는 경우가 많을 수도 있다. 그 의미는 무역이라는 것이 쉽지만은 않다는 것이다.
영국에서 여러 가지 일을 해보고, 수많은 경험을 해본 나는 핫팩을 처음 본 순간 '이것은 팔린다! 이것은 내가 팔 수 있다!'라는 확신이 섰다. 자신감이 생겼다. 이것이 장사꾼의 감각인가? 그래서 핫팩 장사를 시작했는지도 모른다.
나도 어떻게 하면 핫팩을 잘 팔 수 있을까? 정말로 많은 고민을 했다.
모른 사람들이 말한다. 손님들도 말하고, 장사를 하는 동료도 말을 하고, 장사를 하면서 만나는 한국인도 한결같이 말하기를,
"야, 이 제품 겨울에 잘 팔리겠네요."

"지금이 이렇게 더운 여름인데 왜 지금 팔아요? 겨울에 팔아야지!"
"이건 제품은 좋은데, 시기를 잘못 만났어. 이렇게 더운 여름에 누가 핫팩을 사겠어?"
"하하하, 이건 겨울제품이야!"
대부분의 사람들이 이렇게 말을 하지만, 내가 팔아 보니 핫팩은 오히려 더운 여름에 잘 팔린다.
여름에 잘 팔리는 것은 내가 고안하고 생각한 아이디어의 일종이다.
여름에는 주로 여자들의 생리통과 요통에 좋다고 손님들을 설득하여 물건을 파는 것이다.

2014년 3월 15일의 일이다.
장사를 하고 있는데 옆의 동료가
"이제 날씨가 점점 따뜻해지지 당신의 좋은 시기가 지나가고 있네요?"
라고 말하는 것이다. 이에 나는 대답했다.

"아닙니다. 이제부터 나의 시기가 다가오고 있습니다. 사람들이 아무도 믿지 않지만, 이 제품은 따뜻한 날에 더 팔리는 제품이지요."
"허, 이상하네요. 이 제품이 따뜻하면 더 잘 팔린다고요?"
믿지 않는다. 아무도 믿지 않는다.
한동안 나는 '어떻게 하면 여름에도

동료가 팔고 있는 옷. 비가 오니 천막 위로 비닐천을 덮어씌웠다.

팔 수 있을까?'라고 고민을 하였다.

이런 고민을 하고 있던 중에 함께 일했던 데니가 'Pain Reliever'라고 해야 한다고 알려 주었다.

'Pain Reliever(통증을 완화해 주는 것)'. 이 말은 참으로 좋은 말이다. 그렇다면 이 단어와 관련하여 무엇이 더 있을까? 여성들의 생리통, 생리통이다. 생리통을 강조하여 판매를 하면 되겠다는 생각이 들었다.

그래서 지금은 항상 손님이 오면 영어로 "This is a pain reliever."라는 이야기로 시작하고, 여성들의 생리통에 좋다고 설명하여 판매를 한다. 여성들의 생리통은 추운 겨울이나 무더운 여름이나 항상 온다. 생리통은 내가 파는 핫팩 판매에 엄청나게 긍정적인 작용을 했다.

그래서 나는 남자 손님이 오면 부인의 생리통에 좋다며 팔고, 여자가 오면 당신의 생리통에 좋다고 하며 팔았다.

이것이 장사꾼의 기질인 걸까?

사람들이 지나가거나 나에게 다가오면 "생리통, 생리통!"을 외치면 사람들이 웃는다. 남자가, 그것도 마켓에서 장사를 하는 사람이, 거기에 영어도 잘 못하는 동양 남자가 '생리통, 생리통!'을 외치고 있으니, 서양 사람들이 보면 웃기는 모양이다.

장사는 이렇게 해야 한다. 사람들의 관심을 끌어서 모이게 한 후, 생리통에 좋다고 설명을 하여 하나라도 팔아야 한다.

2009년에 나는 허리가 아파서 이틀 동안 꼼짝을 못했다. 서 있어도 아프고, 앉아도 아프고, 누워도 아프고, 통증이 너무나 심하여 견딜 수가 없었다.

나는 요통에 좋다면서 훗팩을 팔아도, 훗팩을 믿지 않고 사용하지 않았다.

그로부터 이틀이 지난 후, 나는 도저히 통증을 참을 수 없어 허리에 벨트를 이용하여 사용하는 Large Size 훗팩을 사용하였다. 그리고 이틀 후, 믿어지지 않는 기적이 발생하였다. 그 심하던 통증이 기적처럼 없어진 것이다. 나도 신기하였다. 믿을 수가 없었다. 기적이다.

우리는 이런 것을 기적이라고 한다. 이것은 무척 좋은 경험이다. 나의 경험을 이용하자. 나의 경험을 장사에 이용하자.

2009년 9월에 포토벨로 마켓에서 장사를 하고 있을 때였다.

자메이카에서 왔다는 사람이 찾아와서

"당신 제품은 굉장히 좋습니다. 내가 나의 손이 안 닿는 허리 중간이 아파서 5년을 고생했습니다. 나는 집수리를 하는 공사 일을 하기 때문에 허리 가운데가 아파서 정말로 고통스럽게 생활했습니다. 그런데 당신이 팔고 있는 Large Size와 벨트를 사서 허리 중간에 걸쳐 메었지요. 이틀을 걸쳐 메니 갑자기 통증이 무척이나 심하더군요.

그런데 기적이 일어났습니다. 너무나 아파서 미치겠더니만, 5년 간이나 아팠던 고통이 없어졌습니다. 믿을 수가 없었어요. 무려 5년이나 고생한 나의 통증이 없어져 버린 겁니다.

지금 보세요! (허리를 흔들어 보이며) 이제는 전혀 아프지 않아요. 내가 당신 제품을 소개하여 드릴 테니 전단지를 줄 수 있는 만큼 주세요. 내가 내 친구, 주위의 아는 사람들에게 모두 소개하겠습니다."

40대 중반의 금발의 백인 영국 여자가 찾아와서,

"나를 기억할지 모르겠습나다만, 내가 무릎이 아파서 오랫동안 고생을 했는데 1개월 전에 당신이 파는 이 홋팩을 구입하여 사용한 후, 나의 무릎 통증이 없어졌습니다. 참으로 이상합니다. 그 고생을 한 무릎인데 어떻게 이렇게 간단한 것이 통증을 없애 주는지 이해가 안 되네요. 이제는 정상적으로 걸을 수가 있어요. 정말이지 믿을 수가 없습니다."

그리고 주위에 있던 사람들에게

"이 제품 정말로 좋습니다. 내가 오랫동안 아팠던 무릎 통증이 없어졌어요. 아주 좋은 제품입니다."

하며 소개를 하는 것이었다.

그리고 50대 영국인 여자분이 찾아와서는,

"제 딸아이가 다른 사람에 비하여 생리통이 심한데, 이 제품을 선물로 줬더니 생리통에 좋다고 하더군요. 경험을 해보지 못한 사람은 알 수 없는 아주 좋은 제품이라고 하더군요."

하며 칭찬을 한다. 그렇다 경험해 보지 못한 사람은 이해하지 못하는 것이 바로 이 홋팩의 효능이다. 몸에 좋고, 아픈 것이 없어지면 그야말로 만병통치약이 될 수도 있는 것이다.

만성피로, 혈액순환, 요통, 두통, 편두통, 생리통, 관절염, 피부통증, 근육통증, 어깨가 아픈 사람, 어린이 배 아플 때, 피곤한 사람, 어지러운 사람, 스트레스가 있는 사람, 이 홋팩 한 번 사용해 보세요. 정말로 끝내줍니다. 정말로 정말로 좋은 제품입니다.

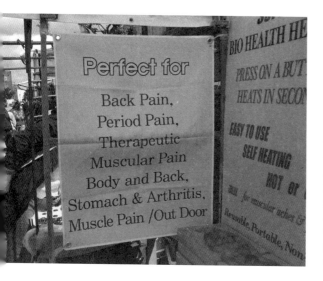

'요통, 생리통 치료 가능, 근육통증, 몸과 등 치료, 복부와 관절염, 근육통과 야외용'이라고 적은 현수막을 천막에 걸어 놓고 장사를 하면 영국 사람들은 한참을 읽는다. 영국 사람들은 영어가 자기들 언어이기에 금세 이해를 한다. 이렇게 하지 않으면 좀처럼 팔리지 않는 제품이다.

1년 보장One Year Warrenty! 1년을 보장해 줍니다. 1년 이내에 어떤 문제가 있으면 저희가 새로운 물건을 우편으로 발송하여 드립니다.

저희는 물건을 팔고 나서 절대로 도망가지 않습니다. 절대로 없어지지 않습니다. 만일 내가 아픈 곳이 없으면 가족 중에 위와 같은 현상이 있는 사람을 위하여 선물로도 좋습니다.

날이면 날마다 파는 것이 아닙니다. 오직 토요일, 여기 포토벨로 마켓에서만 판매를 합니다. 인터넷 온라인으로도 판매를 하지만 비쌉니다.

자, 자, 사실 분들은 빨리 빨리 사세요!

오늘은 프로모션 데이Promotion Day(홍보의 날)라서 싸게 팝니다.

오늘은 '프로모션 데이'라고 하자, 옆에 있던 사람이

"당신들은 일 년 내내 프로모션 데이라며 물건을 팝니까?"

라고 말했고, 옆에 있는 사람들이 모두 웃는다.

어서 사세요!

하나를 사면, 3년에서 5년 동안 사용할 수 있습니다.

영국에서 최고로 좋은 제품, 저희가 직수입한 제품!

이 제품은 오직 저희만 판매합니다.

영국에서는 저희만 판매를 합니다.

무독성의Non-Toxic!

알레르기 반응이 없는Non Allergic!

고통을 완화해 줍니다Pain Reliever.

오늘은 프로모션 데이!

Small Size가 단돈 5파운드!

5년 동안 사용 가능하기에 1년에 1파운드만 투자하면 됩니다.

이렇게 좋은 제품이 단돈 5파운드!

허리 아픈 사람, 무릎 아픈 사람, 여자들 생리통에 아주 좋습니다.

정말로 믿기지 않습니다.

차오! 차오!

최첨단 기술로 만들어진 홋팩!

이렇게 좋은 물건은 선물로도 좋습니다.

자! 어서 어서 사세요.

5파운드에서 40파운드까지 다양하게 있습니다.

5파운드, 20파운드, 25파운드, 30파운드, 40파운드

하나만 사더라도 5년간 온 가족이 사용할 수 있습니다.

10년동안 2~3개만 있으면 온 가족이 건강을 위해 사용할 수 있습니다.

외친다. 이렇게 외친다.

외치고 또 외쳐야만 사람들이 모여들고 물건을 구입하려고 관심을 보인다. 이렇게 외치면 종종 사람들이

"만병통치약이네!"

"아! 사고는 싶은데 와, 비싸네!"

그리고 한 손님이 나에게 말한다.

"하! 당신은 정말로 물건을 잘 파네(장사 기술이 좋네)!"

손님이 놀라며 칭찬을 한다.

이 세상에서 잘만 하면 장사처럼 재미있는 것이 없다고 한다.

포토벨로 마켓에서 전 세계 사람들을 상대로 장사를 하다 보면 각 나라별로 조금씩 공통적으로 보이는 특성이 있다.

이 특성을 이용하여 할 말을 하고, 조금은 과장하여 그리고 약간 포장하여 이야기하는 것도 판매의 기술이요, 인간의 재능이기도 하다.

장사를 하려면 똑딱 하고 사용한 것을 끓여서 다시 사용해야 하기 때문에 이렇게 가스불로 끓여서 사용한다. 이 철재로 된 천막은 금요일과 토요일 장사를 할 때 빌려 주고, 1일 사용 비용으로 9파운드를 지불한다.

지구상의 사람 중에서 인도, 파키스탄, 아랍 사람 그리고 아프리카 사람들 중에는 뚱뚱한 사람들이 많다.

인간이 뚱뚱하면 누구나 당연히 허리가 아프고 그 다음은 무릎이 아플 수 밖에 없다.

이쪽 계통의 사람들이 오거나 혹은 뚱뚱한 사람이 오면,

"손님, 허리가 아프시죠?"

"나의 허리가 아픈지 어떻게 아시나요? 맞아요, 허리가 아파요."

"제가 작년에 허리가 아팠거든요. 허리가 아프면 너무나 아파서 움직일 수가 없지요. 그런데 이 핫팩은 허리 아픈 데 정말로 좋습니다. 나도 그렇게 허리가 아팠는데, 이 허리띠에 핫팩을 넣어서 이틀을 대고 있었더니 통증이 기적같이 없어지더군요. 제게 기적이 일어난 겁니다. 이 핫팩이 믿을 수 없을 만큼 좋습니다."

"그런데 가격이 얼마입니까?"

"허리띠와 Large 핫팩이 단돈 40파운드, 오늘은 프로모션 데이라서 40파운드입니다. 평상시 가격은 50파운드, 인터넷 온라인 가격도 50파운드, 오늘은 단돈 40파운드에 1년 품질보장입니다."

"신용카드도 받나요?"

"오직 현금만 받습니다. 현금이 없으시면 바로 저기 가게 앞에 Cash Machine이 있으니, 거기서 돈을 인출하세요."

장사를 하면서 인도, 파키스탄, 아랍사람 그리고 아프리카 사람들이 오면 허리에 차는 핫팩 세트를 보여 주면서(물건을 팔 때 나는 항상 핫팩을 허리에 차고 보여 주면서 일을 한다),

"저희는 허리에 차는 Large 핫팩 세트를 인도, 파키스탄, 아랍 사람 그리고 아프리카 사람들에게 많이 판매하고 있습니다. 핫팩은 허리 아플 때 정말로 좋습니다. 참 이상합니다만, 인도, 파키스탄, 아랍 사람 그리고 아프리카 사람들은 허리가 아픈 사람들이 많더군요. 남자, 여자 할 것 없이 참으로 허리가 아픈 사람들이 많습니다. 사간 사람들은 모두가 좋다고 칭찬이 자자합니다."

"그런데 세트로 가격이 얼마입니까?"

"인터넷 온라인 가격은 50파운드, 오늘은 단돈 40파운드입니다."

"와! 비싸네!"

"물건을 보고 이야기를 하셔야죠! 우리가 생활하면서 자동차를 구입하는데 벤츠, BMW는 무척 비쌉니다. 그렇지만 품질이 좋기에 모두가 믿고 삽니다. 이 핫팩도 마찬가지입니다. 저희 제품은 다른 나라 제품과 비교가 안 될 정도로 품질이 좋습니다."

포토벨로 마켓에서 우리 제품의 주요 고객은 첫 번째가 이탈리아 사람들, 두 번째가 스페인 사람들, 세 번째가 프랑스 사람들이다.

매주 토요일이면 이탈리아, 스페인 관광객의 대군단이 몰려왔는데, 스페인과 이탈리아 경기가 나빠지면서부터 이쪽 손님들이 많이도 줄어들었다.

이탈리아, 스페인 사람들은 재미가 있다. 영어를 잘못하면 자기들 말로 막 설명한다. 서로 웃고, 물건을 사면서도 가격을 깎아 달라고 한다. 그러면 나도 죽는소리를 한다.

"힘들어, 생활이 힘들어! 애가 둘이나 되고, 수입할 때 운송비용, 런던 창고 보관비용, 여기 부스 비용을 내고 나면 남는 것이 없다(그래서 못 깎아준다)!"

서로 웃는다. 웃으면 사 간다. 서로 웃은 값은 해야지! 재미있는 이탈리아, 스페인 사람들.

이에 비해 프랑스 사람들은 이상하게도 약간 다르다. 그렇게까지 웃지 않고, 약간은 심각하다. 물건을 살까 말까 많은 고민을 한다.

그럼 나는 위에서 말한 모든 것들을 열거하며 일일이 설명한다.

"무독성의 알레르기가 없는, 고통을 완화해 주는 제품입니다. 오늘은 프로모션 데이라서 저렴하게 판매하고, 1년 품질보장해 드립니다. 안 터지고, 끓는 물에 넣어도 아무런 이상이 없습니다."

이래도 프랑스 사람들은 살까 말까 고민을 많이 한다.

오늘도 하루 종일 마켓에서 외친 후, 저녁에는 레스토랑에서 또 일을 한다.

레스토랑에서 지하계단을 올라오는데 다리가 후들거린다.

레스토랑 계단을 올라오면서 숨을 한 번 몰아쉰다. 오늘도 16시간 일을 한다. 언제 쉬었는지 기억이 없다. 이러다 쓰러지면 안 되는데 말이다.

이렇게 피곤할 때, 고되고 힘들 때, 많은 것들이 나를 힘들게 만들 때, 여러 사람들이 우리를 힘들게 만들어도, 내가 만든 3년, 5년, 10년 나의 꿈을 적은 인생계획서를 읽어 보면 다시 힘이 솟는다. 무작정 사는 것이 아니다. 나에게는 꿈이 있다. 희망이 있다.

내가 여기저기 마켓을 돌아다니며 장사를 하면서 경험한 것은 런던 포토벨로 마켓에는 전 세계에서 돈 많은 관광객들이 많이 온다는 사실이다.

물가가 비싸다는 런던까지 여행을 온 사람들은 얼마나 부자일까?

돈이 많은 여자 관광객들, 그중에서도 30대~50대의 관광객이 많기에 물건을 판매하기가 조금은 수월하다.

그리고 관광객들은 런던 포토벨로 마켓까지 왔으니 무엇인가를 기념품으로 사 가지고 가야 한다. 관광객들은 무겁지 않고, 가격이 너무 비싸지 않고, 뭔가 특색이 있는 것을 찾는데, 그것이 바로 핫팩인 것이다.

장사를 하다 보면 손님들이 여러 가지 정보를 제공하기도 한다.

나와 동일한 핫팩을 이탈리아 사람이 중국에서 수입하여 런던의 대형 백화점에서 판매를 하고 있는데, 한 손님이 찾아와서 백화점에서 판매하는 사람이 핫팩을 한 번 구매하면 평생 사용할 수 있다고 하는데, 우리 제품은 어느 정도 사용할 수 있느냐고 묻는다.

나는 우리 제품은 많이 사용할 경우 보통 3년을 사용한다고 말했다.

그 백화점에서 판매를 하는 사람이 물건을 팔기 위하여 평생 사용할 수 있다고 거짓말을 한 것인데, 그야말로 대형 거짓말을 한 것이다.

나도 처음에는 한 번 구입하면 10년을 사용할 수 있다고 설명하면서 팔았다.

"10년! 이렇게 좋은 제품을 한 번 사면 10년 동안 사용할 수 있습니다. 아빠도 사용하고, 엄마도 사용하고, 아들딸도 사용하는데 10년을 사용할 수 있는 제품이 여기에 있습니다."

그런데 아무래도 양심의 가책을 느낀다. 이것을 사용하다 보면 10년도 가기 전에 이미 제품이 너덜너덜해져서 사용할 수가 없다.

그래서 생각한 것이 5년이다. 사용기한을 10년에서 5년으로 줄인 것이다. 그래도 5년이라고 말은 안 하고,

"자, 보세요. 이렇게 좋은 제품을 두 개면 10년 동안 사용할 수 있습니다. 10년에 두 개, 10년 동안 두 개만 있으면 충분히 사용할 수 있습니다."

한 개에 5년간 사용하는 것도 아무리 생각해도 거짓말이 많이 들어간 것 같아서 고민을 하다가 지금은 2~3년으로 변경하였다.

"자, 오세요. 보세요. 하나만 사면 2~3년을 충분히 사용할 수 있는 제품입니다. 3개만 사면 10년을 사용할 수 있는 제품! 허리 아픈 사람, 무릎 아픈 사람, 어깨가 결리는 사람, 두통으로 고생하는 사람, 어린이 배 아플 때 굉장히 좋은 제품이 여기 있습니다. 3개만 가지면 10년, 10년을 사용할 수 있는 제품입니다."

관광객들이 몰려들었다. 부자 관광객들이다. 주로 여자들, 부인들이다. 내가 설명을 하기 시작했다.

"이 제품은 만성피로, 혈액순환, 요통, 두통, 편두통, 생리통, 관절염, 피부통증, 근육통증, 어깨가 아픈 사람, 그리고 어린이 배 아플 때, 피곤한 사람, 어지러운 사람, 스트레스가 있는 사람들은 이 핫팩 한 번 사용해 보세요.

정말로 끝내줍니다. 정말로 좋은 제품입니다. 나도 허리가 아파서 이틀 동안 꼼짝을 못하다가 이 핫팩을 사용한 후, 이틀 후에 마음대로 걸

여기 있는 제품을 지나가는 관광객들에게 악착같이 팔아야 한다. 손해 볼 수는 없다. 물건을 못 팔면 내가 죽는다는 심정으로 손님들에게 악착같이 매달린다. 하늘이 감동할 때까지 매달리는 것이다.

어다닐 수 있었습니다. 기적과도 같은 제품입니다."

그러자 앞에 있던 이탈리아 사람인 듯한 여자가

"이 제품은 만병통치약이네요!"

하니, 모두들 웃는다. 나도 웃었다. 내가 효능에 대하여 너무 많이 설명을 했나? 하지만 장사는 웃으면서 팔아야 한다.

이때 지나가던 백인 여자가 사람들에게

"이 제품 정말로 좋습니다. 내가 구매하여 사용해 보니 오래 사용하고, 정말로 따뜻하고, 통증도 없애 주고, 품질도 좋고…… 아주 좋아요!"

라고 말하자, 앞에 있던 사람들이 우르르 사간다.

딸아이와 함께 장사를 하는데

"아빠하고 장사를 하면 어떤 때는 창피해. 이 훗팩이 무슨 만병통치약처럼 과대포장을 하면서 팔아?"

"선의의 거짓말은 하나님도 용서한다는 말이 있어. 이 제품이 얼마나 좋은지는 경험을 해보지 않은 사람은 몰라. 아빠 허리 아픈 것도 이것으로 나았잖아. 이 제품을 쓰고 아픈 곳의 통증이 없어졌다고 하는 사람들이 얼마나 많은데!

그리고 장사는 장사야! 팔아야지. 만병통치약이 뭔 줄 알아? 잘 나으면 만병통치약이 될 수도 있지. 제품이 좋으니까 사람들이 사고 또 사고, 다시 사러오고…… 물건을 팔아야 돼. 못 팔면 내가 죽는다는 심정으로 팔아야 돼. 장사는 이렇게 하는 거다. 하늘이 감동할 때까지 악착같이 하는 거다!"

돌고 도는 세상을 찾아서

포토벨로 마켓에서 장사를 하고 있는데, 남미국가인 콜롬비아^{Colombia}에서 왔다는 남자가

"영국 런던은 이상합니다. 길거리에 포장마차 하나 없고, 먹을 곳이 별로 없어요. 식당이 별로 없습니다. 아니, 이렇게 큰 대도시에 어떻게 식당이 별로 없을까요? 참 이상하네요!"

"여기 영국은 식당, 노래방 등이 철저한 허가제로 되어 있어 식당, 노래방, 호텔 등을 하기가 참으로 어렵습니다. 허가가 떨어지지 않기 때문입니다. 그래서 먹을 곳이 별로 없고, 길거리에 포장마차도 없어 길거리가 깨끗하지요. 이렇게 철저한 허가제로 하기에 불경기가 닥쳐도 경쟁자가 별로 없게 되죠. 그렇기 때문에 기존의 식당들이 유지를 할 수 있습니다."

"아니, 식당을 아무 곳이나 그냥 하면 되잖아요. 음식 먹는 곳에 무슨 규제를 그렇게 많이 해요? 우리나라는 그냥 아무 곳이나 하면 되는

사람들의 왕래가 많고, 비즈니스가 활발한 대도시 런던이지만 허가가 까다로워 길거리에 포장마차가 하나도 없고, 음식을 먹을 수 있는 식당 또한 많지 않다.

데…… 도무지 이해가 되질 않네요."

"그래도 여기 포토벨로 마켓은 다른 곳에 비하여 먹을 곳이 많습니다."

"내가 보기에는 몇 개 되지도 않는데, 이것이 많다고요?"

이 지구상에는 식당, 노래방을 아무 곳이나 자기가 원하는 곳에서 영업할 수 있는 나라들이 많다. 설령 규제가 있다고 하더라도 시설 조건만 갖추면 대부분의 나라에서 식당허가가 나온다. 허가조건이 까다롭다는 스위스나 프랑스 같은 나라도 시설 조건만 갖추어지면 식당(레스토랑) 허가가 나온다고 한다.

한국에 가면 사람들이 영국에서 뭘 하면서 지내느냐고 물어 식당을 한다고 하면, 사람들은 속으로 '개나 소나 아무나 하는 식당'이라고 생각을 하는 것 같다.

개나 소나 아무나 하는 식당?

영국에서 허가가 얼마나 까다로운지 전 세계 사람들은 전혀 모른다.

우리 집은 런던 중심지인 켄싱톤 첼시 구청에 속한다. 우리 집 근처의 한 호텔에 한국에서 방문하는 손님들을 소개하여 주다 보니 머리가 아주 금발의 백인 주인 남자와 종종 이야기를 나누게 되었다. 주인 남자는 자기 형수가 한국인이라며, 한국인은 정말로 성실하고 정직하다면서 내가 한국인이라고 하자 매우 반기는 기색이다.

내가

"왜 이 지역에 새로운 호텔이 생기지 않습니까?"

하고 물었더니,

"당신도 식당을 하고 있으니 식당허가 받기가 얼마나 힘든 줄 알고 있잖아요? 켄싱톤 첼시 구청에서는 호텔이 생기면 사람들이 거주할 공간이 적어지기 때문에 이제 더 이상 호텔허가를 해주지 않기로 결정하였습니다."

그래서인지 런던 올림픽 때에도 우리가 거주하는 지역에 새로운 호텔이 전혀 생기지 않았다.

영국에서 가장 부촌지역, 어쩌면 전 세계에서 가장 부촌 중의 하나인 켄싱톤 첼시 구청. 런던 히드로 공항에서 런던 시내로 들어가려면 분명히 켄싱톤 첼시 구청 땅을 지나서 가야 되는데, 이런 곳에 더 이상 호텔이 생기지 않는다는 것이다.

나는 경제적인 문제는 런던 현지에 가서 해결하자는 생각으로 가방만 하나 들고 무작정 런던으로 왔다.

당시 물가가 비싼 런던에서 돈이 없어 숨을 죽이며 조용히 생활하며, 런던에서 무슨 일을 하면 돈을 벌 수 있을까에 대해 조용히 여기저기 살펴보고, 사람들에게 물어보고, 남의 이야기를 잘 듣기 시작했다.

그리고 내린 결론은 영국에서 돈 벌 곳이 별로 없다는 점과 영국 런던에서는 식당(레스토랑) 과 노래방Karaoke을 해야 돈을 벌 수 있다는 점이었다.

그 당시 일본에서는 노래방이 시작되어서 높은 이익을 창출했기에 앞으로 영국에서도 노래방을 하면 많은 돈을 벌 수 있다는 생각이 들었다.

이때부터 나는 내가 영국에서 거주하게 된다면 내 꿈을 런던에 식당과 노래방을 오픈하는 것으로 정했다.

나는 나의 꿈을 항상 가슴에 담아 두고, 매일 매일 열어 보고, 돌아가신 아버지에게 끊임없이 매달리고 기도했다. 특히 생활이 힘들고 고달플 때에는 항상 내 작은 꿈을 생각하며, 나의 작은 꿈에 의지하며, 어려운 고비를 넘기며 생활하였다.

꿈을 정하는 것은 돈이 들어가는 게 아닌데도 사람들은 이런 것을 별로 하지 않는다.

내가 만든 나의 영국에서의 꿈인 식당과 노래방.

우선 식당을 해야 노래방을 오픈할 수 있으므로 식당을 어떻게 오픈해야 될지 생각해야 했다. 그러나 아무리 생각해도 돈이 없었기에 아무런 방도가 없었다.

생활하면서 보니, 식당과 노래방을 하는 것이 구청의 허가가 어려워 보통 힘든 것이 아니고, 일단은 돈이 너무나 많이 들어가기에 정말로 희망이 없어 보였다.

그렇지만 하루도, 정말 하루도 포기하지 않고 어떻게 하면 식당을 할 수 있을까를 생각했다. 그리고 '반드시 길은 있다'고 생각했다.

그리고 돌아가신 아버지에게도 항상 끊임없이 부탁을 했다(혼자하는 것이지만).

'아버지! 제 꿈을 런던에 식당과 노래방을 오픈하는 것으로 정했는데, 돈이 없습니다. 가진 것이 아무것도 없으니 제 꿈을 잘못 정한 것인가요? 아버지, 하늘 위에서 보면 길이 보이지 않습니까? 뭔가 방법이 있을 것도 같은데, 부디 그 방법을 알려 주세요. 정말로 도와주세요! 저에게는 아무도 도움을 줄 사람이 없습니다. 아버지가 도와주셔야 합니다.'

그럴 때면 아버지의 음성이 들린다

'아들아! 돈이 없지? 가진 것이 아무것도 없지? 내가 물려준 것이 하나도 없으니 네가 가진 것이 없겠구나. 물가기 비싼 런던에서 빈손으로 시작하려니 얼마나 힘들겠어. 그렇지만 너의 꿈을 포기하지 말아라. 절대로 꿈을 포기하지 말고, 부탁하니 마지막까지 꿈을 붙잡고 버텨라! 아들아! 사랑하는 아들아! 아무리 힘들어도, 그리고 빈손으로 시작했어도, 절대로 희망의 끈을 놓지 말아라. 마지막까지 붙잡고 버텨라!'

2006년 8월 23일

나는 기적적으로 레스토랑을 오픈하였다.

영국에 온 지 15년, 레스토랑을 꿈꾼 지 15년, 영주권을 받은 지 5년 만에 기적적으로 레스토랑을 오픈하였다. 하루 아침에 14명의 종업원을 거느리는 사장님이 된 것이다.

그런데 식당을 하면서도 몇 번의 사기를 당하고, 일을 그만두고 나간 종업원이 일을 하면서 인종차별을 당했다고 나에게 인종차별소송을 걸고, 천장 에어컨을 설치해 준 회사가 자기들이 잘못을 했으면서도 나에게 소송을 걸고, 돈을 가지고 도망가고…… 마지막으로는 영국 웨일스 사람에게 사기당하고…… 결국 우리는 버티고 버티다가 부도를 당해서 레스토랑 문을 닫고 말았다.

꿈을 가지고 시작한 레스토랑이 문을 닫자, 아내는 눈물을 흘렸다. 이제 우리 부부는 영국에서 두 번 다시 레스토랑을 할 기회가 없어져 버린 것이다.

이렇게 한 번 부도가 나서 레스토랑 문을 닫으면 두 번 다시 하기가 힘들다. 나도 어이가 없었다. 레스토랑도 없어지고, 노래방의 꿈은 완전히 사그러졌다.

하늘을 보며 돌아가신 아버지를 불러도 불러도 회신이 없고 대답도 없다. 그렇게 열심히 일을 했는데 말이다.

그리고 1년 8개월 후.

나에게 기적 같은 일이 일어났다.

레스토랑이 돌고 돌아 1년 8개월 만에 우리 부부 손으로 돌아와서 우리 다시 오픈을 하게 된 것이다. 레스토랑을 팔려고 마켓에 내놓으니 1년 8개월 동안 여러 사람들이 왔다 갔다 하고, 할까 말까 망설이고, 이익창출이 안 된다며 아무도 자기들이 한다고 결정을 내리지 않는다. 레스토랑을 팔려고 엄청나게 싼 가격으로 내놓으니, 이제는 가격이 너무나 싸다고 의심을 하며 가져가지 않고, 결국은 다른 사람이 운영을 하던 레스토랑을 우리 부부가 다시 시작하게 된 것이다. 이에 대해 아내는,

"누가 우리를 도와주고 있는 것 같아요."

지난 2014년 2월 6일 오전 12시 30분경에 우리 변호사로부터 한 통의 전화를 받았다.

가슴이 벅차서 눈물을 글썽거린다.

"Mr. OH, 켄싱톤 첼시 구청으로부터 Mr. OH 레스토랑 지하에 노래방 허가가 나왔습니다."

영국에 와서 내 꿈을 런던에서 식당과 노래방을 오픈하는 것으로 정한 지 햇수로 24년, 나의 꿈이 24년이나 걸린 것이다. 그 기나긴 세월을 생각하니, 자꾸만 눈물이 눈앞을 가린다.

그리고 노래방 허가를 시도한 지 1년 8개월 만에 기적적으로 허가를 받았다. 그동안 우리 부부는 노래방 허가가 나올까 안 나올까 걱정되는 마음으로 제대로 잠을 이루지 못했다.

구청에서 노래방 허가조건은 3년 이내에 노래방 공사를 시작해야 하고, 오전 10시부터 일주일 내내 7일 동안 영업한다는 조건이다.

전에 구청에 제출하기 위해 우리 레스토랑 지하 노래방 구조 도면도를 그려준 한국분이 나에게 말하기를,

"영국에서 노래방 허가취득이 아무리 힘들다고 하더라도 진드기 전법을 사용하면 받을 수 있습니다."

사람들이 모르고 사용을 안 해서 그렇지, 진드기 전법이 얼마나 위대한 전법인지 아무도 모른다.

지금도 아내는 종종 말한다.

"누가 우리를 도와주고 있는 것 같아요."

한국은 12월이 되면 동창회, 친목회, 송년회, 회사 회식 등 수많은 행

사로 식당들이 붐비는데, 영국은 회사에서 회식도 없고, 송년회나 동창회 같은 것도 없어서 우리 레스토랑도 매년 12월이 되면 가장 한가해진다.

영국은 극심한 불경기이다. 근검절약정신이 강한 영국 사람들이 경기가 나빠지니 지갑을 닫은 것이다.

한국과는 달리 영국 회사는 회식 같은 것도 없고, 연말 송년회도 회사 내에서 샌드위치와 와인 몇 병 사다 놓고, 술 한 잔씩 마시고, 박수 한 번 치고 끝내는 경우가 많다. 그래서 불황이 닥치면 많은 가게들이 문을 닫기도 한다.

하지만 우리는 1일, 1개월, 1년, 3년, 5년, 10년 목표계획 (목표, 우리의 할 일) 을 세우고 장사를 한다. 목표를 세우고 이것을 달성하기 위해 노력하고 시도하고 도전하고 하늘이 감동할 때까지 열심히 일을 하는 것이다.

이렇게 목표계획을 세우고 장사를 하면 피곤하지 않고, 하루 하루를 희망되고 보람되게 보낼 수가 있다.

한국에서 대부분의 레스토랑은 종일영업 또는 밤샘 24시간 영업을 하는 곳도 있다. 영국은 술을 파는 시간도 법으로 정해져 있는데, 우리 레스토랑의 경우는 낮 12시부터 저녁 12시까지 알코올이 포함되어 있는 술을 팔 권리가 있고, 이 시간에만 영업을 해야 한다. 이 때문에 레스토랑도 밤 12시 이후로는 영업을 하지 못한다.

이래서 점심 영업시간도 정오 12시부터 오후 3시까지 영업을 한 후, 문들 닫고 잠시 쉰 다음 저녁 6시에 다시 문을 열어 영업을 시작한다.

경기가 불황이다 보니 장사도 예측을 하기가 힘든 시기가 되었다. 전에는 금요일, 토요일은 장사가 잘되어 일을 하는 사람들도 많았는데, 지금은 금요일, 토요일이 한가하고, 한가한 시기였던 일요일, 월요일이 오히려 바쁜 날이 많다.

손님이 많을 것을 대비하여 음식준비를 잘해 놓으면 정말로 한가하고, 비교적 한가한 월요일, 화요일에 일을 하는 사람이 아파서 일을 못하는 경우에는 어떻게 이런 날을 알고 오는지 많은 손님들이 몰려들어 가게가 바빠서 뒤집어지는 경우가 많다.

손님으로는 이탈리아, 프랑스, 스페인 손님들이 많은데, 이 사람들은 늦은 시간에 식사를 하는 경우가 많아 종종 늦은 시간에 붐비는 경우가 많다. 이제는 식당 장사를 예측하기가 정말로 힘든 시기가 되었다.

2014년 1월 1일을 쉬고, 처음으로 시작하는 2014년 1월 2일 점심시간에 손님이 한 명도 오지 않아 점심 영업이익이 '0^{zero}'이 되자 아내가 울상을 짓는다. 새해 첫 장사부터 손님이 전혀 없자 울고 싶은 것이다. 이런 아내에게 내가 생각을 달리하여 "2014년은 하늘이 준 기회다! 우리를 돌봐주시는 돌아가신 우리 아버지가 하늘나라에서 우리에게 기회를 준 2014년이다. 2014년은 무無에서 유有 를 창조하라는 뜻에서 '0^{zero}'에서 시작하게 해주셨으니 얼마나 큰 영광인가?"

아내의 얼굴에서 웃음꽃이 핀다.

우리 부부가 함께 소리 내어 웃는다.

새로운 용기가 피어나기 시작한다.

사랑과 희망과 행복 그리고 진실은 바로 내 옆에 있는 것이다.

우리 부부에게 희망을 전달해 주는 2014년, 이 얼마나 아름다운 행복인가!

생각을 조금만 바꾸면 절망과 울상이 사랑, 희망과 행복과 도전으로 바뀔 수 있다.
우리는 돌고 도는 세상을 만들 수 있는 것이다.
우리는 할 수 있다.
꿈을 만들면 세상이 다르게 보인다.
그렇지만 그 꿈은 하루 아침에 이루어지는 게 결코 아니다.
목표를 세우고, 노력하고, 인내하고, 꿈에 한 발짝 가까워지기 위해 도전하는 것이다.
꿈을 만드는 것은 돈도 들어가는 것도 아니고, 시간이 걸리는 것도 아니고, 불법도 아니고, 더구나 남에게 피해를 주는 것도 아니다.
그런데 무엇이 두렵고, 왜 망설이는가?

비가 오는 날, 사람들이 내가 팔고 있는 핫팩을 보고 있다. 이 세상에는 편한 사람이 한 명도 없다. 인생을 포기하지 말자. 이 세상은 돌고 도는 세상이다. 나는 이렇게 길거리에서 장사를 한다. 희망을 갖자. 꿈이 있고, 계획이 있고, 인생 목표가 있으면 이렇게 길거리 장사도 행복하다.

한국 사람들 중에는 쉽게 포기하는 사람들이 많다. 너무나 쉽고 간단하게 인생을, 세상을 포기하는 사람들이 많다.

성적이 떨어졌다고 아파트에서 뛰어내리고, 취직이 안 된다고 아파트에서 떨어지고, 부도가 났다고 한강으로 가고…….

생각을 거꾸로 뒤집어서 해보면, 성적이 떨어지면 다시 공부하여 올리면 되고, 취직이 안 되면 음식을 배워서 중국 사람들처럼 남미 오지 국가 또는 아프리카로 가서 야금야금 작전을 시도하고 도전하면 되고, 부도가 났으면 정리하여 회사를 다시 일으켜 세우면 된다.

주위를 보면 할 일은 많고, 해야 할 일도 많고, 나의 일손을 필요로 하는 곳, 나의 작은 힘을 기다리는 곳이 많다.

행복과 희망 그리고 세상의 진리는 내 옆에 있다. 인생의 꿈을 정했으면 절대로 포기하지 말고, 마지막까지 붙잡고 버티자. 마지막까지 희망의 끈을 버리지 말자.

안타까운 소식이지만, 한국에서는 계속하여 가슴 아픈 소식이 전해온다. 유명 연예인의 자살, 생활고로 온 가족 자살, 단역만 맡은 40대 배우의 자살…….

이러한 소식이 우리의 가슴을 아프게 하고, 서글프게 한다.

또 힘든 한 사람이 이 세상을 먼저 떠났다.

우리에게는 내일이 있는데, 참고 조금만 견디면 내일이 있고, 희망이 있고, 행복은 저 먼 곳이 아닌 바로 내 옆에 있는데, 사람들은 너무나 빨리 포기를 하는 것이다.

이 세상은 돌고 도는 세상이다.

우리에게는 희망이 있고, 내일이 있고, 미래가 있다.

더 이상 이 세상을 떠나지 말자.

가진 것이 없는가?

의지 할 곳이 없는가?

손에 쥔 것이 아무것도 없는가?

이 세상에는 빈손으로 시작하는 사람들이 너무나 많다.

대체 무엇이 두려운가?

우리에게는 젊음이 있고, 건강한 신체가 있다.

대체 무엇이 아쉬운가?

돈이 들어가는 것도 아니고, 남에게 신세를 질 것도 아니다.

오늘 당장 꿈을 세워고, 시도하고, 하늘이 감동할 때까지 열심히 일을

해보자. 하늘이 당신을 바라보고 있고, 우리를 지켜보고 있다.

첼시 축구팀 경기장. 앞의 건물은 호텔이며 바로 뒤가 경기장으로,
호텔과 경기장이 같은 건물로 되어 있다. 우리 집에서 창문을 열어
놓으면 첼시팀 축구경기 할 때 함성이 들릴 정도로 가깝다. 그래서
집 주위의 많은 사람들이 첼시팀을 응원한다.

영국 사람들에게

"너의 올해 꿈이 무엇이니?"

하고 물어보면

"응, 올해는 첼시가 우승을 했으면 좋겠다!"

"그것은 취미생활이고, 꿈은?"

이라고 물으면 대답을 못한다.

한국에 가서도 종종 사람들에게

"너의 올해 꿈이 무엇이니?"

하고 물으면,

"응, 산에나 좀 많이 다녔으면 좋겠어!"

라고 대답한다.

그러면 나는 속으로 이렇게 말한다.

'그것은 취미생활인데……'

영국 사람이나 한국 사람이나 나이가 들수록

꿈이 없어지고, 취미생활만 느는 것 같다.

우리는 단 한 번이라도 취미생활을 버리고 꿈을 만들어 보자.

포토벨로 마켓 길거리에서 천막을 치고 장사를 하면서도 나는 1일 목표액을 정한 후, 장사를 시작한다. 이렇게 하루 동안의 나의 꿈을 만든 후 장사를 시작하면, 하루가 지루하지 않고, 거친 자연의 날씨를 이길 수 있고, 얼굴에 웃음을 가지고 물건을 팔 수 있다.

바람이 불고 비가 내리는 마켓 일을 마치고 가게로 오면, 레스토랑 일이 또 나를 기다리고 있다.

포토벨로 마켓에서 바라본 하늘의 모습. 장사를 하며 이 하늘을
자주 본다. 하늘은 우리의 꿈이요, 희망이다. 여기에서 좌측은
주차장, 우측은 마켓에서 장사를 하는 사람들이 사용하고 있다.

이번에는 레스토랑 1일 목표액을 정한 후, 장사를 시작한다. 나의 또
다른 꿈이 시작되는 것이다.

나에게는 항상 1일, 1개월, 1년 그리고 3년, 5년, 10년 계획을 세워
놓고 생활하는 작은 꿈이 있다.

이 작은 꿈을 가슴에 안고, 나의 두 손에 보듬고, 그 어린 시절, 나의
손을 붙잡고 눈물을 흘리신 가난한 아버지, 돌고 도는 세상의 진리를
말씀해 주신 아버지, 나도 부자가 될 수 있다는 한가닥 희망을 주신 아
버지에게 기도를 한다.

아버지!
오늘도 포토벨로 마켓으로 장사하러 갑니다.

1일 목표를 달성해야 합니다.

세상을 배우러 갑니다.

햇수로 6년 동안 장사를 했지만 아직도 세상을 깨닫지 못했습니다.

오늘은 우중충한 날씨, 무척이나 싸늘한 날씨입니다.

그래도 장사를 해야지요.

활기찬 포토벨로 마켓에서 장사를 해야 합니다.

다섯 살 꼬마 아가씨로부터 얻은 영국의 위대한 삶의 지혜인 개기기 전법과 진드기 전법 중 오늘은 진드기 전법을 사용해야 할 것 같습니다. 그래야 이렇게 추운 날씨에 하루 목표액을 달성할 것 같습니다.

오늘도 1일, 하루 목표액을 달성할 수 있도록 아버지가 도와주셔야 합니다. 오늘도 지나가는 관광객들에게 악착같이 달라붙어 매달려야 하루 목표액을 채울 수 있을 것 같습니다.

저는 열심히 일을 하겠습니다.

그 어린 시절 저의 손을 붙잡고 눈물을 흘리신 아버지의 모습을 기억하고, 아버지의 손자손녀인 저의 아이들에게 가난을 물려주지 않기 위해서는 열심히 일을 해야 합니다. 정말로 열심히 일을 해야 합니다.

이렇게 열심히 일을 하는 아들을 아버지가 도와주셔야 합니다. 정말로 도와주셔야 됩니다.

오늘도 변함없이 좋지 않은 날씨, 해가 없고, 우중충하고 싸늘하게 추운 날씨입니다.

하지만 저는 오늘도 돌고 도는 세상을 찾아서 포토벨로 마켓으로 장사하러 갑니다.

아버지가 말씀하신 돌고 도는 세상을 찾으러 갑니다.

포토벨로 마켓에서 하늘을 보니 지금까지 나를 지켜주신 아버지의 음
성이 들린다.

아들아!
지금도
너의 마음에 새로운 꿈이 가득하고
새로운 꿈을 먹으면서 생활하며
이제는 새로운 꿈을 가슴에 담고
너의 두 손에 꿈을 보듬고 살아가고 있구나.
오늘도 돌고 도는 세상을 찾아서 다니는구나.
세상살이는 돌고 돈단다.
돌고 도는 것이 우주의 진리야.

어린 시절을 잊지 않고
힘들었던 어린 시절을 생각하며
그 시절을 경험삼아, 가슴에 간직하여
오늘도 부지런히 열심히 일을 하고
하늘이 감동할 때까지 열심히 일을 하는 구나.

내가 행복한 것은
너에게는 항상 꿈과 인생의 목표가 있었다는 것이야.
꿈은 희망을 주고, 희망은 용기를 가져오고
용기와 목표는 성공의 지름길인데

너는 항상 너의 꿈을 버리지 않았구나.

하늘나라에서 보니
많은 사람들이 취미생활은 가지고 있어도
꿈을 가지고 있는 사람들은 많지가 않아.
개기기 전법, 진드기 전법은 불법도 아니고
남에게 피해를 주는 것도 아니고
효과는 만점인 좋은 방법이야.
개기기 전법과 진드기 전법을 이용하여
돌고 도는 세상을 만들어가고 있구나.

마켓에서 장사를 하는 너의 모습을 보니 무척 기쁘고
오늘도 하루 하루를 포기하지 않고 열심히 사는 네 모습이 기쁘고
포토벨로 마켓에서 세상을 배우며 계획적인 생활을 하며
계획대로 살아가고 있는 모습이 아름답다.
항상 1일, 1개월, 1년 그리고 3년, 5년, 10년의
장기적인 계획을 세워 놓고 생활하고 있구나.
거기에
누구든지 만나러 가고, 무조건 찾아가고,
어디든지 쫓아가고, 무조건 따지고……

세상사람들이 믿지 않겠지만
진실과 세상의 진리는 먼 곳에 있는 것이 아니라

항상 네 옆과 주위에 있단다.

빈틈이 없는 영국,

지독하게 근검절약을 하는 영국 같은 나라에서는

항상 시도하고 도전을 해야만 한다.

왜냐하면 세상은 돌고 돌기 때문이야.

아들아,

시도와 도전을 하는 너에게는 내일이 있다.

내일과 희망이 있는 인생,

이 얼마나 아름다운 인생인가?

세상은 돌고 돌아.

돌고 도는 세상이니

너의 새로운 꿈을 포기하지 말아라.

절대로 꿈을 포기하지 말고

부탁하니 마지막까지 꿈을 붙잡고 버텨라!

마지막까지 새로운 희망의 끈을 놓지 말아라.

꿈, 희망, 목표가 눈앞에 있으니 절대로 포기하지 마라!